L'HEURE BLEUE

Du même auteur
chez Sonatine Éditions

La Fille du train, traduit de l'anglais par Corinne Daniellot, 2015.

Au fond de l'eau, traduit de l'anglais par Corinne Daniellot et Pierre Szczeciner, 2017.

Celle qui brûle, traduit de l'anglais par Corinne Daniellot et Pierre Szczeciner, 2021.

Angle mort, traduit de l'anglais par Corinne Daniellot, 2023.

Paula Hawkins

L'HEURE BLEUE

Traduit de l'anglais
par Corinne Daniellot et Pierre Szczeciner

SONATINE ÉDITIONS

Directeurs de collection : Arnaud Hofmarcher
et Marie Misandeau
Coordination éditoriale : Pierre Delacolonge

Titre original : *The Blue Hour*
Éditeur original : Doubleday,
une maison du groupe Transworld Publishers

Sonatine Éditions
92, avenue de France
75013 Paris
lisezsonatine.com

Ouvrage réalisé par Cursives à Paris

ISBN 978-2-38399-213-4
N° d'édition : 1213 – Dépôt légal : octobre 2024

À mon père et ma mère, avec tout mon amour

Et la mort n'aura pas d'empire.
Les morts nus ne feront plus qu'un
Avec l'homme dans le vent et la lune d'ouest.
Quand leurs os becquetés seront propres, à leur place
Ils auront des étoiles au coude et au pied.
Même s'ils deviennent fous ils seront guéris,
Même s'ils coulent à pic ils reprendront pied
Même si les amants s'égarent l'amour demeurera
Et la mort n'aura pas d'empire[1].

Dylan Thomas

La vie est courte, l'art est long.

Hippocrate

1. Dylan Thomas, *Ce monde est mon partage et celui du démon*, traduit par Patrick Reumaux, Points, « Poésie », 2008. *(Toutes les notes sont des traducteurs.)*

La lune m'a réveillée. Trop brillante, trop proche. Elle projetait une étrange clarté sur la mer; avec cette lumière sombre, on se serait cru en plein jour, et j'avais l'impression de regarder le négatif d'une photo. Je n'ai pas réussi à me rendormir et, comme cela fait des semaines que je n'arrive pas à travailler, je suis descendue sur la plage. Sous mes pieds nus, le sable froid m'a donné envie de courir.

Il y avait du vent, un vent tiède qui faisait voleter le sable et galoper les nuages dans le ciel; leur ombre semblait me pourchasser. Je n'arrêtais pas de repenser à cette chanson que Grace m'a apprise, celle des loups qui déterrent les cadavres fraîchement inhumés pour éparpiller leurs pauvres ossements à la surface de la Terre.

Ces derniers temps, je sens la même férocité en moi.

J'ai couru droit devant moi jusqu'à ce que l'eau m'arrive aux chevilles. En me retournant vers l'île, vers la maison, vers la fenêtre de ma chambre avec sa lampe de chevet encore allumée, j'ai vu quelque chose remuer à l'intérieur. Un courant d'air dans le rideau, sûrement, et pourtant j'ai été prise d'un frisson. J'ai guetté un long moment, j'ai prié, même, tant j'aurais voulu qu'il réapparaisse, mais il n'y avait rien, rien ni personne, rien que l'eau qui me léchait soudain les mollets et les genoux.

Le sable ne voletait plus autour de moi, je ne pouvais même plus le voir : il avait été englouti par la mer et j'étais terriblement loin de la rive. Je me suis démenée tant bien que mal pour remonter ce courant, plus fort que celui d'une rivière, mais j'avais le vent contre moi et, à plusieurs reprises, j'ai trébuché et je suis tombée à quatre pattes. Le froid me faisait l'effet de gifles qu'on m'assénait sans relâche.

Je crois que je n'avais jamais ressenti pareille terreur.

Le temps que je regagne les marches, j'étais si épuisée que je parvenais à peine à bouger. Je me suis recroquevillée à même la pierre, prise de violents tremblements. Enfin, j'ai réussi à me relever et je suis rentrée à la maison. Je me suis douchée et habillée, je suis montée à l'atelier et j'ai commencé à peindre.

***Division II* (vers 2005)**

Vanessa Chapman

Céramique, laque kiurushi, feuille d'or, fil d'or,
côte de cervidé, bois et verre

Collection privée de la fondation Fairburn

Division II *appartient à une série de seulement sept sculptures que Chapman a conçues à partir de morceaux de céramiques et d'objets trouvés. C'est un dispositif spatial d'une simplicité trompeuse : une boîte en verre contenant divers éléments suspendus par des fils.*
Pourtant, en choisissant de manière réfléchie l'emplacement de chacun de ces éléments, Chapman joue avec plusieurs oppositions : ce qu'on inclut et ce qu'on exclut, ce qu'on cache et ce qu'on accepte de révéler, ce qu'on offre et ce qu'on préfère garder pour soi, ce qu'on construit et ce qu'on abandonne.

De : bjefferies@gmail.com
À : info@tatemodern.co.uk
Objet : Chapman – exposition Nature et Sculpture

Madame, Monsieur,

À l'occasion d'une récente visite à la Tate Modern où j'ai pu admirer certaines œuvres extraordinaires présentées dans le cadre de l'exposition *Nature et Sculpture*, j'ai relevé une erreur sur le descriptif de *Division II*, une création de Vanessa Chapman réalisée en 2005. Dans la liste des matériaux utilisés figurait un os de cervidé, or, en ma qualité d'anthropologue judiciaire chevronné, je peux vous assurer que l'os en question est d'origine humaine. Il est fort possible que Mme Chapman elle-même soit à l'origine de cette erreur : en effet, pour le non-initié, une côte de chevreuil ressemble à s'y méprendre à une côte humaine. J'ai songé qu'il serait judicieux de vous en avertir.

Cordialement,
Benjamin Jefferies

1

Appuyé contre la rambarde de la passerelle dans le froid piquant d'un beau matin d'octobre, James Becker se roule une cigarette. En contrebas, le ruisseau glacé s'écoule comme de la mélasse noire sur les pierres couleur rouille. Cette passerelle marque la moitié du trajet quotidien de Becker entre le logis du garde-chasse où il réside et le manoir Fairburn où il travaille. En tout, douze minutes de marche. Quinze s'il s'arrête pour fumer.

Le col de son manteau relevé, il jette régulièrement des coups d'œil par-dessus son épaule – à première vue, on pourrait le croire méfiant. Pourtant, il n'a aucune raison de l'être. À Fairburn, il fait désormais partie des meubles, même s'il en est le premier surpris. Becker, qui n'a jamais connu son père et dont la mère était caissière de supermarché. Becker qui, avant l'université, a fait toute sa scolarité dans des écoles publiques de seconde zone. Comment a-t-il pu atterrir ici, au milieu des sang bleu ? On voit bien qu'il n'est pas à sa place. Et pourtant, grâce à son travail acharné, à une dose de chance et à un soupçon de sournoiserie, il est là.

Il allume sa cigarette et se retourne une dernière fois vers le logis – il n'a pas éteint la lumière de la cuisine et la haie d'arbustes devant la fenêtre est baignée d'une lueur dorée. Personne ne l'observe – Helena doit encore être au lit, l'oreiller calé entre les genoux –, personne ne le verra trahir sa promesse d'arrêter de fumer. Il a tout de même réduit sa consommation : il n'en est plus qu'à trois par jour. Et, d'ici l'hiver, d'ici à ce que l'eau du ruisseau gèle, il compte renoncer pour de bon.

Adossé à la rambarde, il tire une longue bouffée et regarde les collines au nord, dont les crêtes sont déjà saupoudrées de neige. Quelque part dans le silence, une sirène retentit. Becker croit apercevoir un éclat de bleu sur la route, une ambulance ou une voiture de police. Malgré l'agréable vertige de cette première décharge de nicotine quotidienne, il sent son pouls s'accélérer et son estomac se contracter. L'émotion est fugace, mais parfaitement identifiable : la peur. Il s'empresse de terminer sa cigarette, comme si fumer à toute vitesse était moins nocif pour la santé, puis, d'une chiquenaude, il expédie le mégot dans le ruisseau. Enfin, il franchit la passerelle et traverse la pelouse crissante de givre en direction du manoir.

Au moment où il ouvre la porte de son bureau, le téléphone fixe se met à sonner.

« Allô ? »

Le combiné coincé entre l'épaule et le menton, Becker allume son ordinateur et se retourne pour actionner l'interrupteur de la cafetière posée sur la desserte.

« Bonjour, pourrais-je parler à James Becker s'il vous plaît ? demande une voix abrupte après une courte pause.

– C'est moi-même, répond Becker en tapant son mot de passe.

– Ah, très bien. »

Une nouvelle pause. Becker en profite pour retirer son manteau.

« Ici Will Goodwin, de la Tate Modern. »

Le combiné glisse de l'épaule de Becker, qui le rattrape au vol et le colle à nouveau à son oreille.

« Pardon, qui ça ?

– Will Goodwin, répète l'homme à l'autre bout du fil en détachant chaque syllabe, visiblement agacé. De la Tate Modern de

Londres. Je vous appelle parce que nous avons rencontré un problème avec une œuvre que vous nous avez confiée. »

Becker se raidit, les doigts crispés autour de l'appareil.

« Ne me dites pas que vous avez endommagé une des sculptures...

– Non, monsieur Becker, réplique Goodwin d'un ton pincé. Nous avons pris grand soin des trois pièces prêtées par la fondation Fairburn. Malheureusement, nous avons été contraints de retirer la sculpture *Division II* de l'exposition.

– Comment ça ? s'étonne Becker en s'asseyant à son bureau.

– Nous avons reçu un e-mail d'un anthropologue judiciaire distingué qui a visité l'exposition le week-end dernier et qui a remarqué que *Division II* contenait un os humain. »

L'éclat de rire de Becker est accueilli par un profond silence.

« Désolé, s'esclaffe-t-il, mais c'est tout bonnement...

– Vous faites bien de vous excuser, parce que moi ça ne me fait pas rire du tout, rétorque Goodwin, furieux. C'est notre première grande exposition depuis la pandémie et la première dont je suis responsable en tant que nouveau directeur de la Tate Modern et, à cause de votre seule incompétence, nous avons présenté des restes humains au public ! Est-ce que vous vous rendez compte du préjudice potentiel pour notre institution ? Il ne manquerait plus que les wokes nous tombent dessus. »

Après avoir raccroché, Becker scrute l'écran de son ordinateur et attend que Goodwin lui fasse suivre le fameux e-mail. Cette réclamation – si tant est qu'on puisse parler de réclamation – ne tient pas debout. C'est impossible. Une plaisanterie, peut-être ? Ou une erreur, tout simplement.

Enfin, le message apparaît dans sa boîte de réception. Becker prend le temps de le lire deux fois, puis il tape le nom de l'expéditeur dans la barre de recherche Google et découvre qu'il s'agit d'un professeur réputé d'une grande université du Royaume-Uni – pas vraiment le profil d'un plaisantin, donc. Becker ouvre alors ArtPro, le logiciel de catalogage qu'utilise la fondation Fairburn, afin de consulter la fiche de l'œuvre en question. Là, Vanessa Chapman, *Division II*, vers 2005. Plusieurs photographies en couleurs prises par Becker lui-même illustrent la description. On y voit divers éléments suspendus par des fils, qui semblent léviter dans une boîte en verre conçue par l'artiste. L'os et le fragment de céramique forment une paire parfaite : deux fines tiges d'un blanc pur disposées en miroir, présentant chacune une longue fracture ressoudée avec de la laque et de l'or.

Quand il a reçu *Division II*, Becker a d'abord cru à une erreur. Une sculpture ? Vanessa Chapman était une peintre, une céramiste. Pas une sculptrice. Et pourtant, l'œuvre était bien là, belle et étrange, énigmatique, délicate, parfaite. Aucune notice explicative, seulement une mention dans un carnet, où Chapman évoquait les difficultés rencontrées lors de l'assemblage de l'« enveloppe », cette boîte en verre renfermant les divers éléments. Bref, *Division II* était sans conteste une création de Chapman, et se trouvait donc désormais sous la responsabilité de Becker. C'était à lui qu'incombaient les recherches, le catalogage, la description et, dans un second temps, la diffusion. La présentation au monde entier. Après avoir été exposée à peine quelques semaines à Fairburn, l'œuvre avait ensuite été vue par des milliers de personnes – non, des dizaines de milliers ! – dans des galeries berlinoises et parisiennes, et plus récemment à la Tate Modern de Londres.

Un os humain… Quelle absurdité ! Becker se lève et s'approche de la fenêtre.

Son bureau se trouve dans la partie du manoir ouverte au public et donne sur la cour est, au centre de laquelle se dresse un bronze de Barbara Hepworth aux courbes harmonieuses. Posée sur un carré de pelouse parfaitement entretenu, la sculpture présente en son cœur un trou ovale dont les parois vert émeraude paraissent scintiller dans le soleil matinal. À travers cette ouverture, Becker aperçoit Sebastian qui s'approche à grands pas, son portable vissé à l'oreille.

Sebastian est le président de la fondation Fairburn, et il est également l'héritier du domaine. Quand sa mère ne sera plus de ce monde, il possédera le manoir, la cour est et sa statue en bronze, ainsi que tous les champs alentour – bref, la propriété entière, qui inclut le logis où réside Becker. Ce qui signifie qu'en plus d'être son patron, il est aussi son logeur (et son ami, tâchons de ne pas l'oublier).

Sebastian dépasse le bronze. Le sourire de l'héritier est un peu trop large, son rire parfaitement audible malgré la distance. Becker se retourne et le mouvement, pourtant discret, attire l'attention de Sebastian, qui lève une main pour le saluer avant d'écarter les doigts – cinq minutes. Becker se rassoit à son bureau.

Un petit quart d'heure plus tard, des bruits de pas résonnent enfin dans le couloir et Sebastian fait irruption dans la pièce, hilare.

« Attends un peu que je te raconte le coup de fil dément que je viens de recevoir ! s'exclame-t-il en écartant une mèche de cheveux blonds de devant ses yeux.

– Laisse-moi deviner : Will Goodwin ?

– Tout juste ! s'esclaffe Sebastian avant de s'écrouler sur le fauteuil dans l'angle du bureau de Becker. Il se pissait dessus à l'idée de se faire *cancel*. Toi aussi, il t'a appelé, alors ?

– Il m'a dit qu'ils avaient retiré l'œuvre de l'exposition. Une réaction complètement disproportionnée.

– Tu trouves ?

– Bien sûr, pas toi ? Cette sculpture a été vue par Dieu sait combien de personnes, dont des experts. Si elle contenait un os humain, tu ne crois pas que quelqu'un l'aurait remarqué avant ? »

Sebastian hoche la tête. Son sourire a disparu.

« Tu es déçu ? s'étonne Becker.

– Ça t'a peut-être échappé, réplique Sebastian avec un haussement d'épaules, mais la foule ne se presse pas à nos portes depuis qu'on a rouvert... Je pensais qu'un peu de mystère ou qu'un soupçon de scandale nous...

– Un soupçon de scandale ? répète une voix féminine. Voilà qui me plaît ! »

Les deux hommes se retournent. Helena se tient sur le seuil, vêtue d'une longue robe en cachemire noir qui lui descend jusqu'aux chevilles et moule son ventre arrondi. Quelques mèches de cheveux châtains se sont échappées de sa queue-de-cheval, elle a les joues rouges et paraît légèrement essoufflée.

« Lena ! dit Sebastian en se levant pour la prendre dans ses bras et lui faire la bise. Tu es radieuse. Tu es venue à pied ? Allez, entre, assieds-toi ! »

Helena se laisse guider jusqu'au fauteuil que Sebastian a libéré.

« J'avais envie de faire un tour, répond-elle en souriant à Becker, qui la regarde d'un air interrogateur. Il fait tellement beau ! Ce qui m'aurait vraiment plu, c'est de monter à cheval. »

Elle lève la main et s'empresse d'ajouter :

« Pas de panique, Beck, je ne le ferai pas. Mais racontez-moi plutôt, qu'est-ce que c'est que ces histoires de scandale ? »

Elle écoute les explications de Becker et finit par l'interrompre au moment où il atteint la conclusion.

« Cette œuvre a déjà été présentée à la Berlinische Galerie, non ? Et à l'exposition *Vingt et un* au musée d'Art moderne de Paris !

– C'est précisément ce que j'ai répondu.

– Et donc… qu'est-ce que vous allez faire ? »

Sebastian pose une fesse sur le bureau de Becker.

« Aucune idée, dit-il. En toute honnêteté, je ne vois pas vraiment où est le problème. Si cet os est bien humain, ce n'est pas comme si Chapman avait pillé une tombe, si ? Est-ce que ça a la moindre importance ?

– On n'a pas le droit d'exposer des restes humains, Seb, objecte Becker.

– Le British Museum ne s'en prive pas, pourtant !

– Effectivement, concède-t-il avec un sourire. Mais je crois que dans notre cas, c'est un peu différent.

– Goodwin est du même avis, soupire Sebastian. Il est dans tous ses états et veut envoyer la sculpture à un labo indépendant pour faire effectuer des tests discrètement ou...

– Hors de question ! » gronde Becker en se levant d'un bond.

Dans la précipitation, il heurte le bureau et du café se renverse sur le beau sous-main en cuir vert. Sebastian et Helena le regardent éponger les dégâts avec des mouchoirs en papier.

« Pour mener des tests sur cet os, reprend-il, il faudrait briser la boîte en verre dans laquelle il est enfermé. Or, celle-ci fait partie intégrante de la sculpture. C'est Chapman qui l'a conçue. Si on la casse, on... Eh bien, déjà, je pense qu'on peut dire au revoir à l'assurance, mais surtout, on détruirait une œuvre d'art. Donc non, je m'oppose à ce que *Division II* soit confiée à un obscur laboratoire dénué de la moindre compétence en la matière.

– Comme tu voudras, concède Sebastian avec un haussement d'épaules. Qu'est-ce que tu suggères, alors ?

– On pourrait commencer par demander l'avis d'un autre expert, voire de plusieurs autres experts, qui se contenteraient d'observer l'os sans toucher à la paroi en verre. De notre côté, on en profite pour contacter notre assureur afin d'expliquer la situation et de prévenir qu'il risque d'y avoir besoin à un moment de... »

Il n'a pas envie de prononcer le mot « tests », il ne veut pas céder sur ce point.

« ... d'approfondir l'enquête.

– Et ça te laisserait le temps d'aller rencontrer Grace Haswell, ajoute Helena.

– Non, proteste Becker – mais à ces mots, il a ressenti une pointe d'excitation. Je ne peux pas. Je ne peux pas te laisser seule dans...

– Dans mon état ? s'esclaffe Helena. Bien sûr que si, Beck. Tu meurs d'envie d'aller à Eris ; tu as passé tout le confinement à en parler. Et maintenant, tu as une bonne excuse. Saute sur l'occasion !

– Peut-être qu'en partant très tôt, commence Becker prudemment, je pourrai faire l'aller et retour dans la journée... »

Il consulte Sebastian du regard.

« Ça ne me pose pas de souci, dit l'héritier. Si tu penses que ça peut être utile, vas-y. Mais je ne vois pas ce que la vilaine sorcière d'Eris pourra faire pour notre histoire. À moins qu'elle soit au courant de quelque chose... Peut-être que cet os est tout ce qui reste d'un des enfants qu'elle a attirés dans sa maison en pain d'épices ! »

Sebastian rit à sa propre plaisanterie. Helena adresse un clin d'œil à Becker – *Mais quel crétin...*

« À la réflexion, c'est même une très bonne idée, reprend Sebastian. Ce serait l'occasion de faire d'une pierre deux coups : régler notre affaire d'os et lui dire en face qu'on en a marre qu'elle fasse traîner les choses. Il est temps qu'elle nous remette les documents de Chapman, ainsi que tout ce qui nous revient de droit. Tu pourras lui rappeler que la totalité du patrimoine artistique appartient désormais à notre fondation et que ce n'est pas à elle de choisir ce qu'elle a envie de nous donner ou non...

– Techniquement, si, intervient Becker. C'est son exécutrice testamentaire, après tout.

– Fais pas le malin avec moi. »

La bonne humeur de Sebastian s'est évaporée en un instant, comme un crachat sur une poêle brûlante. Becker s'efforce de ne pas réagir, Helena baisse les yeux.

« Elle freine des quatre fers et tu le sais aussi bien que moi, poursuit Sebastian. Elle a gardé des documents, des lettres et peut-être même des œuvres. Ça nous appartient, Becker. La moindre toile, le moindre croquis, le moindre bol qu'elle a façonné sur son tour, le moindre galet qu'elle a ramassé sur la plage pour décorer une étagère. C'est à nous, bordel ! La totalité du patrimoine artistique de Chapman nous revient, point. »

Becker se mord la langue. Lui aussi trépigne à l'idée de mettre la main sur les écrits de Chapman. Quelques carnets sont bien parvenus jusqu'à Fairburn, ainsi que les principales œuvres d'art référencées, mais il reste beaucoup d'autres choses que personne n'a jamais vues. Becker a appris en regardant les diverses interviews de Chapman que celle-ci tenait des carnets de création et qu'elle correspondait régulièrement avec divers artistes au sujet de son travail – quand Grace Haswell acceptera de lui remettre ces précieux documents, il sera le premier à les lire. Il aura alors le pouvoir de façonner la manière dont le monde percevra Vanessa Chapman et son œuvre, et de s'assurer que cette œuvre soit appréciée à sa juste valeur à l'avenir. Rien que d'y penser, il en a la tête qui tourne.

Mais Becker est un homme prudent. Et il n'est pas cruel. S'il est possible de récupérer ces papiers sans malmener l'exécutrice testamentaire – et amie proche – de Chapman, il estime que tout le monde y gagnera.

« Je ne cherche pas à faire le malin, finit-il par répondre. Tu sais aussi bien que moi que ce qui constitue le "patrimoine artistique" reste encore à déterminer par la justice, surtout que...

– Les garçons, intervient Helena en se levant du fauteuil avec un effort (elle refuse la main que lui tend Sebastian). Tout cela est vraiment fascinant, mais il me semble que vous occultez le plus important. Imaginons qu'on découvre que cet os est bien d'origine humaine... Qu'est-ce qui se passe ensuite ? Qu'est-ce que vous comptez faire ? C'est quoi, l'idée ?

– L'idée ? répète Becker.

– Beck, Fairburn se retrouverait en une de tous les journaux du pays, on en parlerait à la télévision... »

Le visage de Sebastian s'est illuminé, mais Becker reste sceptique.

« Je ne suis vraiment pas convaincu que l'information déchaîne autant les passions, Lena. Les gens trouveraient ça amusant, à la rigueur, mais...

– Beck, insiste Helena avec un sourire. Mon chéri, réfléchis un peu. On parle de Vanessa Chapman. L'énigmatique artiste qui a vécu recluse sur une île jusqu'à sa mort, et dont le mari volage a mystérieusement disparu il y a vingt ans... sans que son corps soit jamais retrouvé. Tu ne penses pas que ça intéresserait les gens d'apprendre qu'on a découvert un os humain dans une de ses sculptures ? »

2

Quand il regarde sa femme, Becker a parfois l'impression que son cœur est trop gros pour sa poitrine et qu'il risque d'exploser. La vie lui a offert tout ce dont il pouvait rêver et il est terrifié, parce que cela signifie qu'il a tout à perdre. C'est la raison pour laquelle il est si stressé ces derniers temps, si nerveux : il a eu beaucoup trop de chance et il estime ne pas l'avoir mérité.

Au moment où elle s'apprête à dépasser la statue en bronze, Helena s'arrête soudain, regarde vers la gauche et lève une main en visière. Quelque chose a attiré son attention. Pénètrent alors dans le champ de vision de Becker deux pointers anglais à la robe marron et blanc, suivis de près par leur maîtresse. Lady Emmeline Lennox s'avance d'un pas brusque et déterminé, sa chevelure grise parsemée de reflets d'argent. Helena pivote pour faire face à l'arrivante et Becker est saisi par la symétrie entre le ventre arrondi de sa femme et le dos voûté de la veuve.

De là où il se trouve, il ne peut ni entendre ce qu'elles se disent, ni lire les expressions sur leurs visages, mais il n'a aucun mal à percevoir la férocité avec laquelle Emmeline attrape Helena par le poignet pour la tirer vers elle. Becker toque sèchement sur la vitre. Les deux femmes se tournent vers lui. Emmeline lâche aussitôt sa prise et s'éloigne sans un mot, pendant qu'Helena adresse à son mari un salut timide de sa main désormais libre.

« Vieille carne », marmonne Becker, qui vérifie soudain qu'il est bien seul.

Ce n'est un secret pour personne qu'il ne porte pas la mère de Sebastian dans son cœur, mais il ne peut pas pour autant se permettre de dire du mal d'elle en public. Il envisage un instant de courir après Helena pour lui demander ce qui s'est passé et s'assurer qu'elle va bien, avant de se raviser – sa femme ne supporte pas d'être traitée comme une petite chose fragile. De toute façon, Becker n'a pas le loisir de pousser la réflexion plus loin ; la sonnerie de son téléphone retentit à nouveau.

Pendant que son interlocuteur lui donne les détails d'une livraison de deux œuvres que Sebastian a achetées pour la fondation sans prendre la peine de lui demander son avis, Becker navigue sur Internet à la recherche d'informations sur Julian Chapman, le mari de Vanessa.

Il n'y a pas grand-chose de plus que la dernière fois qu'il a regardé. L'article sérieux le plus récent remonte à 2009, il s'agit d'un portrait d'Isobel, la petite sœur de Julian, publié par le magazine *Tatler*. Si le but avoué d'Isobel est « de rappeler à tous que Julian n'a toujours pas été retrouvé », Becker note qu'il est surtout question de l'entreprise de design d'intérieur qu'elle a créée. Néanmoins, les premiers paragraphes sont consacrés au disparu.

Évoquez le nom de Julian Chapman et vous verrez que le mot « diable » revient beaucoup. Il avait le diable au corps, il était d'une beauté diabolique, il avait une énergie de tous les diables. Quand j'en fais la remarque à Isobel Birch, elle ne peut s'empêcher de s'esclaffer.

« C'est vrai que Julian pouvait avoir un petit côté démon, reconnaît-elle. Mais c'était un démon aimé de tous. Adoré, même. »

Dans le salon de la somptueuse demeure d'Isobel Birch dans les Cotswolds trône un piano à queue couvert de cadres photo où le grand frère adulé figure en bonne place : ici, on le voit pagayant dans son kayak en Cornouailles ; là, tiré à quatre épingles dans sa loge de l'hippodrome d'Ascot ; là encore, le teint hâlé, tout sourire sur son cheval tandis que le soleil se couche sur la savane.

« Celle-ci a été prise au Kenya, précise Isobel. Julian adorait l'Afrique. Un espace sauvage qui lui correspondait bien, à mon avis. Avec Celia [Gray, son amante], ils avaient pour projet de s'y installer. Ils avaient même trouvé un terrain où faire construire une maison. Ils étaient tellement enthousiastes… »

Isobel essuie une larme, avant de reprendre :

« Hélas, moins d'un an après, ils avaient tous les deux disparu. »

Celia Gray est décédée dans un accident de la route en France, dans la nuit du 31 décembre 2001 au 1er janvier 2002. Six mois plus tard, Julian s'est rendu sur l'île écossaise d'Eris au volant de son Alfa Romeo Spider 1600 rouge pour rendre visite à sa femme dont il était séparé, l'artiste Vanessa Chapman. Puis il s'est volatilisé. Ni lui ni sa petite décapotable n'ont jamais été retrouvés.

Sept ans se sont écoulés depuis ce funeste séjour, assez longtemps pour que Julian soit présumé mort. Isobel, elle, n'a pas renoncé.

« Je continue à recevoir des messages de gens qui prétendent l'avoir vu. Pour suivre ces pistes, j'ai voyagé dans le monde entier : en France, en Bulgarie, en Afrique du Sud, en Argentine… »

Elle soupire et ajoute :

« Je sais bien qu'il y a très peu de chances qu'il soit encore en vie. Julian nous aimait et, s'il pouvait se montrer égoïste, ce n'était pas quelqu'un de cruel. Cependant, tant que son corps n'a pas été retrouvé, je refuse d'abandonner. Je refuse de perdre espoir. »

Quand je demande à Isobel Birch si elle a une idée de ce qui a pu se passer, son visage s'assombrit.

« Nous n'avons aucune indication précise quant à ses derniers déplacements. Vanessa prétend ne rien savoir – elle maintient qu'elle n'était pas sur l'île à ce moment-là. »

J'encourage Isobel à développer, mais elle secoue la tête.

« Je ne peux rien dire de plus à ce sujet. En revanche, une chose est sûre : les semaines qui ont suivi la disparition de Julian,

Vanessa n'a même pas daigné nous appeler, moi ou les autres membres de la famille, pour prendre de nos nouvelles. La disparition de Julian ne semblait pas l'affecter outre mesure. »

Quand je suggère que Vanessa était peut-être elle-même bouleversée, accaparée par son propre chagrin, Isobel me dévisage d'un air entendu.

« *Vanessa n'a jamais été très émotive. Je ne sais pas ce qu'elle ressentait, mais je doute que ç'ait été du chagrin. Si vous voulez mon avis, je crois surtout qu'elle était soulagée d'être débarrassée de lui.* »

Dans les paragraphes suivants, le journaliste interroge sans les nommer divers amis de Julian, qui racontent son sens de l'humour dévastateur, son charisme, sa joie de vivre. Ils évoquent aussi des anecdotes : Julian qui participe à un lâcher de taureaux en Espagne, qui escalade le Ben Nevis, qui saute du Magdalen Bridge à Oxford pour les célébrations du 1er Mai. Vanessa, elle, reste au second plan. L'épouse magnifique et pétrie de talent. La femme sérieuse et ambitieuse.

Lorsque le journaliste aborde les difficultés financières de Julian et ses (fréquentes) infidélités, sa sœur se montre dédaigneuse.

« *J'ai dit qu'il pouvait avoir un petit côté démon, non ? Julian n'était pas parfait. Mais il était l'incarnation de l'esprit libre – drôle, extravagant, jamais ennuyeux. Tout le monde l'adorait. Tout le monde recherchait sa compagnie.* »

Elle marque une courte pause et esquisse un semblant de sourire tandis que ses grands yeux marron s'embuent de larmes.

« *Enfin… Tout le monde sauf elle.* »

Journal de Vanessa Chapman (non daté)

Ma peinture noire me perturbe. Hier, je me suis rendu compte que je n'arrivais pas à travailler si elle était là, devant moi, appuyée contre le mur de l'atelier. Je suis allée la ranger dans le trou du prêtre mais, même là, je pouvais sentir sa présence, alors j'ai quitté la maison. Ça n'a pas suffi non plus, alors j'ai aussi quitté l'île.

J'ai pris la voiture jusqu'au continent et j'ai appelé Julian de la cabine du parking (ligne de la maison encore coupée et j'oublie sans cesse de contacter le réparateur). Je lui ai dit de ne pas venir. Que je ne voulais pas de lui ici.

Après, je suis allée au pub à l'autre bout du village. Je me suis assise seule dans un coin. Au bout de dix minutes, un homme est venu me parler – un Américain à la recherche de vieilles sépultures, une histoire d'ancêtres. Il m'a offert un verre ; je savais que si j'acceptais, j'allais rater la marée. Je lui ai raconté que j'étais institutrice à Édimbourg et que je venais de me disputer avec mon mari.

Le sexe n'était pas très intéressant, mais tout de même appréciable.

Cette liberté est enivrante
Je mange quand j'en ai envie
travaille quand j'en ai envie
je vais et je viens comme j'en ai envie
je ne me soumets à personne. À part à la marée.

3

La force de la marée descendante agite le sang de Grace et, au beau milieu de la nuit, elle se réveille. Plus de vingt années sur l'île d'Eris l'ont transformée, elle est devenue lunatique au premier sens du terme : elle vit au rythme de la lune. Désormais incapable de fermer l'œil quand la mer s'est retirée, elle ne parvient à dormir que lorsque l'eau la sépare de la terre.

Lorsqu'elle est certaine que personne ne pourra la prendre par surprise.

Tout comme Grace, l'île d'Eris dépend de la marée. C'est en réalité une presqu'île, rattachée au continent par une étroite chaussée submersible d'environ un kilomètre et demi de long. Douze heures par jour, pendant deux tranches de six heures, on peut emprunter cette chaussée à pied ou en voiture. Une fois la marée haute, Eris est inatteignable. Si, comme aujourd'hui, la marée basse est à 6 h 30, on peut traverser sans danger entre 3 h 30 et 9 h 30.

C'est donc au milieu de la nuit que Grace se réveille.

Elle allume un feu dans le poêle à bois et met la cafetière à chauffer sur le fourneau en fonte Aga. Puis elle se prépare son porridge, touille tranquillement les flocons d'avoine, ajoute au dernier moment une pincée de sel et une cuillerée de crème. Le petit déjeuner se prend devant la fenêtre de la cuisine ; Grace ne voit pas la mer, mais elle l'entend. Un monstre informe qui s'éloigne à contrecœur de la côte en raclant le sable de ses longues griffes.

Après cela, elle s'installe à la table de la cuisine devant son ordinateur portable. En relisant l'e-mail reçu hier après-midi, une légère panique naît derrière ses côtes, la crainte insidieuse des devoirs oubliés du dimanche soir. Cinq ans que Vanessa a disparu, cinq longues années. Pourtant, la succession n'est toujours pas réglée, et Grace continue à se faire harceler par des hommes qu'elle n'a jamais rencontrés et qui la noient sous des flots de lettres et d'e-mails. Elle ne peut s'en prendre qu'à elle-même, ce qui n'a rien de réconfortant – au contraire. Cinq ans ! Cinq ans de chagrin et de travail. Cinq ans à procrastiner et à se cacher. Grace se lève brusquement en faisant racler bruyamment sa chaise sur le carrelage. Désormais, elle ne peut plus se cacher.

Plus tard, douchée et chaudement vêtue, elle revient à la cuisine récupérer ses lunettes de vue. Le jour peine encore à poindre : de l'autre côté de l'eau, la chape de plomb du ciel écrase les collines de tout son poids. Grace vide la cafetière dans un Thermos, enfile son imperméable et attrape la clé de l'atelier sur le portant de l'entrée. Elle la soupèse brièvement avant de la glisser dans sa poche.

Dehors, elle inspire une grande bouffée d'air froid et iodé. Elle regarde à sa droite, vers là où l'île plonge dans la baie. Il y a de la lumière dans un des cottages qui surplombent le port. Marguerite est réveillée. Elle aussi est lunatique.

Grace tourne le dos à la mer et s'engage à gauche sur le sentier qui mène à l'atelier en haut de la colline et, plus loin, au bois, au rocher d'Eris, à la mer d'Irlande.

À mi-chemin, elle hésite. Une grosse centaine de mètres séparent la maison de l'atelier mais, aujourd'hui, le bâtiment lui paraît à des milliers de kilomètres de distance. Cela fait plus d'un an qu'elle n'a pas déverrouillé cette porte. Tous les prétextes étaient bons pour repousser ce moment fatidique – le travail, la fatigue, son cœur brisé. Mais les e-mails, les coups de téléphone et les menaces ne cesseront jamais. Elle doit se lancer. Quelle alternative lui reste-t-il ? Elle ne va tout de même pas remettre cette clé à ces vautours et laisser des étrangers fouiller les écrits de Vanessa, les laisser décider quelles parties de leurs vies à toutes les deux peuvent rester dans l'ombre et quelles parties seront exhibées au public ?

Grace prend une nouvelle inspiration.

Et repart.

À sa grande surprise, la clé tourne sans résistance et l'immense porte en métal coulisse aisément sur son rail, laissant s'échapper dans la nuit des effluves d'argile, de poussière, de peinture et de térébenthine. Sur le seuil, Grace a les yeux fixés sur le petit tabouret posté devant le tour de potier. L'espace d'un instant, elle reste paralysée, assaillie par un souvenir de Vanessa assise là, un pied sur le plateau inférieur ; elle n'avait plus conscience ni du vent, ni de la météo, ni de Grace. Le monde entier s'évanouissait et il ne restait plus pour elle que l'argile sous ses doigts.

Grace cille, Vanessa s'évanouit et l'atelier reprend forme : devant la fenêtre, un établi sur lequel s'entassent des cartons ; au fond de la pièce, le four à céramique ; au centre, une table à tréteaux recouverte de piles de papiers poussiéreuses, de carnets et de cartons supplémentaires. Sur les étagères, quantité de pots, de pinceaux aux poils rigidifiés par la peinture, de couteaux à palette, de boules d'argile durcies, une sphère parfaite en quartz rose et des crânes d'oiseaux (une mouette tridactyle et un courlis, reconnaissable à son long bec incurvé qui évoque les masques des médecins à l'époque de la peste noire). Il y a aussi des fils à couper l'argile, des aiguilles, des pinces rouillées, un ciseau de sculpteur ainsi qu'un assortiment de marteaux de diverses tailles avec leurs manches en hêtre, alignés comme des poupées russes.

Si Grace se souvient bien, il s'agit d'un cadeau. Peut-être de Douglas, ou d'un autre amant de Vanessa. De toute façon, cette dernière ne s'en est presque jamais servie. Si Vanessa aimait beaucoup l'idée de la sculpture sur pierre, la pratique lui tapait vite sur les nerfs. Elle trouvait cela trop dur, trop bruyant, trop violent. Et, après chaque période d'infidélité, elle finissait toujours par revenir à ses premières amours, les matériaux qu'elle maîtrisait le mieux, l'argile et la peinture.

Les tableaux de Vanessa ont disparu depuis bien longtemps, ses pots et ses vases aussi. Trois ans plus tôt, lorsque le tribunal des successions a enfin donné son autorisation, Grace a fait envoyer les œuvres à Fairburn, la fondation que Vanessa avait désignée comme bénéficiaire de la totalité de son patrimoine artistique.

En tant qu'exécutrice testamentaire de Vanessa et seule autre héritière, Grace avait la ferme intention de faire du tri dans les papiers de Vanessa (les lettres, les carnets, les photographies) afin de transmettre en toute bonne foi à Fairburn ce qui relevait du « patrimoine artistique ». Hélas, cela représentait un travail colossal. Du côté de la fondation, on a fini par s'impatienter, on a exigé qu'elle envoie immédiatement la totalité des documents et Grace a freiné des quatre fers, si bien que les relations se sont vite détériorées. Après les insinuations (Grace n'était peut-être pas à la hauteur de la tâche ?) sont venues les accusations : apparemment, plusieurs œuvres manquaient à l'appel, Grace devait donc les garder sous le coude, au mépris des volontés de Vanessa. Acculée, Grace a usé du peu de pouvoir qu'elle possédait encore et a coupé court à toute communication. Elle a cessé de répondre au téléphone, ignoré les e-mails. Pendant un temps, elle a enfin eu un peu de calme.

Cependant, depuis peu, le tumulte a repris. Le mois dernier, elle a reçu deux lettres du notaire. La première exigeait un inventaire complet et détaillé des écrits de Vanessa, la seconde, la liste de toutes ses céramiques. Enfin, hier, un e-mail. Pas d'un notaire mais d'un certain James Becker, conservateur à la fondation Fairburn. Grace a pris l'habitude d'effacer tous les courriers électroniques qui traitent de la succession mais celui-là a attiré son attention, car le ton employé était bien différent du jargon belliqueux des avocats auquel elle a eu droit jusqu'à présent.

Je souhaiterais vivement m'entretenir avec vous d'un problème urgent, a écrit M. Becker. *Si vous pouviez avoir la gentillesse de me contacter…* Il y avait quelque chose d'implorant dans cette missive, elle en a presque été touchée.

La voilà donc dans l'atelier. Elle arpente la pièce, fait courir ses doigts sur la table à tréteaux poussiéreuse, caresse un peigne pour poterie puis soupèse d'une main le plus gros des marteaux de sculpteur et, de l'autre, le crâne de mouette tridactyle, léger comme une plume.

Enfin, elle s'empare du carton le plus proche et redescend vers la maison.

Journal de Vanessa Chapman

Chaleur accablante.

Samedi, c'était le dernier jour de l'exposition à Whitewall – succès indiscutable d'un point de vue commercial, tout a été vendu. Une seule phrase dans la section « Actualités » de Modern Painting *: « Chapman parvient de justesse à ne pas sombrer dans le cliché. »*

Bref, la forme est jolie, le fond inexistant.

Après la fermeture de la galerie, Izzy a insisté pour que nous allions tous dîner chez elle mais j'ai attendu en vain de voir arriver la nourriture. Que des gens affreux et assommants, un ramassis de crétins qui me prennent de haut parce qu'ils sont issus de la haute société et moi non, et qui n'ont fait que parler de leurs vacances et des prix de l'immobilier. L'énergie nécessaire à dissimuler mon mépris à leur égard pourrait alimenter une ville entière.

Et toute la soirée, Julian n'a pas cessé de me regarder en souriant et de me répéter qu'il était fier de moi. Il imagine déjà ce qu'il va faire de l'argent que je viens de gagner.

4

Au volant de sa voiture, Becker écoute la radio, une émission sur Daphné Du Maurier. Trois personnes – un animateur et deux invités (un homme et une femme) – discutent de la parution d'une nouvelle biographie « sensationnaliste » faisant allusion à une relation « inconvenante » entre la romancière et son père.

« Une relation abusive, rectifie la femme.

– Incestueuse, réplique l'homme. Rien n'indique qu'il y ait eu contrainte.

– Cette relation aurait eu lieu alors que Du Maurier n'avait pas encore seize ans donc, par définition, il s'agit d'une relation abusive, insiste l'invitée avec véhémence. Un enfant n'est pas en mesure de donner son consentement.

– Tout à fait, acquiesce l'animateur. Et d'après vous, ajoute-t-il pour tenter d'orienter la discussion vers un terrain moins glissant, comment se fait-il que nous nous intéressions autant à la vie privée des artistes ? Les gens semblent cramponnés à l'idée que ce qu'un auteur couche sur le papier est forcément tiré d'une expérience personnelle, la suggestion ici étant que, eh bien, cette... relation, cette situation entre Du Maurier et son père aurait influencé son œuvre, notamment son roman *Rebecca*.

– C'est surtout le cas quand l'auteur en question est une autrice, fait remarquer l'invitée. À croire que les critiques considèrent que la capacité d'invention des femmes n'a...

– Mais enfin, Marjorie, soupire l'autre. Vous n'allez pas toujours tout ramener au sexisme.

– Qui a parlé de "tout" ramener ? Si vous me laissiez finir, je... »

Becker éteint la radio.

La route monte depuis un moment, il va bientôt atteindre le col. Un dernier lacet et devant lui se dévoile une vallée encaissée aux tons verts, bronze et cuivrés. À sa gauche, une pente vertigineuse tapissée de fougères à travers lesquelles on perçoit les reflets argentés de la mer. À sa droite, une clôture pour empêcher les animaux de s'aventurer sur la chaussée. Becker remarque que sur trois poteaux d'affilée sont perchés des corbeaux qui le regardent passer, noirs et menaçants.

Les Oiseaux a peut-être été inspiré par un paysage comme celui-ci, songe-t-il. Pas le film, adouci par le soleil de la Californie du Nord et la beauté lumineuse de Tippi Hedren, mais la nouvelle glauque, terrifiante et tragique de Du Maurier dont il est l'adaptation. Un picotement remonte le long de la colonne vertébrale de Becker. Il constate que ses mains sont crispées sur le volant et il se force à remuer les doigts.

Il n'arrête pas de repenser à la scène avec Emmeline, dans le jardin. Quand il a abordé le sujet avec Helena, après coup, celle-ci a commencé par se dérober.

« Ce n'était rien, lui a-t-elle assuré. Rien du tout.

– De là où j'étais, ça avait l'air de quelque chose, a objecté Becker, et Helena a secoué la tête avec un sourire.

– Tu sais bien, les reproches habituels, a-t-elle fini par reconnaître, avant d'ajouter : Oublie tout ça. Moi, je n'y pense déjà plus. Elle est vieille, elle est en deuil, et elle est un peu dérangée. Pas de quoi se tracasser. »

Becker se repasse également la conversation dans son bureau, et plus particulièrement le moment où Sebastian s'est emporté contre lui. « Fais pas le malin avec moi. » Sebastian ! Ce crétin qui se croit intelligent parce qu'il a fréquenté les écoles privées les plus prestigieuses, grâce à l'argent de papa ! Sebastian, qui ne connaît rien à rien, qui a la capacité de concentration d'un moucheron et qui ne jure que par les Hirst, les Banksy et tout ce qui est cher et à la mode. Sebastian, qui est grand, beau et riche. Sebastian, qui a été le fiancé d'Helena.

Becker se déteste d'avoir laissé cette dernière remarque lui traverser l'esprit, il se déteste de dire du mal de Sebastian, même en pensée. Sebastian a fait beaucoup pour lui – énormément, d'ailleurs, compte tenu des circonstances.

Becker est troublé, voilà tout ; il n'aime pas savoir Helena seule. Non qu'il soit jaloux, non qu'il ne lui fasse pas confiance. Il est simplement anxieux. Encore plus depuis qu'elle lui a annoncé qu'elle était enceinte. Elle s'apprête à entamer son septième mois.

La désinvolture d'Helena n'arrange rien. Elle n'a pas arrêté de boire du vin (« Je te rappelle que je suis à moitié française, Becker »), participe à des fêtes où elle danse en talons ; il y a quelques jours, il l'a surprise en train de se préparer une tartine de roquefort et il a presque dû la lui arracher des mains. Helena n'a pas lu le moindre livre sur la grossesse, elle n'a pas regardé une seule vidéo YouTube de préparation à l'accouchement. Tout cela lui passe au-dessus de la tête.

Becker, en revanche, a déjà fait la route entre leur domicile et la clinique une bonne demi-douzaine de fois. Il a essayé différents trajets, il s'est même renseigné sur le deuxième hôpital le plus proche, à cent kilomètres plus au sud, au cas où. « Au cas où quoi ? s'est esclaffée Helena quand elle l'a appris. Au cas où la clinique serait fermée ? »

Il est tendu parce qu'il s'inquiète pour elle, voilà tout. Et parce qu'il ne dort plus. Depuis quelque temps, elle ronfle et dégage plus de chaleur qu'un radiateur. Alors il reste allongé à côté d'elle, à attendre sans bouger, paniqué. Et si les choses ne se passaient pas comme prévu ? Et si elle changeait d'avis ? Et si elle se rendait compte qu'elle avait commis une terrible erreur ?

Et si Becker finissait par récolter ce qu'il a semé ?

Journal de Vanessa Chapman

Je ne tiens pas en place. Les Cotswolds, c'est censé être la campagne, mais je n'y trouve rien de sauvage. J'ai l'impression d'être dans une banlieue cossue, à regarder défiler des épouses de banquiers au volant de leur Range Rover. Et la chaleur demeure implacable. Les haies bocagères se meurent, le ciel reste d'un blanc obstiné depuis des semaines, les prairies ont brûlé, la terre est assoiffée. Je me languis de l'eau, je rêve de vert, de bleu, de violet.

Rien écrit depuis une semaine. De retour de Cornouailles – ai laissé J dans l'Oxfordshire, de toute façon, on se voit à peine. Suis restée dix jours. Nagé, travaillé, parlé parlé et parlé. Frances façonne d'extraordinaires sculptures en céramique – des créatures marines mystérieuses et menaçantes qu'elle vernit de bleus et de violets divins.

Du mal à peindre.

J'aspire à la solitude et, pourtant, je me sens déjà si seule. Comment est-ce possible ? Je me sens seule quand je suis seule, mais c'est encore pire quand Julian est là. On ne discute jamais, on ne fait que se disputer et baiser.

Dernière dispute en date, on ne peut plus triviale : impossible de se mettre d'accord sur ce qu'on fait pour Noël. Je veux retourner en Cornouailles, lui insiste pour réveillonner dans sa famille. Ensuite, il prévoit d'aller à Courchevel fêter le Nouvel An avec la bande d'Izzy (ça, c'est au-dessus de mes forces – il ira sans moi).

J'essaie de finir un dernier tableau pour l'expo à la galerie Cube, à Londres, mais le ciel est si triste et la lumière si fade. Je suis cernée par les voitures, les gens et les haies.

Rien vendu à l'expo Cube. Julian dit que je perds mon temps.

Mais ! Un article dans Art Review *a dit que j'étais une artiste à suivre : « Vanessa Chapman est à l'opposé de tout ce que représente le mouvement des Young British Artists. » Ce qui signifie que je suis… à l'ancienne ? Admettons. Il est vrai que je ne suis pas du genre à exposer mes draps souillés, à la Emin. Et l'article a ajouté que mon travail montrait « de la profondeur et de l'émotion ».*

Plutôt encourageant, non ?

Je n'ai rien peint depuis le début de l'année, mais j'ai trouvé un atelier à Oxford. J'y vais presque tous les jours, même quand je ne travaille pas – ça me donne un prétexte pour sortir.

Je serai bientôt seule – la semaine prochaine, Julian part à Nairobi pour une « expédition touristique » qu'il a organisée avec Izzy, puis à Lamu, où Celia Gray loue une maison. Izzy m'assure que « ce n'est qu'une passade ».

Au fond, je ne crois pas que ça me dérange. Si, ça me dérange. Parfois. D'un côté, je voudrais qu'il s'en aille et qu'il ne revienne plus jamais ; de l'autre, je voudrais le garder enfermé dans une pièce pour toujours.

5

Au bout de la vallée, Becker tourne à droite en direction du nord-ouest et de la côte. Il accélère, mais l'aiguille du compteur n'a pas le temps d'atteindre les cent kilomètres-heure qu'une ambulance le dépasse toutes sirènes hurlantes et, moins de deux kilomètres plus loin, la route est bloquée.

« C'est un sale accident, lui annonce le policier qui s'occupe de la circulation. Un motard, ajoute-t-il avec une grimace. Ça risque de durer un moment alors, à votre place, je ferais demi-tour. »

Becker s'exécute, remonte la vallée à vive allure, les yeux rivés sur l'horloge du tableau de bord. S'il n'atteint pas Eris avant 10 h 45, il ratera la marée. Or, il est déjà 9 h 12, ce qui signifie que… Ce qui signifie quoi, au juste ? Il se met à manipuler son GPS sans lever le pied de l'accélérateur. *Mais tu vas te dépêcher de me trouver un autre itinéraire, espèce de saloperie ?* Alors qu'il s'engage dans le dernier virage serré de la vallée, il sent l'arrière de la voiture chasser. Le cœur battant, l'estomac noué, il écrase la pédale de frein et le véhicule franchit la double ligne blanche dans un crissement de pneus pour s'aventurer sur la voie opposée. Aussitôt, il pense au tableau *Death on the Ridge Road* du peintre américain Grant Wood, à la berline noire qui semble trembler de peur en voyant surgir le camion rouge au bout du virage, et il imagine son propre corps écrabouillé entre le siège et le volant. Il peut presque entendre le cri d'Helena tandis qu'on lui annonce la terrible nouvelle au téléphone.

Heureusement, Becker reprend vite le contrôle de son véhicule. Étourdi par l'adrénaline, il poursuit sa route en prenant soin de rester sous les soixante kilomètres-heure. Afin de faire ralentir son rythme cardiaque, il s'efforce de se concentrer sur sa mission. Il sait qu'il a une occasion à saisir mais, pour cela, il va devoir faire preuve de finesse avec Grace Haswell.

Il va commencer par lui parler de *Division II*. Cette histoire d'os constitue à son sens la meilleure entrée en matière. *A priori*, Haswell ne saura rien – rien de probant, en tout cas – sur l'origine de cette côte litigieuse, de sorte que Becker pourra tout naturellement lui demander s'il existe des croquis préparatoires ou des notes d'intention concernant cette œuvre. De là, il compte bien orienter la conversation vers les carnets de Vanessa.

Il a lu ceux qui ont été envoyés avec la deuxième livraison de tableaux, mais il doit en exister plusieurs dizaines d'autres, puisqu'il est de notoriété publique que Vanessa prenait toujours des notes sur son travail. Il existe également des lettres et des photos – bref, des documents d'une valeur inestimable. Mais si Becker veut arriver à ses fins, il va devoir se montrer délicat et commencer par réparer les dégâts commis par le père de Sebastian et ses avocats.

Le fait est – un fait que beaucoup refusent de reconnaître à cause des « circonstances » – que la gestion de cette affaire a été catastrophique. Cela est dû en partie à la stupéfaction qu'ont causées les révélations du testament de Vanessa Chapman. Dans le petit milieu de l'art contemporain, personne n'aurait pu imaginer qu'elle léguerait l'intégralité de son patrimoine artistique à Fairburn, la fondation créée par Douglas Lennox. Douglas, le père de Sebastian et l'ancien galeriste de Vanessa, devenu entretemps son pire ennemi.

Quand la nouvelle a été rendue publique, la première réaction de Douglas a été de fanfaronner. Vanessa Chapman était donc revenue à la raison ! Dans diverses interviews, Douglas a déclaré que ce legs s'apparentait à des excuses posthumes. Que Chapman reconnaissait ainsi tout le mal qu'elle lui avait causé des années auparavant. C'était la preuve formelle qu'après plus de dix ans de brouille, Vanessa n'avait pas oublié tout ce qu'il avait fait pour elle et que le lien profond et intime qu'ils avaient noué ne s'était en réalité jamais rompu.

Il a fallu plus d'un an pour que le testament soit authentifié et, à partir de là, les livraisons d'œuvres à Fairburn ont pu commencer. Malheureusement, les choses se sont alors envenimées. Sans fournir la moindre preuve, Douglas a affirmé qu'il manquait plusieurs tableaux. Il a écrit à Grace Haswell, l'exécutrice testamentaire de Vanessa, pour l'accuser d'incompétence. Plus tard, il est allé jusqu'à la traiter purement et simplement de voleuse, de sorte que les deux parties ont fini par se retrancher derrière leurs avocats.

Becker est arrivé à Fairburn au milieu de tout cet imbroglio. Ancien camarade d'université de Sebastian et grand spécialiste de Vanessa Chapman, il a dans un premier temps reçu l'ordre de ne pas se mêler de cette affaire, qui était dorénavant entre les mains du tribunal. Sauf que, du jour au lendemain, Douglas est mort des suites d'une blessure accidentelle lors d'une battue au chevreuil sur le domaine familial.

À partir de là, ça a été le flou le plus complet. Sebastian et sa mère ont suspendu toutes les procédures le temps de se remettre de ce drame. Sebastian a reporté son mariage avec Helena Fitzgerald. Les intérêts financiers de la famille ont été restructurés, le domaine dans les Highlands vendu. Sebastian s'est retrouvé à la tête de l'ensemble des affaires familiales, puis la pandémie a frappé, compliquant encore un peu plus les choses et repoussant à plus tard toute possibilité d'une action en justice.

Mais ce dernier rebondissement – l'affaire de l'os utilisé par Chapman dans *Division II* – offre à Becker une occasion en or de tenter une nouvelle approche.

Le conservateur est convaincu que la plus grosse erreur de Douglas, Sebastian et leurs avocats a été de ne considérer Grace Haswell que comme l'exécutrice testamentaire de Chapman. Car, plus que cela, elle était avant tout son amie, celle qui a vécu à ses côtés pendant près de vingt ans, celle qui s'est occupée d'elle à la fin de sa vie. Certaines rumeurs évoquent même une relation amoureuse entre les deux femmes.

Becker est donc très excité à l'idée de rencontrer celle qui est selon lui le mieux placée pour apporter un éclairage nouveau sur la personne qu'était réellement Vanessa Chapman, et il est convaincu que la brusquer ne sert à rien. Non, au contraire, il est dans son intérêt de s'en faire une alliée.

Qui sait ce qu'elle pourrait avoir à leur apprendre ? À leur montrer ? Qui sait quelles histoires elle pourrait avoir à raconter ?

Journal de Vanessa Chapman

Aujourd'hui, au courrier, j'ai reçu une coupure de journal – sans aucun mot pour l'accompagner, juste une petite annonce tirée de la section « Immobilier » du Times.

Une île à vendre. Une île entière ! Elle abrite une petite maison délabrée (une ancienne ferme, je crois, ou une maison de pêcheur) et des dépendances. Deux granges. L'une est en ruine, il n'y a probablement rien à en tirer, mais la seconde « a du potentiel » et peut être réhabilitée. Une vente aux enchères aura lieu à la fin du mois.

Si je n'arrive pas à l'acheter, mon cœur ne le supportera pas.

6

Au-dessus du port d'Eris se dresse une rangée de petites maisons blanchies par les éléments et, en contrebas, un parking dans lequel la Toyota Prius de Becker pénètre à 11 h 23. On distingue encore le passage qui mène à l'île. Ce n'est que le début de la marée montante et l'eau n'a pas l'air très profonde, mais le panneau à l'entrée de la chaussée submersible promet un sort funeste aux imprudents qui tenteraient leur chance en dehors des horaires autorisés.

Voûté au-dessus du volant, Becker scrute la masse gris et vert que forme l'île d'Eris. Sur la pointe sud-est, il devine une tache blanche : la maison de Vanessa, si proche et pourtant inatteignable. La prochaine marée basse est à 20 heures, ce qui signifie qu'il ne pourra pas traverser avant 17 heures. Il hésite un instant à rentrer chez lui, mais il ne veut pas prendre le risque de décevoir Sebastian ni de passer pour un incapable. Et puis, ce n'est pas comme s'il était condamné à attendre sans rien faire : il a emporté son ordinateur portable, il peut toujours travailler. Surtout qu'il a beaucoup de choses à lire. C'est décidé, il va se trouver un endroit où déjeuner et faire du tri dans ses notes – mais dans un premier temps, il a besoin de se dégourdir les jambes.

Il sort de sa voiture, s'étire. Un vent frais souffle en bourrasques depuis la mer. Becker enfile son manteau, fourre son téléphone portable dans sa poche et traverse le parking en direction de la rangée de maisons. Après les avoir dépassées, il s'engage sur un sentier côtier qui s'éloigne du village. Au bout de quatre cents mètres, le chemin se met à grimper raide jusqu'à former une frontière étroite et périlleuse entre les champs vert émeraude d'un côté et la falaise abrupte de l'autre.

Au-dessus de Becker, le ciel est encore bleu pâle, et ce n'est que lorsqu'il se tourne face au vent qu'il remarque les nuages anthracite qui se sont accumulés à l'ouest. Il hésite. Peut-être qu'ils ne feront que passer ? Confiant, il reprend sa promenade, mais il n'a pas marché trente mètres que les premières gouttes s'abattent sur lui avec un bruit mat. Vite, il rebrousse chemin et redescend la pente à grands pas, la tête rentrée dans les épaules pour tenter de se protéger du déluge. Dès que le sentier s'élargit, il se met à courir, glissant dans la boue. À l'approche de la rangée de maisons, il ralentit et prend le temps d'essuyer la pluie sur son front et ses joues. C'est alors qu'il aperçoit quelqu'un à la fenêtre du dernier cottage. Un visage inquiet, collé à la vitre. Surpris, il s'arrête net. Mais quand il veut vérifier qu'il n'a pas rêvé, il n'y a plus personne. Seulement un pot, posé sur le rebord.

De retour dans sa voiture, essoufflé, il allume le chauffage au maximum. Il retire ensuite son manteau trempé et le jette sur la banquette arrière, pour se rappeler quelques secondes plus tard que son téléphone est resté dans la poche. Après avoir essuyé la buée sur ses verres de lunettes avec sa chemise et effectué quelques contorsions, il parvient à le récupérer et constate, soulagé, qu'il a assez de réseau pour accéder à sa Dropbox et aux documents qui y sont sauvegardés. Il y a là des portraits de Vanessa, des critiques de son travail, des avis de décès ainsi que quelques articles de presse publiés après la lecture du testament de l'artiste.

The Times

4 mars 2017

UNE ARTISTE DE RENOM LÈGUE L'ÉQUIVALENT DE PLUSIEURS MILLIONS DE LIVRES STERLING À SON ENNEMI JURÉ

Vanessa Chapman, qui est décédée d'un cancer en octobre dernier après avoir vécu plusieurs années recluse sur son île, a légué l'intégralité de son patrimoine artistique à l'homme qui l'avait traînée en justice, a-t-on appris hier.

Ces biens, d'une valeur estimée à quelques millions de livres, ont été transmis à la fondation Fairburn, une institution créée par le philanthrope et marchand d'art Douglas Lennox.

De 2002 à 2004, Lennox et Chapman se sont déchirés devant les tribunaux, après que Chapman a refusé sans préavis de présenter ses œuvres à l'exposition qui devait lui être consacrée à la galerie Glasgow Modern détenue par Lennox, causant à ce dernier un préjudice de plusieurs dizaines de milliers de livres. L'affaire a fini par se régler en privé. Lennox a déclaré que la décision de Chapman « avait failli le ruiner » et que le stress engendré par cet épisode avait affecté à la fois sa santé et son mariage.

Les critiques remontent aux toutes premières expositions de ses œuvres au début des années 1990, période à laquelle Chapman était encore considérée comme une paysagiste traditionnelle. Un journaliste du magazine *ArtFuture* loue ainsi son utilisation exubérante de la couleur et l'expressivité de son travail au pinceau, tout en jugeant ses toiles « futilement nostalgiques ». « Chapman a le mérite de nager à contre-courant de la vague actuelle du conceptualisme, écrit-il. Pour paraphraser Dylan Thomas, elle rage, enrage contre la mort de la peinture. »

Ensuite, Chapman s'est orientée vers l'abstrait, et les critiques se sont montrés de plus en plus enthousiastes. En 1995, *The Independent* évoque l'exposition *Painting Today* au Southbank Centre : « Les toiles saturées de couleur de Chapman occupent un espace à la fois intrigant et palpitant entre abstraction et figuration… »

Néanmoins, Becker note que la presse spécialisée semblait beaucoup plus séduite par l'œuvre que par l'artiste elle-même. « Si les peintures de Chapman sont pleines d'audace, il se dégage de ses céramiques tout en délicatesse une retenue et une froideur à l'image de leur créatrice. »

Par la suite, cette tendance est devenue un véritable leitmotiv : on saluait le talent de Chapman, on louait sa beauté (ses yeux noirs, sa peau parfaitement lisse, sa silhouette élancée, sa grâce naturelle), mais on étrillait son tempérament. On lui reprochait notamment d'être capricieuse, désagréable, impatiente, renfrognée, têtue et inflexible.

En relisant ces extraits, Becker se met à remuer sur son siège, mal à l'aise. Ce portrait au vitriol dressé par la presse ne correspond pas à l'image qu'il se fait de l'artiste qu'il aime et dont il admire la sensibilité. Il continue d'éplucher les articles à la recherche de références aux sculptures et aux céramiques de Chapman, mais tout ce qu'il trouve semble traiter exclusivement de ses peintures. Il lit, relit, jusqu'à ce que, bercé par le bruit des vagues, il finisse par s'assoupir.

Il se réveille en sursaut. Alors que son subconscient tente encore de se raccrocher aux bribes d'un rêve perturbant, Becker constate que quelqu'un – un enfant, croit-il dans un premier temps – est en train de tambouriner sur le capot de sa voiture. Cette personne porte un gilet de sécurité jaune fluo par-dessus un sweat à capuche gris beaucoup trop grand pour elle et gesticule en désignant le panneau « CAMPING INTERDIT » à l'autre bout du parking.

« Parce qu'il a l'impression que je fais du camping, cet imbécile ? » marmonne Becker en ouvrant sa portière, et il s'approche de la minuscule silhouette, qu'il surplombe aisément.

« J'attends seulement que la marée redescende pour pouvoir rendre visite à Grace Haswell, sur l'île, explique-t-il. Vous savez à quelle heure il sera possible de traverser, d'ailleurs ? »

La personne relève la tête et Becker sursaute en reconnaissant le visage sous la capuche : c'est celui qu'il a aperçu un peu plus tôt, derrière la fenêtre du cottage – une femme à la peau tannée par les ans et au rictus figé.

« Pardon ? » demande Becker en voyant les lèvres de la vieillarde remuer, mais celle-ci s'éloigne déjà en direction des maisons.

Après quelques pas, elle se retourne brièvement vers lui avant de reprendre sa route. Becker remarque qu'elle ne porte pas de gants et qu'elle n'arrête pas de serrer et desserrer ses petits poings blancs.

Soudain, une vague se fracasse contre le quai du port avec un bruit sourd, comme une explosion étouffée. Becker se réinstalle au volant et se rappelle alors que dans son rêve, il était aussi dans la voiture. Il était dans la voiture et de l'eau s'infiltrait par les grilles de ventilation et par la jointure des portières. Sur la banquette arrière, il y avait un bébé en pleurs.

7

Un nouveau venu approche : une petite voiture bleue s'aventure sur la chaussée qui mène à l'île. Grace devine que c'est un nouveau venu à la manière dont il conduit, lentement, avec hésitation. Il prend son temps.

Après avoir vérifié que la porte d'entrée est verrouillée, Grace retourne à son poste d'observation devant la grande fenêtre de la cuisine. De sa manche de gilet effilochée, elle essuie la condensation sur la vitre, mais le véhicule a disparu. Il a dû atteindre le bout de la route et s'arrêter en bas de la colline. Le conducteur vient de découvrir la chaîne qui barre l'accès au chemin avec son panneau « PROPRIÉTÉ PRIVÉE » oscillant dans le vent.

Grace s'éloigne de la grande fenêtre qui donne sur la mer pour se pencher vers la plus petite, sur le flanc nord de la maison. De là, elle peut surveiller le sommet des marches qui relient la chaussée à l'avant de la bâtisse. Une minute ou deux s'écoulent. Au moment où elle songe que l'inconnu a dû faire demi-tour, un grand homme mince émerge. Pâle, les cheveux couleur paille, il porte un manteau noir et des lunettes à monture épaisse. Elle sursaute – l'espace d'un instant, elle a cru le reconnaître, mais non. C'est le genre d'homme qui ressemble à tout le monde. Arrivé à la dernière marche, il s'arrête, le temps de reprendre son souffle ; il lève la tête pour observer la maison et la pluie lui tombe sur les joues. On dirait presque qu'il sourit.

Il n'a pas l'air menaçant mais Grace n'est pas assez naïve pour croire qu'un coup d'œil suffit à évaluer ce genre de choses. On ne devine pas la dangerosité d'un homme rien qu'en le regardant.

Par le passé, Grace a soigné des fractures provoquées par des mains tendres, recousu des plaies infligées par des messieurs respectables et polis ; elle a rencontré des brutes au visage d'ange.

Elle s'éloigne de la fenêtre. Dans le salon, elle attrape le fusil sur le râtelier et va le poser contre le banc de l'entrée, bien en vue de quiconque se trouverait sur le seuil. On frappe. Au troisième ou quatrième coup, elle ouvre.

« Madame Haswell ? dit l'homme avec un sourire nerveux, la main tendue.

– Docteure Haswell, corrige-t-elle sans lui rendre son sourire ni lui serrer la main.

– Docteure Haswell, excusez-moi. Pardon de faire ainsi irruption chez vous, mais…

– Que voulez-vous ?

– Je m'appelle Becker, James Becker, de la fondation Fairburn ? Je cherche à vous contacter depuis… »

Mais au mot « Fairburn », Grace a déjà commencé à refermer la porte.

« Je n'ai rien de plus à vous donner, l'interrompt-elle, mortifiée par les larmes qu'elle entend dans sa voix. Vous m'avez déjà tout pris. »

Journal de Vanessa Chapman

Cet endroit ! Où que se pose mon regard, le paysage m'appelle. À l'ouest, ces collines rondes, si réconfortantes, si féminines ! À l'est, la forêt vert et noir, mystérieuse ; si c'est la terreur que l'on recherche, il suffit de grimper jusqu'au rocher pour regarder le tumulte de la mer en contrebas. Pour le moment, c'est le sud qui me captive, les îles, surtout celle de la Tête de Mouton. Elle n'a rien d'un mouton ! Pour moi, c'est une louve.

8

Grace Haswell est laide. C'est la première réflexion que se fait Becker en la voyant, et il en a honte. Parce que surtout, Grace Haswell est effrayée. Il lui a fait peur.

Pendant une minute, peut-être un peu plus, il reste planté devant la porte qu'on vient de lui claquer au nez, songeant moins à la femme terrifiée recroquevillée derrière qu'à l'humiliation qu'il subira quand il devra raconter ce qui s'est passé à Sebastian. À moins qu'il lui mente ? Ce ne serait pas la première fois.

Il s'apprête à rebrousser chemin quand la porte se rouvre d'un coup, manquant l'assommer au passage. Il recule d'un pas.

« Qu'est-ce que vous n'avez pas compris ? » gronde Grace Haswell en le fusillant d'un regard glacial, les lèvres retroussées comme si elle avait l'intention de le mordre – pas si terrifiée que cela, en fin de compte.

Becker s'éloigne un peu plus.

« Permettez-moi de vous expliquer, docteure Haswell, je ne suis pas là pour… Je voudrais vous parler de *Division II*. La sculpture ?

– Je vous l'ai déjà envoyée, rétorque Grace, sourcils froncés. C'était avec la deuxième livraison. Ou la troisième, je ne sais plus, mais j'ai gardé tous les documents. Est-ce que vous essayez de me dire que vous ne l'avez pas reçue ?

– Si, si, elle est bien arrivée. Le problème, c'est que nous avons prêté l'œuvre à la Tate Modern pour une exposition, et…

– Et ils l'ont endommagée.

– Non… Enfin, pas encore. »

Le froncement de sourcils de Grace s'accentue. Becker prend une grande inspiration, expire lentement et, sentant qu'il s'est remis à pleuvoir, il rentre la tête dans les épaules.

« C'est compliqué », ajoute-t-il.

La bouche de Grace frémit et, l'espace d'un instant, il songe qu'elle va sourire. Elle n'en fait rien, mais elle écarte un peu plus le battant de la porte et s'efface pour l'inviter à entrer.

Becker franchit le seuil. Il a le cœur qui bat la chamade, la tête qui tourne, il n'ose plus respirer. Il a attendu ce moment si longtemps, il est sur le point de pénétrer dans le saint des saints, la maison de Vanessa Chapman, et c'est… très sombre. L'intérieur est assez défraîchi, il y a du bazar partout. Il voudrait savourer cet instant magique, mais il ne ressent que de la déception.

« Par ici ! » aboie Grace.

Becker referme la porte derrière lui et lui emboîte le pas. Un petit couloir et… oh !

Il y a du jaune et du bleu, à présent ! De la lumière, une vue ! Et pas n'importe quelle vue. La chaussée submersible, l'étendue de sable, le trio de montagnes enneigées au loin…

« *Les Sables d'Eris* ! s'exclame-t-il, triomphant. C'est le paysage des *Sables d'Eris* ! »

Grace est appuyée contre le fourneau situé sur la droite de la pièce, les mains dans le dos, une expression indéchiffrable sur le visage.

Becker est incapable de contenir son excitation.

« Elle devait se trouver dans cette pièce quand elle l'a peint ! Dans cette cuisine ! La perspective, la manière dont la lumière pénètre… J'ai toujours pensé qu'elle avait réalisé *Les Sables d'Eris* en extérieur, mais elle était là, pas vrai ? »

Il baisse la tête, remarque les taches de peinture au sol et sur les murs, là où Vanessa a dû secouer son pinceau et, instantanément, un frisson lui parcourt la colonne vertébrale.

« Juste là ! » s'écrie-t-il, triomphant.

Lorsqu'il se retourne vers Grace, il croit déceler l'esquisse d'un sourire sur son visage avant qu'elle se saisisse de la bouilloire pour la remplir.

« Elle préférait travailler dehors, bien sûr, explique-t-elle en allumant le gaz. Le froid ne lui faisait pas peur, mais parfois, le vent était trop fort. »

Elle marque une pause et ajoute, visiblement radoucie :

« À la fin, quand elle a commencé à décliner, elle n'avait plus vraiment le choix...

– Je m'en doute, acquiesce Becker en se forçant à prendre un air solennel. Je suis désolé, je suis... très excité. Ça fait si longtemps que je rêve de visiter l'endroit où elle a vécu. »

Grace hoche la tête et redresse juste assez le menton pour que Becker se rende compte que son expression a encore changé. Du dédain, lui semble-t-il, même s'il ne peut en être certain. Et il comprend alors qu'il s'est montré irrespectueux – cette maison est aussi celle de Grace, ce n'est pas une attraction touristique. Il décide de se taire.

D'un geste, Grace lui indique une chaise à la table de la cuisine et retourne s'occuper du thé.

Becker s'assoit. Il regarde autour de lui : les poutres sombres en travers du plafond, le poêle à bois coincé dans une alcôve contre le mur du fond. Si, dans l'ensemble, la pièce est douillette – et il imagine qu'elle doit être très lumineuse quand le soleil est au rendez-vous –, elle est surtout vieillotte. La peinture s'écaille un peu partout, les portes de certains placards pendent sur leurs gonds et les murs ont pris la couleur de la nicotine, à l'exception de plusieurs rectangles jaune pâle – la teinte d'origine, probablement – marquant l'emplacement de tableaux qui ont depuis disparu.

Becker essaie de se figurer à quoi ressemblaient les lieux du vivant de Vanessa. Exposait-elle ses propres œuvres ? La vue sur la mer faisait-elle face à son pendant sur la toile ? Ou l'artiste préférait-elle admirer au quotidien des tableaux qui n'étaient pas les siens ? Grace se rembrunit en voyant Becker observer le rectangle fantôme au-dessus du poêle à bois.

Une chose est sûre, cette femme est à l'opposé de l'image que Becker s'en faisait. Car s'il a lu quantité d'articles sur Vanessa Chapman et sur sa vie sur l'île d'Eris, il n'a jamais vu la moindre photo de Grace Haswell. Avant de la rencontrer, il s'imaginait donc une femme grande et élancée, dans le plus pur style préraphaélite, avec d'immenses yeux verts et de longs cheveux auburn zébrés de gris. En fait, Grace est petite – un mètre cinquante au maximum – et trapue. Becker n'est pas doué pour estimer l'âge des femmes au-dessus de la cinquantaine, mais il lui donnerait autour de soixante-cinq ans. Un visage assez flasque, des joues qui commencent à pendre, un teint terreux : de ses cheveux courts à ses yeux légèrement globuleux, en passant par son pull ample et son pantalon qui bouffe aux chevilles, elle semble peinte en nuances de marron.

Becker se demande à présent pourquoi il s'attendait à ce qu'elle soit belle. En partie probablement à cause de son prénom, qui évoque l'image d'une nymphe aux proportions parfaites. Mais surtout, parce qu'il a commis l'erreur de tirer une vérité absolue d'un constat biaisé établi à l'époque du lycée, où il lui semblait que les jolies filles traînaient toujours ensemble. Puisque Vanessa Chapman était une femme sublime, celle qui partageait sa vie se devait de l'être aussi.

Grace pose une tasse devant lui, mais elle le fait de manière si brusque qu'une partie du liquide se renverse sur la table. Becker goûte le thé – très fort et très sucré.

« Avez-vous des doutes concernant l'authenticité de *Division II* ? demande soudain Grace en s'asseyant en face de lui. Parce que je peux vous assurer que cette œuvre est bien de Vanessa. À cent pour cent. »

Becker se redresse sur sa chaise, un peu surpris. Jamais il n'a envisagé que Vanessa puisse ne pas avoir réalisé cette sculpture.

« Je reconnais que cette série qui se sera finalement arrêtée à six ne ressemble pas au reste, poursuit Grace. Vanessa s'est essayée à la sculpture à une période de sa vie où elle avait du mal à peindre. »

Elle boit une gorgée de thé.

« Si vous avez besoin de preuves, il existe des notes, des croquis... »

La bouche de Becker s'assèche en entendant cette dernière phrase, mais il n'a pas le temps de réagir que Grace lève la main et ajoute :

« Inutile de me demander de vous les montrer dans l'immédiat, il faut déjà que je les retrouve. J'ai conscience que vous n'êtes pas des gens qui brillent par leur patience, mais vous devez vous y faire. »

Becker grimace en buvant à son tour une gorgée de thé trop sucré. Devrait-il expliquer à Grace qu'il n'a rejoint la fondation que très récemment et qu'il ne fait pas tout à fait partie de la famille ?

« Alors ? lance Grace. De quoi s'agit-il ? D'une question d'authenticité ?

– Non, non », répond Becker en secouant la tête, avant de se lancer dans l'histoire qu'il est venu raconter : l'anthropologue qui a visité par hasard la Tate Modern, l'e-mail, l'os.

Quand il atteint le dénouement, Grace se met à rire.

« Un os humain ? » répète-t-elle, et il acquiesce.

Elle rit de plus belle et son visage se transforme, s'adoucit, alors que ses joues ressemblent désormais à deux pommes rouges. A-t-elle une petite soixantaine d'années, en fin de compte ? Voire moins ?

« Vous êtes au courant que je suis médecin ? demande-t-elle. Si Vanessa avait utilisé des restes humains dans ses sculptures, vous ne croyez pas que je m'en serais rendu compte ? »

Becker se sent rougir.

« Je me suis dit exactement la même chose quand on me l'a annoncé – que quelqu'un s'en serait aperçu avant –, mais visiblement, il est assez facile de confondre une côte de chevreuil et une côte humaine. »

Les lèvres pincées, Grace hoche la tête, pensive.

« Moi aussi, ma première réaction a été d'éclater de rire, enchaîne Becker. J'ai fait remarquer à mon chef que cette sculpture avait été exposée non seulement à la fondation, mais aussi dans de nombreuses autres galeries européennes. En attendant, le fait est que les gens de la Tate Modern sont inquiets. Ils ont retiré la pièce de l'exposition et ils insistent pour que Sebastian – je veux parler de Sebastian Lennox, mon chef – fasse réaliser des tests sur l'os en question, afin d'établir si…

– Vous ne pouvez pas faire ça ! proteste Grace. Vous ne pouvez pas ouvrir la boîte ! Elle…

– … fait partie intégrante de l'œuvre, complète Becker. C'est ce que je leur ai dit. C'est précisément ce que je leur ai dit. »

Leurs regards se croisent.

« Elle l'a fabriquée elle-même, explique Grace d'une voix fatiguée. Ses empreintes digitales sont enfermées dans le verre. Il y a… des traces d'elle à l'intérieur de cette boîte. Son ADN. Son souffle. »

Becker baisse la tête, honteux. Cinq ans se sont écoulés depuis la mort de Vanessa Chapman, mais il est évident que cette femme n'a toujours pas fait son deuil. Ce qui est compréhensible – en cinq ans, elle a vu sa maison se faire dépouiller de tous ses tableaux, elle s'est vue accusée d'incompétence et pire encore, et elle continue de se faire harceler par les avocats de la fondation Fairburn. Et lui qui se présente à sa porte au crépuscule, sans prévenir.

« Je suis vraiment désolé de vous embêter avec cette histoire, docteure Haswell, dit-il avec douceur. J'ai pensé que… la solution la plus simple pour éviter d'avoir à ouvrir la boîte serait sûrement que je jette un œil à d'éventuels croquis ou notes concernant cette sculpture ; si j'avais une idée d'où et quand Vanessa a mis la main sur cet os, alors peut-être que je…

– Où, je peux déjà vous le dire, réplique Grace. Enfin, pas avec précision, mais il y a de grandes chances que ce soit dans la forêt, sur la colline derrière la maison. Elle adorait aller fureter là-bas. Là-bas, ou sur la plage. Les ossements, ce n'est pas ce qui manque, sur cette île. Chevreuils, moutons, bovins... On tombe même parfois sur des restes de phoques. »

Elle hoche la tête et le scrute en plissant les yeux.

« Mais même si vous saviez où et quand elle l'a trouvé, je ne vois pas à quoi ça vous avancerait, ajoute-t-elle. Qu'est-ce que ça vous apprendrait de plus ?

– Pas grand-chose, reconnaît Becker. Après, si elle a mentionné cet os dans un de ses carnets, elle a aussi pu évoquer les circonstances dans lesquelles elle l'a trouvé, ce qui pourrait prouver qu'elle ignorait de quoi il s'agissait et qu'elle n'avait donc aucune intention d'utiliser...

– D'utiliser délibérément un os humain dans sa sculpture ? raille Grace. Qui irait imaginer que... »

Soudain, elle s'interrompt et se lève. Le dédain a fait son retour sur son visage.

« Mon Dieu... Je viens de comprendre. Vous pensez que c'est lui, pas vrai ?

– Non, je...

– C'est absurde, crache-t-elle, les lèvres tordues par le mépris. Complètement absurde. »

Elle retire à Becker sa tasse de thé encore à moitié pleine et la vide dans l'évier.

« Fichez le camp, ordonne-t-elle.

– Je vous en prie, docteure Haswell, je ne crois pas du tout que ça puisse être lui, ce n'est pas pour ça que je...

– Immédiatement ! crie-t-elle en désignant la porte. Sortez de chez moi ! »

Becker n'a pas le choix. Il récupère son manteau et remonte le couloir, suivi de près par Grace.

« Vous ne manquez pas de culot ! peste-t-elle. Aller inventer une histoire sans queue ni tête dans le seul but de promouvoir votre petit musée minable ! En plus, ça ne tient pas debout : Julian

Chapman a disparu en 2002 et Vanessa a réalisé *Division II* en 2004 ! »

En 2005, songe Becker, mais il sent que ce n'est pas le moment de la reprendre.

« Vous vous rendez bien compte qu'il faut beaucoup plus de deux ans à un corps pour se retrouver à l'état de squelette ! continue Grace.

– Euh… À vrai dire… Je n'en ai aucune idée, bredouille Becker, piteux.

– Eh bien, moi, je vous le dis ! Bon sang, c'était trop compliqué de poser la question à quelqu'un qui sait de quoi il parle ? Vous ne manquez pas de culot, répète-t-elle. Vous ne méritez pas de vous asseoir dans la cuisine de Vanessa, de vous promener sur son île. Vous ne méritez pas d'accrocher le moindre de ses tableaux aux murs de votre satanée fondation. C'est vraiment ça que vous pensez d'elle ? Qu'elle a… quoi ? Assassiné son mari pour en faire une sculpture ? »

Journal de Vanessa Chapman

Je suis à Naples, où l'air a l'odeur du sel et du soufre, où on se promène au bord de la mer le soir, sous un ciel violacé, pour espionner les gosses du coin, ces ravissants adolescents qui rient, crient et s'embrassent dans la semi-obscurité.

Le jour, la chaleur et les hommes ne me laissent aucun répit. Marcher dans la rue est une épreuve. La dernière fois que je suis venue, je n'étais qu'une enfant, mais je me souviens des regards de convoitise des passants sur ma mère. Elle souriait, ça l'amusait. Moi, je fronce les sourcils et je grommelle des jurons. En dépit de ma vanité (ou à cause d'elle, justement ?), je n'ai jamais aimé qu'on me peigne ou qu'on me photographie. Je n'ai jamais aimé être regardée.

Non, je suis là pour regarder.

Pour regarder le Judith et Holopherne de Gentileschi au musée de Capodimonte.

Ce tableau aussi fait partie des souvenirs du séjour précédent : à l'époque, je pense que j'étais simplement fascinée par l'horreur qui s'en dégage, le gore. Aujourd'hui, ce que j'adore, c'est la façon dont ces deux femmes travaillent de concert, absorbées par leur tâche, très appliquées. La Judith du Caravage est hésitante et craintive, mais celle-ci – avec ses lèvres rouges et sa robe du bleu du ciel napolitain – est déterminée, stoïque. Elle s'est retroussé les manches. Quant à sa servante, elle ne fait pas qu'assister à la scène ; non, elle participe activement. Elle tient Holopherne, le plaque sur le lit, concentrée sur son visage. On peut presque croire qu'elle prend du plaisir.

J'étais plongée dans mon admiration de ces femmes extraordinaires quand une ombre m'a enveloppée. Un homme s'était approché et bloquait toute la lumière. Grand, les épaules larges, la mâchoire carrée – on l'aurait plutôt imaginé chez un bookmaker que dans un musée. Je m'apprêtais à m'éloigner quand il m'a demandé : Vous êtes bien Vanessa Chapman ? Impossible de décrire ma surprise.

Il m'a expliqué qu'il avait vu ma photo à l'exposition au Cube. Il s'appelle Douglas Lennox, il tient une galerie à Glasgow et il voudrait devenir mon agent.

J'ai accepté de le suivre dans un bar et, après quelques verres, dans sa chambre. Ce n'est probablement pas une excellente idée si on doit travailler ensemble, mais il se débrouille plutôt bien et, comme il est marié, il ne devrait pas me poser de problèmes.

Julian est rentré depuis cinq jours et n'arrête pas de bouder. Apparemment, c'est terminé avec Celia. Il est complètement fauché et son père refuse de lui avancer une nouvelle somme d'argent. Je n'ai rien à lui prêter non plus.

Douglas Lennox est passé hier. Il m'a appelée de la gare d'Oxford et m'a dit qu'il était de passage.

Pourtant, l'Écosse, ce n'est pas la porte à côté…

Il n'a pas aimé mes tableaux du palais de Blenheim, ceux que tout le monde admire. Trop sentimental, trop mièvre. Il adore les haies. Ça, c'est audacieux, a-t-il dit. Ça, c'est ambitieux, ça ouvre de nouvelles perspectives à l'art pictural – et c'est votre but, non ? Pendant qu'on bavardait, Julian est entré dans l'atelier. Avec Douglas, on se tenait très proches, je devais avoir la main sur son bras, ou lui la sienne dans mon dos, enfin bref, on se touchait. Et Julian – qui sait que je suis tactile avec tout le monde – est ressorti en claquant la porte.

Douglas et moi avons discuté longtemps. Je lui ai parlé de mon envie d'aller vers la trois dimensions, le relief, d'utiliser le couteau à palette pour créer des marques sur la toile qui s'apparenteraient à de la sculpture. Il m'a fait remarquer que je n'avais pas produit mes meilleures œuvres ici – mes peintures de Cornouailles et d'Italie sont plus réussies. Ce décor qui auparavant m'enthousiasmait a perdu de son attrait.

Le soir, quand Julian est rentré à la maison, il m'a posé des questions sur Douglas et je me suis moquée de lui. L'espace d'un instant, j'ai cru qu'il allait me frapper – je crois que j'aurais voulu qu'il le fasse. Cela m'aurait donné une bonne raison de le quitter, non ?

Depuis trois jours les orages se succèdent et j'ai l'impression que mon corps a emmagasiné l'électricité ambiante. Je peins et je peins, je revis, je déborde d'une énergie nouvelle.

Demain, Londres pour la foire de Frieze.

Je pensais que Julian m'avait pardonnée pour l'incident avec Douglas. J'avais tort. Quand je suis revenue de Londres, il a lancé le deuxième round et j'ai eu droit à un bon vieux combo gauche-droite.

Gauche : il a recommencé à voir Celia Gray, et ce n'est pas une passade, il dit qu'il est amoureux.

*Droite : en mon absence, il a pris un de mes tableaux d'Italie (*Front de mer à Naples*) et l'a vendu à un marchand d'art, « un ami de Celia ».*

Je n'arrive pas à décrire ce que j'ai ressenti : ce n'était pas que du désespoir, mais une noirceur comme je n'en avais encore jamais connu, une véritable haine. Parfois, sa cruauté me sidère. Ses infidélités ne suffisaient pas, voilà maintenant qu'il se sert dans mes œuvres et dépense l'argent que je gagne durement.

Je dois retrouver toute ma détermination, je dois placer mon travail au cœur de ma vie. Et je dois quitter Julian. Sinon, je crois que je finirai par le tuer. À moins qu'il me tue d'abord.

9

Alors qu'il retraverse la chaussée submersible, Becker croit voir quelque chose dans son rétroviseur. Un éclair bleu, mais pas le bleu du ciel ou de la mer – quelque chose de plus clair, d'artificiel, qui n'est pas à sa place dans le paysage. Un bleu qui rappelle un gyrophare. Il s'arrête et descend de la voiture. L'air est humide – une nappe de brouillard venue du large se dirige rapidement vers la côte et a déjà englouti une partie de l'île. Il a beau scruter la colline, il ne remarque rien d'anormal. Au bout d'un moment, son corps se met à frémir sous l'effet d'une peur diffuse. Cette brume qui fond sur lui le pousse à imaginer ce qui se passerait s'il se retrouvait piégé par la marée, un scénario d'autant plus inquiétant que Becker est un piètre nageur. Il s'empresse de se réinstaller au volant et regagne le continent à vive allure, ignorant les rebonds de la voiture à chaque bosse et chaque nid-de-poule.

« Bon, songe-t-il, morose. Ça n'aurait pas pu plus mal se passer. »

À la sortie du village d'Eris, il y a un pub. Becker se gare sur le parking et reste assis dans son siège une longue minute, les mains sur le volant. Autant il a hâte d'être de retour chez lui, autant il ne se sent pas prêt à faire la route. L'angoisse qu'il a ressentie dans la matinée est revenue, une pression intense sur ses tempes, un poids sur sa nuque ; et bientôt, une certitude lui apparaît : s'il part maintenant, alors que la nuit est en train de tomber, il n'arrivera jamais à destination.

Il sort son téléphone portable et s'apprête à appeler Helena – comme toujours, elle saura dissiper ses craintes et le ramener à la raison – quand il découvre que Sebastian a essayé de le joindre. Trois fois. Tant pis, sa décision est prise. Il descend de la voiture et se dirige vers le pub.

L'établissement n'a rien de chaleureux. Il est même franchement austère : une grande pièce rectangulaire, avec un comptoir en bois sombre à une extrémité et quelques tables disséminées de-ci de-là. Les seules personnes présentes sont un groupe de trois jeunes rassemblés autour d'une table et une femme d'une quarantaine d'années debout derrière le bar, les yeux rivés sur son smartphone.

La femme lève la tête vers Becker.

« Qu'est-ce que je vous sers ?

– Pour tout vous dire, je me demandais si vous auriez une chambre pour la nuit.

– Mais bien sûr ! acquiesce la tenancière en se retournant pour attraper deux clés sur un tableau. D'ailleurs, vous avez le choix : la grande ou la petite ? La petite est moins chère, mais elle n'a pas de salle de bains privative. »

Becker opte pour la grande qui, comme le pub lui-même, se révèle fonctionnelle, à défaut d'être accueillante. Au moins, elle a l'air propre. Soudain, derrière l'odeur de bière éventée qui a imprégné les murs, il perçoit un effluve qui le met en appétit. Quelque chose qui cuit, lui semble-t-il. Une quiche, peut-être ?

De retour au bar, Becker commande une tourte à la viande et une pinte de bière brune qu'il déguste en lisant le reste des articles compilés dans son dossier, dans l'espoir (probablement vain) d'y dénicher un élément qui lui permettrait de trouver un terrain d'entente avec Grace Haswell.

Chapman n'accordait que très peu d'interviews – peut-être parce qu'elle avait « mauvais caractère », comme le prétendaient les journalistes, ou peut-être parce qu'elle était fatiguée que les journalistes critiquent son « caractère » à longueur d'article. Même au sommet de sa gloire, entre la fin des années 1990 et le début des années 2000, Vanessa n'évoquait que très rarement son travail en public. Mais à partir de 2002, l'année où son mari a disparu et où elle a refusé dans la foulée de présenter ses œuvres à l'exposition qui devait lui être consacrée à la galerie de Douglas Lennox à Glasgow, elle ne s'est plus jamais adressée à la presse.

Après avoir fermé son ordinateur portable et l'avoir glissé dans sa pochette, Becker prend son verre et retourne s'installer au bar. Entre-temps, la tenancière a été rejointe par son mari, un maigrichon au visage couperosé qui s'est perché sur un tabouret à l'extrémité du comptoir pour lire le journal local.

« Cette tourte était vraiment excellente, dit Becker à la tenancière, qui hoche poliment la tête.

– Vous cherchez une location saisonnière dans la région ?

– Oh, non, pas du tout. Je suis venu rendre visite à Grace Haswell, sur l'île.

– Je vois. C'est une amie à vous ?

– Non, je euh… Je suis conservateur, je travaille pour un musée dans le sud de l'Écosse. À sa mort, Vanessa Chapman nous a légué certaines de ses œuvres.

– Ah, c'est vous, alors… Nous avons tous été très affectés par le décès de Mme Chapman, ici. C'était une femme adorable. Très gentille, un peu bohème. Glamour. Et très populaire auprès de la gent masculine », ajoute-t-elle avec un clin d'œil.

Le mari lève la tête de son journal et lance un regard noir à son épouse.

« Elles ont jamais embêté personne, marmonne-t-il en se tournant vers Becker. Ni elle ni la docteure. Des femmes sans histoires.

– Maintenant que j'y pense, intervient sa femme, il y a bien eu cet épisode avec le mécanicien…

– T'as pas à faire en cuisine, Shirley ? » gronde l'autre.

Shirley hausse les épaules, adresse un sourire à Becker et disparaît à l'arrière. Becker s'apprête à regagner sa chambre quand le tenancier se remet à marmonner :

« Elle était à la retraite, vous savez ?

– Pardon ?

– Dr Haswell. Pendant la pandémie, elle est retournée travailler à l'hôpital alors qu'elle était à la retraite. Des quinze heures d'affilée, qu'on la faisait trimer. »

Et il fusille Becker du regard, comme s'il était personnellement responsable de ces horaires inhumains.

« Après tout ce qu'elle a vécu, ça me chiffonnerait qu'on vienne lui chercher des noises. Elles ont jamais embêté personne », répète-t-il.

De retour dans sa chambre, Becker appelle Helena.

« C'est curieux, les locaux semblaient beaucoup apprécier Vanessa.

– Qu'est-ce que ça a de curieux ? s'enquiert Helena.

– Rien, je suis surpris, c'est tout. Une Anglaise un peu snob qui débarque dans un coin perdu d'Écosse pour acheter une île et y vivre recluse... Sans oublier que Chapman avait la réputation d'être froide, capricieuse, hautaine. Et pourtant, les gens d'ici – le tenancier du pub et sa femme, en tout cas – n'ont que des compliments à faire à son sujet.

– Mmh, marmonne Helena, absente.

– Quoi, mmh ?

– Peut-être que c'était une bonne cliente, suggère Helena avec un éclat de rire. Je ne sais pas, Beck, mais j'imagine que Vanessa était capable de se montrer tout à fait charmante. Et toutes ces choses que les critiques lui reprochaient – qu'elle était... hautaine, têtue, susceptible –, c'est typiquement ce qu'on a tendance à dire d'une femme qui sait ce qu'elle veut, non ?

– Tu crois ?

– Bien sûr ! D'ailleurs, dans certains milieux, une femme qui n'a pas d'enfants ne peut être qu'égoïste ou égocentrique.

– Ah bon ? s'étonne Becker, et il peut presque voir Helena lever les yeux au ciel.

– Il faut absolument que tu retournes voir Grace Haswell. De toute façon, c'est pour ça que tu es là-bas, non ? Si tu veux vraiment découvrir qui était Vanessa, tu dois d'abord trouver un moyen de te faire accepter par celle qui a été son amie, sa compagne, les deux, peu importe... C'est elle qui saura s'il y a des squelettes dans les placards. »

Soudain, Becker croit entendre une voix en arrière-plan, à l'autre bout du fil.

« Qu'est-ce que c'était ? demande-t-il.

– Le livreur de pizza, répond Helena d'un ton langoureux. Il sort tout juste de la douche. »

Becker expire bruyamment, et Helena soupire.

« C'est la télé, Beck. Quel parano ! Je profite de ton absence pour regarder *L'Incroyable Famille Kardashian*.

– Je t'aime, dit Becker.

– Nous aussi, on t'aime.

– Toi et le livreur de pizza ?

– J'ai dit "le" ? Je voulais dire "les". »

Il met fin à l'appel et se replonge dans son dossier Vanessa Chapman, en prenant soin d'éplucher les différents articles avec un œil plus critique. Évidemment qu'elle n'était pas hautaine, évidemment que c'était de la misogynie pure et simple de la part des journalistes ! Tous des hommes, d'ailleurs. Des hommes avec des a priori. Des hommes jaloux de son succès.

Ce n'est que lors de sa dernière relecture que Becker se rend compte de l'absence flagrante de Grace Haswell. Son nom n'est presque jamais mentionné, à part dans un ou deux avis de décès, pour préciser qu'elle était l'auxiliaire de vie de Vanessa. Par contre, elle ne s'exprime nulle part. Peut-être qu'elle ne voulait pas parler à la presse, ou que Vanessa lui avait demandé de ne pas le faire. Mais il y a une hypothèse beaucoup plus probable : après la mort de Chapman, les journalistes étaient bien trop occupés à recueillir les réactions d'artistes de renom pour s'intéresser à la petite généraliste de province qui connaissait le mieux la défunte.

Becker referme son ordinateur. Il est éreinté, il a mal au dos et aux épaules à cause de la route et de tout le temps qu'il vient de passer voûté sur son clavier. Il se lève, se traîne jusqu'à la minuscule salle de bains en s'efforçant de ne pas trop faire grincer les lattes du plancher puis, après s'être étiré et avoir fait craquer son cou, il se plante devant la cuvette des toilettes. Sa tête frôlant le plafond, il urine en regardant par le Velux une lumière solitaire, au loin.

Comme il serait facile de ne pas remarquer Grace Haswell. Comme il serait facile de passer à côté sans la voir.

De retour dans la chambre, il rouvre son ordinateur et se lance dans la rédaction d'un e-mail.

Docteure Haswell,

Il y a tellement de choses dont j'aimerais vous parler, tellement de questions que j'aimerais vous poser. À mes yeux, cet os – et je tiens à vous assurer qu'il ne m'est jamais venu à l'idée qu'il ait pu appartenir à Julian Chapman – n'est qu'un détail insignifiant. C'est simplement quelque chose que je dois faire, un problème que je dois régler, cela fait partie de mon travail en tant que conservateur de la fondation Fairburn.

Je voudrais que vous me racontiez votre vie avec Vanessa, que vous me parliez de la femme qui se cachait derrière l'artiste, de la femme que vous êtes la seule à avoir connue. Il s'agit bien entendu en partie d'une curiosité professionnelle à satisfaire. J'ai écrit une thèse sur le développement de la peinture de paysage non traditionnelle, thèse où Vanessa occupait une place centrale. Mais mon lien à son travail a des racines bien plus profondes et bien plus lointaines. Comme tous les passionnés d'art, j'ai deux types de souvenirs : les souvenirs personnels et les souvenirs artistiques. Parfois, les deux se chevauchent.

Ma mère était une aquarelliste de talent. Elle a commencé les Beaux-Arts avant de devoir mettre ses études entre parenthèses quand elle est tombée enceinte de moi. Elle avait l'intention de reprendre un jour mais, comme mon père est parti sans laisser d'adresse et que ma grand-mère, qui était déjà veuve à ce moment-là, n'avait pas les moyens de nous entretenir tous les trois, elle n'a eu d'autre choix que de trouver un travail.

Pendant des années, elle a été caissière dans une supérette du centre de Bicester, à quelques mètres d'une petite galerie qui s'appelait Harry West Art. Comme vous le savez sans doute, il s'agit de la première galerie à avoir exposé les œuvres de Vanessa. Maman adorait s'y rendre à sa pause-déjeuner ou après sa journée de travail pour admirer les tableaux. Un jour, elle a craqué et elle a acheté une minuscule huile sur toile de vingt centimètres sur douze, qui lui a coûté l'équivalent d'une semaine de salaire ainsi qu'une prise de bec d'anthologie avec ma grand-mère.

Ce tableau représentait une haie d'un vert éclatant, avec çà et là des fleurs des champs mauves et jaunes – on pouvait presque sentir l'odeur d'été qui s'en dégageait. Mais le plus original, c'est que l'artiste avait collé plusieurs éléments réels sur la toile – des brins d'herbe, des pétales… Je me souviens de mon excitation quand j'ai découvert qu'elle y avait aussi incrusté une aile d'insecte presque transparente. Malgré sa taille très modeste, c'était le genre de tableau qu'on ne se lasse pas de regarder, le genre de tableau qui vous apporte quelque chose de nouveau chaque fois que vous l'examinez.

Ma mère l'a accroché au mur juste à côté de son lit.

Des années plus tard, quand elle a dû être transférée dans une unité de soins palliatifs, elle n'a pris que deux effets personnels avec elle : une photo encadrée de nous deux, et ce petit tableau. Un ou deux ans après sa mort, quand je me suis enfin senti le courage de vider le sac de l'hôpital contenant ses affaires – son pyjama, sa trousse de toilette –, j'y ai trouvé le cadre photo, mais pas le tableau.

J'ai décidé de me mettre à sa recherche. J'avais treize ans, à l'époque, je me sentais seul, j'étais en colère et je ne connaissais rien à la peinture. Heureusement, ma grand-mère se rappelait que l'artiste s'appelait Chapman. C'était dans les années 1990, avant l'arrivée d'Internet et de Google, mais j'ai eu la chance de dénicher dans les archives de la bibliothèque municipale une interview que Vanessa avait donnée à Artnow après une foire artistique à laquelle elle avait participé en 1995. Je me souviens d'avoir été non seulement frappé par sa beauté (je vous rappelle que j'étais un adolescent), mais surtout par ce qu'elle a dit au journaliste quand celui-ci lui a demandé ce que signifiait le fait de peindre, pour elle. Je peux vous citer sa réponse, parce que j'ai lu ces lignes tellement de fois qu'elles sont désormais gravées dans ma mémoire :

« L'art est quelque chose qu'on laisse derrière soi, l'art est un réconfort. L'art apaise, console, excite. L'art est un métier. Une activité qu'on fait toute la journée. L'art permet de résoudre les problèmes, de comprendre le monde. L'art offre l'opportunité de repartir de zéro, de retirer le voile, de se venger, de tomber amoureux. De faire une bonne action. De vivre longtemps. »

*Après plusieurs années de recherche, j'ai fini par retrouver ce fameux tableau (*Haie, *1993) à une vente aux enchères chez Christie's ; je l'ai acheté avec ma première paye. Ma mère aurait été choquée par son prix. Ou peut-être pas ! Peut-être qu'elle se doutait qu'un jour, le monde entier finirait par reconnaître le talent de Vanessa. Quoi qu'il en soit, je pense qu'elle serait heureuse de savoir que cette petite huile sur toile est désormais accrochée à côté de mon lit.*

J'espère sincèrement que la lecture de ce message vous permettra de comprendre pourquoi je tiens tant à vous revoir, et à vous parler.

Cordialement,
James Becker

En tout début de matinée, juste avant l'inversion de marée, son téléphone émet une vibration. Le cœur battant, Becker déverrouille l'écran en songeant : *Helena*. Mais il a simplement reçu un e-mail.

Monsieur Becker,

Merci pour votre message. Si vous êtes toujours à Eris, vous pouvez venir aujourd'hui. La marée basse est à 8 heures.

Comprenez bien que je n'accepterai de vous parler qu'à la condition que vous demandiez à vos employeurs de cesser de me harceler.

Si vous y êtes disposé, nous pourrons reprendre notre discussion.

Cordialement,
Grace Haswell

10

Alors qu'il gravit les marches qui mènent à la maison de Vanessa, Becker se demande si Grace va accepter de lui montrer l'atelier. Il paierait tellement cher pour le visiter ! Et le rocher ! Il a tant rêvé de monter au sommet pour admirer la vue !

« Techniquement, rien ne vous empêche d'y grimper... », répond Grace quand il finit par lui poser la question.

Elle est en train de lui remplir une tasse de café. À défaut d'être chaleureuse, elle se montre courtoise. En tout cas, la colère d'hier semble être retombée.

« ... mais je vous le déconseille, ajoute-t-elle avec un geste du menton en direction de la fenêtre obstruée par le brouillard. Le dernier malheureux qui a eu la mauvaise idée de s'aventurer là-haut par un temps pareil n'est jamais redescendu. Enfin, si, mais par la voie express. »

Elle adresse un regard lourd de sous-entendus à Becker avant d'expliciter :

« On a retrouvé son corps sur la plage une semaine plus tard. »

Becker manque recracher son café. Assise en face de lui, Grace souffle tranquillement sur sa tasse.

« Ils en ont parlé dans le journal, reprend-elle d'un ton détaché. Ça remonte à il y a deux ans... trois, peut-être, je ne suis plus trop sûre. Avant la pandémie, ça, c'est certain.

– Mais c'est affreux ! Vous le connaissiez ?

– Non, c'était un touriste. Canadien, je crois. Bref, un pauvre type très loin de chez lui. Je ne l'ai pas croisé, mais c'est moi qui ai donné l'alerte. J'ai compris qu'il s'était passé quelque chose de grave quand j'ai remarqué une voiture stationnée depuis plusieurs jours à l'entrée de la chaussée submersible. »

Ils continuent à siroter leur café.

« Je ne me rendais pas compte que ce rocher était aussi dangereux, soupire Becker. C'était un des endroits préférés de Vanessa, non ?

– Oh oui ! Elle adorait peindre là-haut. Et peu importait la météo ! "Plus on observe un lieu, plus on est en mesure d'en extraire l'essence." C'est ce qu'elle disait. Le matin, elle chargeait tout son bazar sur son quad – son chevalet, ses toiles, ses pinceaux – et elle prenait le sentier qui va vers le rocher jusqu'au bout de la partie carrossable. Ensuite, elle terminait à pied. »

Un sourire aux lèvres, elle ajoute :

« Le vent lui a emporté plus d'une toile. Chaque fois que je la voyais partir, je me faisais un sang d'encre, mais rien ne pouvait arrêter Vanessa. Enfin… presque rien. »

Il n'y a pas à dire : Grace est de bien meilleure humeur, aujourd'hui. Elle accepte de croiser le regard de Becker, elle est plus loquace, moins sur la défensive. Il a eu le nez creux en lui envoyant cet e-mail.

« Vanessa comprenait cet endroit, poursuit Grace. Elle connaissait chaque centimètre carré de cette île, chaque caillou, chaque racine, chaque fissure… Elle savait où la falaise menaçait de s'effondrer, où le vent pouvait vous prendre en traître… Non, ce serait vraiment une très mauvaise idée de monter aujourd'hui, conclut-elle. Et je suis désolée, mais je ne vais pas non plus pouvoir vous montrer l'atelier. Il n'est pas prêt. »

Elle marque une pause avant d'ajouter :

« À vrai dire, c'est moi qui ne suis pas prête. Quoi qu'il en soit, je vais avoir besoin de garanties de votre part. Je veux savoir comment vous comptez procéder à partir de maintenant. »

Becker reprend une gorgée de café. Conscient qu'une offensive de charme n'a que peu de chances d'aboutir, il décide d'opter pour la déférence.

« Alors..., commence-t-il prudemment, les yeux braqués sur sa tasse. Je me disais que, si vous avez le temps et l'envie, bien sûr... on pourrait – vous et moi, j'entends – faire un peu de tri dans les documents de Vanessa... Je pense que ça pourrait être un bon moyen de parvenir à une solution qui satisfasse les deux parties. »

Enfin, il relève la tête et regarde Grace dans les yeux.

« J'ai besoin de votre aide », concède-t-il.

Grace s'empourpre légèrement. Elle est contente. Elle est flattée.

« Ça me paraît... raisonnable », dit-elle, et Becker serre le poing sous la table.

Ils parviennent à un accord. Grace accepte de lui confier un échantillon de documents à rapporter à Fairburn. Quelques carnets, des lettres aussi, peut-être... En échange, il s'engage à demander – non, à ordonner – à Sebastian de la laisser tranquille. Dorénavant, Grace traitera uniquement avec Becker. Il n'y aura plus de menaces d'actions en justice. Becker en fait la promesse solennelle, tout en croisant les doigts sous la table comme un enfant.

« Je vais aller vous chercher quelques carnets », annonce Grace en se levant.

Becker attend d'entendre la porte d'entrée se refermer avant de saisir sa chance. Il se coule alors hors de la cuisine et pénètre dans le salon obscur. Pas de fenêtre, pas d'air, du bric-à-brac partout – la pièce ne doit pas servir très souvent. Devant un des murs est tendu une espèce de rideau décoratif couleur vert hôpital. Le reste du mobilier consiste en un petit canapé bleu, une paire de fauteuils miteux, une table basse et un téléviseur à tube cathodique posé sur une desserte à roulettes.

Par terre, des piles et des piles de livres, de journaux jaunissants et de vieux numéros d'une revue médicale. Enfin, chaque surface – la table basse, les étagères, le rebord de l'énorme cheminée – est jonchée d'objets trouvés : bois flotté couleur café au lait, géodes de quartz blanc, tessons de bouteille polis par la mer et le sable. Becker ramasse une pierre blanche traversée par une ligne rose qui évoque une veine et la fait tourner dans sa main avant de la reposer sur le rebord de la cheminée.

Du salon part un second couloir desservant une salle de bains et deux chambres : une petite sur la droite, avec un lit simple soigneusement bordé, un bureau et une armoire ; et une plus grande sur la gauche. Becker s'arrête sur le seuil de cette dernière. Des murs blancs, un lit double dépourvu de draps, et un fauteuil à côté, légèrement en biais. C'est la chambre de Vanessa, cela ne fait aucun doute car, par la fenêtre, il reconnaît le phare qui se dresse sur une île, au loin. La vue dépeinte dans *L'espoir est violence*, le dernier tableau de Vanessa, achevé quelques mois seulement avant sa mort.

Les larmes lui montent aux yeux. Il se dépêche de battre en retraite, notant au passage que tous les murs de la maison sont nus, comme si des cambrioleurs avaient fait main basse sur l'ensemble de la décoration. D'une certaine manière, c'est le cas, et Becker fait partie des pillards. En retraversant le salon, il récupère la pierre blanche avec sa veine rose. *Le moindre galet qu'elle a ramassé sur la plage pour décorer une étagère*, a insisté Sebastian. Becker glisse l'objet dans sa poche et regagne la cuisine quelques secondes avant d'entendre le cliquetis de la porte d'entrée.

« Elle ne mettait jamais de date, prévient Grace, qui pénètre dans la pièce en feuilletant un carnet format A5. Vous risquez d'avoir du mal à vous y retrouver. »

Elle pose trois carnets sur la table, ainsi qu'une pochette cartonnée renfermant des feuilles volantes. Becker serre les poings pour résister à la tentation de se jeter sur les précieux documents.

« À mon avis, ces carnets n'avaient pas pour but d'être relus un jour, dit Grace. Je pense qu'ils faisaient plutôt partie de son… processus créatif. »

Elle croise le regard de Becker et s'empresse de baisser la tête lorsqu'elle comprend qu'elle vient de se tirer une balle dans le pied : si ces carnets font partie du « processus créatif » de Vanessa, ils s'inscrivent donc dans son patrimoine artistique et reviennent de droit à la fondation Fairburn. Becker fait mine de n'avoir rien remarqué.

« Qu'est-ce que je disais ? reprend Grace. Ah oui, qu'il n'y a pas de date. Un des trois remonte à l'époque où Vanessa a emménagé sur l'île ; je pense que ça peut vous intéresser, même si vous ne trouverez rien sur ce fameux os. Dans le deuxième, elle parle de sculpture, donc on est plus dans le thème. Je comptais vraiment faire du tri dans tout ça, soupire-t-elle. Je vous le jure.

– Je vous crois, répond Becker d'une voix douce. Et je comprends. »

Elle lui adresse un sourire débordant de reconnaissance, et il se sent soudain minable.

« Vous trouverez des croquis dans la pochette, reprend Grace. Vous pouvez les garder, bien entendu – je ne sais pas s'ils ont le moindre intérêt ou la moindre valeur. Pour tout vous avouer, moi, j'y vois surtout des gribouillages… »

Ignare, songe Becker avec mépris.

« Je suis fasciné par l'évolution du style de Vanessa, explique-t-il, la façon dont il s'affirme au fil des œuvres. Je n'ai aucun doute que ces croquis me seront d'une immense utilité, sous réserve que je parvienne à en établir la chronologie. Je pense que sur ce dernier point, les carnets pourront m'aider.

– Peut-être, oui, marmonne Grace du bout des lèvres.

– À mon sens, un des éléments les plus extraordinaires dans l'œuvre de Vanessa, c'est la cohérence qui se dégage de son travail, malgré le fait que son style a beaucoup évolué au cours de sa vie. C'est particulièrement flagrant quand on compare les premiers tableaux qu'elle a peints lorsqu'elle est arrivée sur cette île, *Sud*, par exemple, et une œuvre comme *En attendant la marée*, réalisée à peine un an plus tard. Le changement est radical, le trait bien plus fluide et, pourtant, il ne fait aucun doute que c'est la même main qui tient le pinceau, le même œil derrière la composition.

– Je ne suis pas convaincue, commente Grace. Je ne suis pas critique d'art, mais j'ai le sentiment qu'on a un peu trop tendance à se focaliser sur la théorie alors que, parfois, les choix de l'artiste découlent simplement des circonstances. Vous avez évoqué *En attendant la marée* – eh bien, Vanessa a changé de style parce qu'elle ne pouvait plus se servir correctement d'un pinceau. Donc elle s'est mise à… tremper ses doigts dans la peinture et à barbouiller à même la toile. Dans un deuxième temps, elle lissait avec le pinceau et, comme le rendu lui a plu, ça a influencé ce qu'elle a fait par la suite. Son trait est devenu plus…

– Plus lâche ! s'exclame Becker. Plus exubérant.

– Oui, j'imagine.

– Et sa peinture est devenue plus sculpturale… Mais attendez, comment ça, elle ne pouvait plus se servir d'un pinceau ?

– Elle s'était cassé le poignet. Vous ne saviez pas ? »

Grace le dévisage, un peu perplexe, l'expression figée entre le sourire et le froncement de sourcils.

« C'est comme ça que nous nous sommes rencontrées. »

11
Carrachan, 1998

C'était une journée calme. Grace avait un quart d'heure de battement avant sa prochaine consultation, elle en profita donc pour aller se servir un café que, pour une fois, elle allait peut-être réussir à boire. C'est à ce moment-là qu'elle la vit, une petite voiture verte en piteux état qui pénétra sur le parking dans une embardée et s'arrêta brusquement en travers de trois places de stationnement. La portière conducteur s'ouvrit aussitôt et une femme grande et fine en sortit, ses cheveux couleur ambre lui tombant devant la figure – elle aurait eu besoin d'un bon coup de brosse. Elle se tenait bizarrement, le menton rentré dans la poitrine, les bras croisés et les épaules voûtées, et elle traversa la courette en titubant.

Une alcoolique, songea Grace, qui avala son café d'une traite et se brûla le palais. De la salle d'attente lui parvint la voix de sa réceptionniste, d'abord feutrée, puis plus forte. Au bout de quelques secondes, on frappa à la porte de la salle de consultation.

« Excusez-moi, docteure Haswell, j'ai quelqu'un qui n'a pas rendez-vous… »

La femme entra, la tête haute, sa main gauche maintenant la droite contre son torse. Grace lui demanda ce qu'elle pouvait faire pour elle.

« Je crois que je me suis cassé le poignet », expliqua la nouvelle arrivante.

Lorsque Grace s'approcha, une odeur âcre lui assaillit les narines. Cela ressemblait à du dissolvant, mais la femme avait le regard clair. Elle n'était pas ivre, elle avait simplement très mal, et elle paraissait méfiante – le genre d'expression qu'on voit parfois chez les femmes battues.

« Que s'est-il passé ? » interrogea Grace tout en examinant avec précaution le bras de sa patiente.

Un bleu inquiétant commençait à apparaître juste sous sa paume. Elle avait les veines saillantes comme des cordes et les ongles crasseux.

« J'ai trébuché sur ce satané... Ce truc, là, une espèce de bouche d'égout qui permet d'accéder à la fosse septique derrière chez moi. »

Elle parlait d'une voix douce et légèrement rocailleuse, avec un élégant accent anglais qu'on entendait peu souvent par ici.

« Je courais pour aller répondre au téléphone... J'étais en train de travailler dans mon atelier, c'est un bâtiment à l'écart de la maison. Bref, j'ai fait un vol plané. »

Elle grimaça et étouffa un cri lorsque Grace fit tourner son poignet.

« Ça fait un mal de chien.

– J'imagine bien, compatit Grace, madame... ?

– Chapman. Vanessa Chapman.

– Eh bien, Vanessa, répéta Grace en invitant sa patiente à se lever, j'ai bien peur que vous n'ayez raison : votre poignet a l'air cassé. Nous allons faire une radio pour nous en assurer.

– Et merde ! s'exclama Vanessa, et le juron fit tressaillir Grace. Combien de temps ça va mettre à guérir ? »

Avec une nouvelle grimace, elle serra son bras blessé contre sa poitrine et ferma les yeux, laissant à Grace tout le loisir de l'observer : ses sourcils foncés, l'arc déterminé de ses lèvres, son nez droit, un peu trop large pour son visage.

« Cela va vraiment dépendre de ce que nous apprendra la radio. Vous êtes venue jusqu'ici par vos propres moyens ? » s'enquit Grace.

Elle connaissait la réponse, mais elle cherchait à savoir si sa patiente était digne de confiance.

« Oui, je n'avais pas le choix. Je vis seule.

– Vous auriez dû appeler les secours. »

Vanessa esquissa un bref sourire, et Grace crut y déceler du dédain.

« Conduire avec une blessure pareille, c'est un coup à provoquer un accident, ajouta-t-elle sèchement.

– Avec la marée, il était trop tard pour attendre une ambulance. J'habite sur l'île d'Eris.

– Vraiment ? s'exclama Grace, et son cœur s'emballa, comme si elle venait d'entendre les notes d'une chanson oubliée.

– Vous connaissez ?

– Oh, oui. »

Grace tira prudemment le chariot de l'appareil de radiographie portable jusqu'à Vanessa.

« J'allais souvent m'y promener, avant. Un endroit magnifique, si paisible... Et ce panorama, depuis le rocher ! »

Elle mit le bras de Vanessa dans la position requise et se retira derrière le rideau pour prendre les images.

« Cela fait une éternité que je n'y suis pas allée. Quelqu'un a fait installer un portail à l'entrée.

– Je n'y suis pour rien, intervint Vanessa, presque offensée. C'était une décision de l'agent immobilier, celui qui travaillait pour l'ancien propriétaire. D'ailleurs, je l'ai fait retirer. Il n'y a plus rien depuis des mois et des mois – depuis l'année dernière, même, au moment de la signature de la vente. En Écosse, la loi est formelle : la nature appartient à tous ! Et c'est bien normal, affirma-t-elle en fermant les yeux. Je suis propriétaire de la maison ; quant à l'île, j'estime n'en être que la gardienne. »

Derrière son rideau, Grace ne put retenir un sourire moqueur. Ah, les riches et leurs grandes idées... Si Eris lui appartenait à elle, elle érigerait des barbelés tout autour. Ou bien elle adopterait un féroce chien de garde.

Les radios prises, Grace alla chercher à sa patiente un paracétamol codéiné et un verre d'eau.

« Mais si vous avez réussi à traverser, une ambulance aurait eu le temps de venir vous chercher, non ? reprit-elle.

– La marée avait déjà commencé à monter. »

Lorsque Vanessa renversa la tête en arrière pour avaler le comprimé, Grace aperçut au milieu de sa gorge une minuscule cicatrice – on aurait dit que quelqu'un l'avait menacée d'un couteau avant de se raviser.

« Il ne restait que vingt, vingt-cinq minutes avant que la chaussée devienne impraticable, ça paraissait trop juste pour l'ambulance. Et je ne me voyais pas attendre six heures de plus dans cet état.

– Non, bien sûr. Cependant, vous auriez probablement pu appeler les secours depuis la cabine téléphonique du port plutôt que de faire la route jusqu'ici.

– Effectivement, acquiesça Vanessa, penaude. Je crois que je n'avais pas les idées très claires.

– Ça arrive, avec la douleur, convint Grace, radoucie. Mon infirmière va vous poser une attelle. Vous aurez peut-être besoin d'un plâtre, mais ce ne sera pas avant un jour ou deux, le temps que ça ait dégonflé. Et puis, tout va dépendre de ce qu'on verra quand on aura développé les radios. »

Quand elle se rassit à son bureau pour taper ses notes à l'ordinateur, elle se rendit compte que, sous le regard de Vanessa, elle semblait avoir désormais deux mains gauches.

« Comment comptez-vous rentrer ? demanda-t-elle pour se concentrer sur des questions pratiques. Ce n'est vraiment pas une bonne idée de reprendre le volant. »

L'autre fit la moue.

« Eh bien… De toute façon, je ne peux pas repartir maintenant, c'est marée haute. Je ne pourrai pas traverser avant 16 heures. Je dois pouvoir appeler un taxi… Mais je ne sais pas ce que je vais faire pour ma voiture.

– Cela doit être si étrange, commenta Grace en la dévisageant, de vivre à la merci de la marée… »

Vanessa haussa les épaules avec un sourire et Grace s'en irrita – elle avait l'impression que sa patiente se moquait d'elle, de la banalité de son observation. Pourtant, en dépit de sa contrariété, elle ne put s'empêcher de lui proposer de l'aide :

« Pas la peine d'appeler un taxi. Quitte à attendre cet après-midi, laissez-moi vous reconduire jusque chez vous avec votre voiture. Le lundi, je termine mes consultations à 15 heures.

– Non, je ne peux pas vous demander une chose pareille, l'arrêta Vanessa en se levant. Je ne voudrais pas vous déranger.

– Ça ne me dérange pas, au contraire. Cela fait trop longtemps que je n'ai pas mis les pieds sur cette île.

– Mais si vous me déposez, comment allez-vous repartir ?

– À pied, il n'y a même pas deux kilomètres de marche jusqu'au village. Et de là-bas, je prendrai un bus. »

Tout en parlant, Grace se demanda pourquoi elle se pliait en quatre pour cette inconnue. Cette femme dégageait quelque chose d'à la fois attirant et agaçant… comme si elle pensait que tout lui était dû. Le genre d'attitude qu'on peut se permettre quand on est beau, sûrement, ou riche. Et, bien qu'elle ait conscience de tout cela, Grace se trouvait incapable d'y résister.

Cet après-midi-là, il n'y avait pas un souffle de vent. L'eau de la baie ressemblait à une plaque de verre et, dans le soleil généreux de ce milieu d'été, l'île d'Eris chatoyait de violet, de vert et de jaune, ses collines abruptes recouvertes de fougères, tachetées par endroits d'ajoncs ou de bruyère. Grace et Vanessa avaient baissé les vitres de la voiture. Tandis qu'elles approchaient, l'odeur salée du goémon envahit l'habitacle.

« Ça remonte à quand, la dernière fois que vous êtes venue ici ? demanda Vanessa.

– Oh…, soupira Grace – et elle se rendit compte qu'avant cette question, elle retenait sa respiration. Une éternité. Quand je venais juste de m'installer au cabinet de Carrachan, en 1991, je faisais souvent le trajet. Je traversais à vélo et je marchais jusqu'au sommet du rocher. Mais ensuite, je crois que c'était à l'hiver 1993 ou 1994, il y a eu ces terribles tempêtes… J'imagine que vous ne les avez pas connues ?

– Oh, non, je ne me suis installée que l'année dernière. Avant, j'habitais en Angleterre, dans l'Oxfordshire.

– Eh bien, on a eu des tempêtes vraiment violentes. L'une d'elles a emporté une partie de la chaussée. On ne pouvait plus accéder à l'île – du moins, pas sans danger. À l'époque, personne n'y vivait, il a donc fallu des mois avant que quelqu'un se préoccupe de faire réparer la route. Peu de temps après est apparu le fameux portail dont je vous ai parlé… En tout cas, je suis ravie d'avoir l'occasion de revenir ici, conclut Grace avec un sourire timide. Ça m'avait manqué. »

Vanessa lui indiqua le chemin qui montait jusqu'à l'arrière de la maison. La vieille ruine dont Grace se souvenait avait été entièrement restaurée : on avait blanchi le crépi à la chaux et peint d'un jaune chaleureux les cadres de fenêtres en bois. La bâtisse formait un L autour d'une cour où Grace se gara – à une époque, il y avait eu un troisième côté sur l'arrière (probablement une étable) mais il s'était effondré depuis des décennies déjà. Sitôt sortie de la voiture, Vanessa se mit à gravir à grands pas la colline derrière la maison pour se diriger vers une dépendance. Grace la suivit.

« Faites attention, avertit Vanessa par-dessus son épaule. Regardez, c'est là-dessus que j'ai trébuché. »

Elle désignait sur leur gauche une dalle en béton qui disparaissait à moitié sous les hautes herbes. Au sommet de la colline se dressait une grange dotée à une extrémité d'une immense porte métallique sur rail. On l'avait ouverte en grand pour révéler un intérieur caverneux et une vitre côté ouest qui laissait entrer un large rayon de soleil. Aux murs étaient accrochées des feuilles couvertes de croquis et de brouillons, et devant la fenêtre au fond de la pièce trônait un tour de potier.

« Je croyais que vous étiez peintre, s'étonna Grace, et Vanessa lui lança un regard intrigué. Je veux dire… Quand l'île a été vendue, j'ai lu dans un journal qu'elle avait été achetée par une artiste. Je pensais que…

– Je suis peintre, confirma gaiement Vanessa en levant son bras valide en visière. Je fais de la peinture – enfin, pas beaucoup, en ce moment. »

Elle s'écarta pour inviter Grace à entrer. Côte à côte, elles observèrent les dessins aux murs. Du point de vue de Grace, il ne s'agissait guère plus que de formes géométriques enchevêtrées.

« Ces derniers temps, je m'intéresse plus à la céramique. Je… je traverse une période de transition, je suppose. Je cherche encore mes marques, je tâte le terrain… Et parfois, je trébuche, ajouta-t-elle avec un sourire. En réalité, j'ai surtout besoin de développer une vision artistique propre. »

Délicatement, délibérément, elle glissa son bras gauche au creux du coude droit de Grace. Surprise, celle-ci sursauta et se sentit rougir jusqu'aux oreilles.

« Et si on prenait un thé ? proposa Vanessa. Ou alors on pourrait aller se promener dans les bois, pousser jusqu'au rocher ? »

Grace se dégagea. Alors qu'elle faisait un pas en arrière, elle se cogna contre un banc et fit tomber un marteau en pierre qui roula au sol avec fracas.

Elle poussa un « Oh ! » et s'agenouilla pour le ramasser tout en bredouillant des excuses.

« Ne vous en faites pas, la rassura Vanessa. Vous n'avez pas envie d'aller là-haut ? »

Son rire grave résonna dans l'atelier.

« Vous pensez peut-être qu'il s'agit d'un piège ? Qu'à la manière d'un Ted Bundy, j'ai feint une blessure pour vous attirer jusqu'ici et vous torturer à ma guise ! s'esclaffa-t-elle avant de s'interrompre pour dévisager Grace. Mais enfin, docteure Haswell, je plaisante… On dirait que je vous fais peur !

– Bien sûr que non, répliqua Grace, le visage brûlant, tandis qu'un filet de sueur lui coulait dans le bas du dos. Évidemment que vous ne me faites pas peur. »

Journal de Vanessa Chapman

Convalescence. Peux écrire un peu. Pas de peinture. Pas de poterie évidemment. Météo magnifique, envie de nager tous les jours, mais pas possible à cause de ce maudit poignet. Au lieu de cela, j'arpente la plage et les bois, je rapporte mes trouvailles, je pose et dispose, je déplace et replace.

G me trouve très bizarre ! Elle passe régulièrement pour m'apporter des provisions et colporter les ragots du village – elle connaît tout le monde mais, comme moi, préfère la solitude à la foule. Elle me raconte les histoires de l'île, des arbres déracinés, des malheureux emportés par la marée alors qu'ils essayaient de traverser. Elle m'a aussi révélé ceci : il y a des années, des siècles, les villageois venaient enterrer leurs morts sur Eris, pour les protéger des loups.

12

Oignons émincés, ail pressé ; un geste du poignet, la lame du couteau racle la planche à découper et le tout glisse dans l'huile chaude avec un crépitement.

Sur l'antique cuisinière en fonte est posée une vieille cocotte Le Creuset orange dans laquelle, chaque soir, Grace fait revenir la sauce tomate qui accompagne ses pâtes. Chaque soir la même cocotte, les mêmes ingrédients, le même repas. Avant, Grace cuisinait vraiment (elle est d'ailleurs plutôt douée) mais, avec le temps et la solitude, son large éventail de recettes s'est réduit comme peau de chagrin, passant au fil des ans à une poignée de plats récurrents, jusqu'à ce qu'il n'en reste plus qu'un.

À une époque, Grace préparait à manger en écoutant la radio, mais elle a fini par arrêter. Elle ne pourrait pas retrouver la date précise de ce changement, elle sait juste qu'il s'est produit le jour où le réconfort d'entendre d'autres voix dans la pièce n'a plus suffi à faire oublier l'affreux vide qui le remplaçait au moment où elle éteignait l'appareil avant d'aller se coucher. Aujourd'hui, le silence qui hante la maison depuis le départ de Becker résonne comme un glas.

Sur le seuil de la porte, elle lui a serré la main une demi-seconde de trop.

Vanessa, elle, touchait tout le monde. Au début, Grace s'en offusquait – elle n'avait pas l'habitude qu'on lui prenne aussi facilement la main ou le bras – mais elle s'est rendu compte que, de manière générale, ces gestes d'affection étaient plutôt appréciés. Elle voyait les gens se détendre au contact de l'artiste, se laisser attirer dans son orbite. Grace n'a jamais réussi à obtenir un tel effet chez ses interlocuteurs.

Becker va conclure qu'elle est bizarre. Qu'elle est triste. Une vieille femme esseulée et craintive, voilà ce qu'il va penser d'elle.

Il n'aura pas tort, au fond.

Après dîner, elle se rend à l'atelier. Le faisceau de la lampe torche braqué sur le sol, elle fixe ses pieds en s'efforçant d'ignorer l'orée de la forêt et les ténèbres qu'elle dissimule. Pourquoi aurait-elle peur, de toute façon ? Oui, il y a des fantômes dans ces bois mais, quand on y réfléchit, il y a des fantômes partout. Dans l'atelier, en haut du rocher, dans la chambre de Vanessa et ici même, sur ce sentier. Si elle s'en écartait de quelques mètres, elle verrait le couvercle en béton de la fosse septique qui a fait trébucher Vanessa et là aussi, les spectres ne manqueraient pas de faire leur apparition.

Grace ouvre la porte de l'atelier, allume la lumière et tire de sous une étagère un radiateur électrique qu'elle s'empresse de brancher. Après quoi elle referme la cloison sur rail et pousse le verrou. La voilà en sécurité.

Avec M. Becker, elle s'est sentie rassurée. Ridicule, non ? D'abord il l'a effrayée, puis sa présence l'a rassurée.

En soulevant le couvercle d'un carton, elle songe que c'est le genre d'homme qui vous aide à porter vos courses jusqu'à votre voiture. Qui vous donne un coup de main si vous devez déplacer un gros meuble. Qui attrape pour vous la casserole rangée trop haut dans la cuisine. Qui intervient s'il voit que vous avez un problème.

Est-ce qu'il aurait plu à Vanessa ? Grace pense que oui. L'artiste avait horreur des critiques mais elle adorait les passionnés. Elle lui aurait souri, l'aurait séduit, l'aurait pris par le bras ou la main. Elle était si tactile, si prompte à caresser, à étreindre. Tout ce qu'on a écrit à son sujet, sa supposée froideur, son arrogance... Ces journalistes ne la connaissaient pas. Pas réellement. Vanessa savait se montrer chaleureuse avec les gens qu'elle appréciait. Simplement, il y en avait aussi qu'elle n'aimait pas.

James Becker lui rappelle quelqu'un… Mais oui, voilà qui explique pourquoi elle se sent étrangement proche de lui : il a quelque chose de Nick Riley, ce garçon qu'elle a connu à l'université ! Comme chez Nick, on perçoit chez M. Becker une courtoisie sincère, et il respire l'intégrité. Il y a même une légère ressemblance physique : cette peau laiteuse, ces longs cils pâles…

Est-ce pour cette raison qu'elle ressent soudain un violent point de côté qui la force à s'agripper à l'établi pour reprendre sa respiration ? Est-ce pour cette raison qu'elle est submergée par une incompréhensible vague de chagrin ? Parce qu'il lui fait penser à Nick, qui l'a abandonnée ?

Est-ce pour cette raison qu'elle a menti à M. Becker ? Parce qu'elle voulait qu'il ait une bonne opinion d'elle ? Parce qu'elle voulait lui faire plaisir ?

Car elle a vu ce garçon dont ils ont parlé. Le touriste canadien qui a chuté dans la mer. Elle était dans la cuisine quand il est passé devant la maison, il l'a aperçue par la fenêtre, a souri et l'a saluée. Si jeune. Elle aurait pu courir à sa suite et le prévenir, lui dire de faire attention, là-haut.

On ne peut pas sauver tout le monde.

Grace se dirige vers le fond de l'atelier, s'agenouille et ouvre un placard. Il y avait une boîte avec des ossements, là-dedans, non ? Peut-être même plusieurs. Elle tâtonne dans l'obscurité et met la main sur un coffret en palissandre. Voilà. On y trouve quantité de minuscules choses, des fragments sales et jaunissants ; Grace y plonge les doigts, les attrape un par un. Ils sont si légers. Des os d'animaux, aucun doute là-dessus. Ces gens du musée de Londres se trompent, elle en est convaincue : il est hautement improbable que l'os provienne d'un corps humain.

Elle referme le couvercle et se relève.

Bien sûr, improbable ne veut pas dire impossible… Car ce malheureux Canadien n'était pas le premier à tomber du rocher. Et au fond, tout est possible. Un frisson parcourt la colonne vertébrale de Grace et elle entend la voix de Vanessa : *Je rêve que je fouille dans un tas de cendres.*

Grace s'approche du four à céramique et en ouvre la porte. Vide. Lorsqu'elle se penche à l'intérieur, elle hume une légère odeur d'huile et de savon. On l'a nettoyé il y a déjà bien longtemps.

« Je peux vous assurer que cette œuvre est bien de Vanessa. À cent pour cent. » C'est ce que Grace a affirmé à M. Becker au sujet de *Division II*, et ce n'est pas un mensonge. Hélas, elle sait que ce n'est pas non plus totalement la vérité car, à cette époque, Vanessa était devenue folle. Elle se montrait cachottière, hostile. Même physiquement, elle avait changé : elle avait le dos de plus en plus voûté, les yeux jaunes, et une odeur âcre émanait d'elle. Sous les yeux de Grace, elle se transformait peu à peu en quelqu'un d'autre. Ou quelque chose d'autre. Quelque chose d'animal. Elle restait assise toute la journée dans la cuisine, à fumer, et ne se déplaçait que le soir, une fois Grace couchée. Cette dernière entendait ses pieds nus sur le carrelage quand elle passait de pièce en pièce, elle entendait claquer la porte d'entrée quand Vanessa sortait dans la nuit. Où étais-tu ? la questionnait Grace le matin, quand Vanessa était de retour à la table de la cuisine, une cigarette aux lèvres. Où étais-tu ? Mais elle ne répondait pas.

Je rêve que je fouille dans un tas de cendres, je fouille et fouille et j'y trouve des ossements.

À moins que ça n'ait été plus tard ? D'ailleurs, ce n'était pas du tout ce dont elle parlait à ce moment-là. Pourtant, Grace se demande si Vanessa a écrit au sujet de ces fameux rêves, quelque part dans ces milliers de pages de notes et de gribouillages. Si oui, Grace devra trouver ces passages et les éliminer.

Grace a peut-être donné l'impression à Becker que les écrits qu'elle lui avait confiés avaient été sélectionnés au hasard, mais ça non plus, ce n'est pas tout à fait vrai. Bien qu'elle n'ait pas eu le temps de tout lire, elle a pris soin d'inclure un carnet datant de l'époque où Vanessa et elle se sont rencontrées, et de ranger à part les plus récents. Elle a aussi ajouté quelques lettres envoyées par Douglas Lennox pour faire bonne mesure – peut-être que quand le fils Lennox découvrira les horreurs qu'écrivait son père, il sera moins pressé de faire publier la correspondance de Vanessa.

Il faudra jouer cartes sur table un jour ou l'autre, Grace en a conscience. À Fairburn, on ne risque pas d'oublier l'existence des tableaux manquants – elle sera bien obligée de fournir une explication au moins à ce sujet. Tout aurait été tellement plus simple si le tribunal des successions avait eu la bonne idée de rendre son jugement après la mort de Douglas, plutôt qu'avant !

Grace s'attaque au carton le plus proche. Il n'y a aucune logique dans ce qu'il contient, tout a été entassé au hasard – journaux, photos, croquis, lettres, cartes postales, notes griffonnées, listes de courses… Grace s'attelle d'abord à un tri sommaire : les carnets, le courrier, et le reste. Ceci fait, elle passe à un deuxième carton, puis un troisième. Elle s'efforce de ne pas lire ce qu'elle manipule. Elle sait que si elle commence, toute sa belle organisation va capoter et qu'elle n'en verra jamais le bout. Cependant, par moments, c'est plus fort qu'elle. Ainsi, alors que ses yeux s'attardent sur l'encre bleue délavée, un G majuscule attire son attention, avec ses boucles généreuses et prometteuses.

Ces derniers temps, le vent est doux et chaud – G et moi allons nous baigner à marée haute, c'est le paradis.

Son cœur se radoucit soudain et ses yeux s'emplissent de larmes qu'elle essuie du dos de la main. Elle remonte au sommet de la page.

G est en congés – elle a choisi de rester ici. Je lui ai demandé si elle ne préférerait pas partir un peu, peut-être en vacances, ou voir sa famille ? Elle m'a regardée comme si j'étais folle. Peu importe, j'en suis ravie. Le soir, on boit du vin, et la journée, on va pique-niquer sur le rocher. Ces derniers temps, le vent est doux et chaud – G et moi allons nous baigner à marée haute, c'est le paradis.

13

Je viens de passer un été infernal ; une chaleur étouffante, et une atmosphère lourde de pollen, de monoxyde de carbone et de reproches. Mais enfin, enfin ! J et moi sommes arrivés à un accord. Nous nous séparons, il va emménager avec Celia et nous allons vendre la maison. Il empochera les trois quarts de la vente et moi le reste, mais il a accepté de m'avancer la somme, ce qui va me permettre de faire une offre pour l'île.

Celia a participé aux négociations – ça se comprend, c'est son argent, après tout.

Mon cœur se brise mais je le sens à peine, parce que le reste de mon corps vibre de bonheur.

Je vais enfin être libre.

Becker est en pleine lecture quand Helena pénètre dans le bureau. Il est tôt, le jour se lève tout juste et, dehors, les flocons de neige qui tombent du ciel fondent dès qu'ils touchent le sol. Becker ne se retourne pas pour la regarder, préférant attendre de sentir ses mains se poser sur ses épaules et ses lèvres lui réchauffer le cou.

« Bonjour », murmure-t-elle.

Son haleine est tiède et sucrée. Helena se perche sur le rebord du bureau, la ceinture de son peignoir rouge bordeaux à peine serrée sur son ventre rebondi, ses mains enveloppant une tasse de thé fumant.

« Alors, comment elle est, ta Vanessa ?

– Elle est bizarre, répond-il avec une grimace avant de lui lire le paragraphe qu'il vient de terminer. Elle l'aime et pourtant elle est heureuse d'être enfin séparée de lui, elle vibre de bonheur à l'idée de le quitter. Cette femme est une énigme.

– Il n'y a rien de bizarre », objecte Helena.

Becker hausse un sourcil et elle éclate de rire, avant de poser un pied sur sa cuisse pour qu'il lui fasse un massage. Il s'exécute.

« On peut aimer quelqu'un de tout son cœur et rêver d'en être débarrassé, poursuit-elle. Ce n'est pas incompatible. Certaines personnes sont difficiles à supporter au quotidien. »

Elle souffle sur son thé et reprend :

« Julian a été absolument infect avec elle, par exemple. C'est de notoriété publique. Non seulement il lui a volé des tableaux pour les revendre afin d'éponger ses dettes, mais en plus il couchait à droite à gauche. Tu imagines l'humiliation de Vanessa quand la liaison de son mari avec Celia Gray a fait la une des tabloïds ? Elle a dû le détester.

– C'est ça que je trouve bizarre, justement… Elle ne le détestait pas. Au contraire. Elle l'aimait, et elle le dit ici : son cœur se brise.

– Le cœur, ça va ça vient. On peut très bien s'en passer. Pas comme certaines choses… »

Elle se mordille la lèvre et fait lentement remonter son pied le long de la cuisse de Becker. Celui-ci étouffe un petit rire et lui prend la main.

Ces derniers temps, leurs relations sexuelles sont d'une intensité qui confine parfois à la brutalité. Pourtant, Becker tient à faire preuve de respect – non, de vénération – vis-à-vis de cette femme qui porte son enfant, mais, sur le moment, il se laisse toujours emporter par son excitation. Dès qu'il a joui, en revanche, la satisfaction laisse place à la culpabilité. Si cette dissolution des frontières entre leurs deux corps et leurs deux esprits reste une source de joie, cette joie est désormais entravée par quelque chose d'autre. Par quelqu'un d'autre.

Leur étreinte terminée, Becker cherche par tous les moyens à éviter le regard d'Helena. Lorsque celle-ci s'en aperçoit, elle le repousse avec une telle force qu'il se cogne la tête contre le pied du bureau.

« Qu'est-ce qui te prend ? demande-t-il en se massant l'arrière du crâne, alors qu'il sait très bien ce qu'elle lui reproche.

– Ne me joue pas le complexe de la madone et de la putain, James », réplique sèchement Helena en refermant son peignoir.

Elle accepte son aide pour se relever mais se dégage aussitôt.

« J'ai invité Sebastian à dîner, lance-t-elle d'un ton détaché, comme on jetterait un galet pour faire des ricochets. Je compte sur toi pour acheter une bonne bouteille. Chez un caviste, pas au supermarché. »

Une camionnette de livraison est stationnée derrière la bâtisse principale, ce qui signifie que la collection s'apprête à recevoir une nouvelle pièce. Comme Becker n'a pas été tenu au courant, il doit s'agir de quelque chose de très vieux ou de très récent. Quatre hommes – deux dans la camionnette et deux au sol – déchargent ce qui ressemble à un énorme tapis. Becker s'avance pour soutenir la partie centrale et tous les cinq emportent l'encombrant cylindre dans le grand hall, où attendent Sebastian et sa mère, tout sourire.

Lorsque Lady Emmeline aperçoit Becker, son visage se plisse en une moue dédaigneuse. Elle lui jette un regard glacial.

« Préviens-moi quand il sera installé, dit-elle à son fils avant de s'éloigner en direction du salon, ses talons claquant sur le parquet.

– Salut, Emmeline ! lui lance Becker d'un ton taquin.

– Tu pourrais lui témoigner un minimum de respect, quand même, merde, soupire Sebastian en secouant la tête.

– À quoi bon ? rétorque Becker. Peu importe la manière dont je m'adresse à elle, elle me verra toujours comme un péquenaud qui n'a pas sa place dans son monde.

– Elle te voit surtout comme l'homme qui a fait capoter les fiançailles de son fils unique, maugrée Sebastian à mi-voix avant de se tourner vers les livreurs. Il sera très bien dans la pièce bleue ! annonce-t-il avec enthousiasme en agitant la main à la manière d'un guide touristique qui veut attirer l'attention de son groupe. C'est par là, suivez-moi ! »

Dans son bureau, Becker fait défiler sans les lire les titres d'un site d'information. Il s'en veut. Pourquoi a-t-il tenu à faire enrager Lady Emmeline ? Il sait pourtant que cela ne sert à rien.

Peu après son arrivée à Fairburn, il y avait eu une discussion au sujet de l'emplacement d'une sculpture absolument hideuse que Sebastian avait acquise. Becker ne se souvient plus des détails, mais il sait qu'il a laissé le débat évoluer en dispute : il a haussé le ton, il s'est même montré vulgaire. Quelques minutes plus tard, alors que, un peu penaud, il fumait une cigarette assis sur les marches surplombant la pelouse, Helena s'est approchée. Ça y est, a-t-il songé, voilà la petite bourgeoise avec son douze de moyenne en histoire de l'art qui vient me faire la morale et m'expliquer les bonnes manières.

Sauf qu'elle n'en a rien fait. Elle lui a demandé de lui rouler une cigarette et, pendant qu'il s'exécutait, elle lui a donné un conseil. *Ne les laisse pas t'atteindre. Ne te laisse pas emporter. Tu es beaucoup trop… passionné.* Il se rappelle avoir rougi à cet instant. S'être senti soudain à l'étroit dans son pantalon. *Ces gens ont de la glace dans les veines*, avait-elle ajouté. *Ne leur montre pas ton jeu. Garde tes cartes bien cachées.*

Il s'en veut de ne pas avoir suivi le conseil d'Helena ce matin, et il en veut aussi à Sebastian, qui n'a pourtant rien à se reprocher. Becker n'aime pas qu'on lui rappelle les torts qu'il a causés.

Il est toujours en train de s'autoflageller quand, une heure plus tard environ, Sebastian passe la tête par la porte de son bureau.

« Eh, Beck, tu veux jeter un œil à notre nouvelle acquisition ? »

Sans un mot, Becker suit Sebastian jusqu'à la « salle bleue », ainsi nommée à cause de la couleur de ses rideaux. Au centre est désormais disposé un tapis d'Aubusson dans les tons bleus et crème qui n'est pas du tout du goût du conservateur.

« Très joli, commente-t-il, diplomate.

– N'est-ce pas ? »

Becker hoche la tête, les lèvres pincées.

« Vraiment très joli, répète-t-il. Tu l'as trouvé où ? Tu ne m'avais pas dit que tu en cherchais un.

– Mère l'a acheté à une vente aux enchères, explique Sebastian en s'accroupissant pour caresser la laine tissée du dos de la main. Sans me demander mon avis », s'empresse-t-il d'ajouter.

Il se redresse. Les deux hommes se dévisagent et sourient, gênés.

« Je suis désolé pour tout à l'heure, lâche Sebastian.

– Il n'y a pas de quoi, je me suis comporté comme… comme un con.

– Pas faux, s'esclaffe Sebastian en lui donnant une bourrade. Mais quand même. Et puis, ce n'est pas seulement à cause de Lena. »

Il repart vers le couloir et Becker lui emboîte le pas.

« Que mère ne t'apprécie pas, je veux dire, précise l'héritier. Il n'y a pas que cette histoire de mariage annulé.

– Je sais bien.

– Et ce n'est pas non plus parce qu'elle te considère comme un péquenaud – même si, sur ce point, elle n'a pas tort ! raille-t-il. Non, c'est plus compliqué que ça. C'est à cause de mon père, de Vanessa, de ta présence qui… qui lui rappelle en permanence l'existence de Vanessa, et de tout ce qui s'est passé avec elle…

– Mais enfin, ses œuvres auraient atterri ici, avec ou sans moi !

– Évidemment. Mais tu es en quelque sorte… l'incarnation de tout ce qu'elle représentait de négatif pour ma mère. »

Il hausse les épaules et ajoute :

« En même temps, elle est de mauvaise humeur depuis qu'elle a vu le médecin la semaine dernière.

– Rien de grave, j'espère ? demande Becker alors qu'ils atteignent la porte de son bureau, et il se rend compte avec honte que l'idée que Lady Emmeline soit souffrante le réjouit.

– Lady Emmeline nous enterrera tous, s'esclaffe Sebastian. Le médecin lui a expliqué que si elle avait du mal à dormir et qu'elle se sentait aussi fébrile, c'est parce qu'elle souffre peut-être d'un trouble du stress post-traumatique. Rien que ça ! Comme tu peux t'en douter, ce diagnostic ne l'a pas vraiment réjouie. »

Dans le bureau, Sebastian va se poster à la fenêtre. La neige qui continue à tomber à gros flocons a commencé à tenir au sol.

« En même temps, j'ai l'impression que, de nos jours, c'est une véritable épidémie ! Tu n'es pas d'accord ? Avant, pour un stress post-traumatique, il fallait avoir été victime d'une attaque terroriste ou d'un bombardement ennemi... Maintenant, il suffit d'avoir écrasé un chat. »

Il adresse un petit sourire à Becker, lequel acquiesce et détourne le regard.

« Je sais ce que tu penses : elle n'a pas écrasé un chat, elle a tiré sur son mari et l'a regardé se vider de son sang. Accidentellement, bien sûr, mais n'empêche... »

Becker ne cesse d'être ébahi par le flegme de Sebastian vis-à-vis de ce drame. Et des nombreuses autres épreuves qu'il a traversées, d'ailleurs.

« Sauf que ça, son médecin l'ignore, reprend Sebastian. Lui, il a eu la version officielle, comme la police, la presse, et tout le monde. À la réflexion, je pense qu'on aurait dû lui dire la vérité. Il aurait su rester discret... »

Sebastian secoue la tête, le même sourire triste aux lèvres.

« Enfin, ce qui est fait est fait », conclut-il.

Ce qui est fait, donc, c'est que M. Bryant, le garde-chasse qui est à peine moins âgé que la mère de Sebastian et qui était au service de sa famille depuis son adolescence, a déclaré que le coup était parti de son fusil, afin d'épargner à Lady Emmeline le supplice d'une enquête de police et le battage médiatique qui n'aurait pas manqué de suivre. L'enquête – car il y en a bien eu une – a déterminé que Bryant était hors de cause et que le fautif était plutôt Douglas lui-même, qui avait eu l'imprudence de se placer dans la zone de tir. Quelques mois après le drame, Bryant a pris sa retraite. Avec une pension bien plus conséquente qu'il n'aurait pu l'espérer, soupçonne Becker.

« Je suis désolé, Seb. Parfois, j'ai tendance à oublier tout ce que tu as traversé.

– Bah, il ne faut pas s'attendre à des miracles quand on laisse des octogénaires jouer avec des fusils de gros calibre, soupire Sebastian. Mais qu'est-ce que tu veux ? Tu m'imagines, essayer d'interdire quelque chose à Emmeline ? »

Becker décide d'orienter la conversation vers des sujets plus triviaux, à savoir la vente aux enchères d'Édimbourg à laquelle Sebastian doit se rendre prochainement, et les visites du domaine qu'ils comptent mettre en place à partir du printemps et pour lesquelles Sebastian a réussi à faire un peu de publicité.

« J'ai convaincu la journaliste du *Sunday Times* de nous faire lire son article avant publication, afin de vérifier qu'il n'y a pas d'erreurs. Je vais te l'envoyer, tu voudras bien y jeter un œil ?

– Pas de problème, dit Becker. Qu'est-ce que tu en as pensé ?

– Que le Pulitzer, ce n'est pas pour demain. »

SOMBRES SPLENDEURS
À LA FONDATION FAIRBURN

À la découverte de la toute nouvelle collection Lennox

Par Maria Atwater

Ces dernières années ont été de véritables montagnes russes pour Sebastian Lennox. En 2017, moins d'un an après sa nomination en tant que directeur de la fondation Fairburn créée par son père, Sir Douglas Lennox, l'institution a hérité contre toute attente de l'intégralité des œuvres de Vanessa Chapman.

Malheureusement pour Sebastian, peine de cœur, drame et imprévus l'attendaient au tournant. À l'été 2019, son père décède dans un tragique accident de chasse sur le domaine familial. Quelques mois plus tard, sa fiancée le quitte. Enfin, l'arrivée du Covid en 2020 tue dans l'œuf son grand projet : organiser une première exposition au manoir Fairburn, la résidence historique des Lennox dans la région des Scottish Borders.

« Ça n'a pas été simple, concède Sebastian, mais cette période a été très compliquée pour tout le monde. Désormais, nous regardons vers l'avenir avec enthousiasme. »

Les pièces les plus intrigantes de la collection Lennox sont à n'en pas douter les nombreux Chapman qui, pour beaucoup, n'ont encore jamais été présentés au public.

Parmi eux, on trouve de petits paysages maritimes d'une rare intensité, ainsi que des peintures de l'île d'Eris sous tous les climats possibles et imaginables. L'espoir est violence, *qui serait le dernier tableau achevé par l'artiste avant sa mort, nous offre ainsi une vue spectaculaire de l'île de la Tête de Mouton, telle que Chapman pouvait l'admirer depuis la fenêtre de sa chambre.*

L'exposition abritera également une série de cinq œuvres extraordinaires que l'artiste avait surnommées ses «peintures noires»: il s'agit de grandes toiles croulant sous le poids d'une épaisse couche de peinture, dans les tons verts, bleus, noirs et gris. Si trois de ces tableaux sont résolument abstraits, deux autres mettent en scène des silhouettes au sourire diabolique qui se livrent à des actes transgressifs – ces deux œuvres qui s'apparentent à des contes de fées lugubres sont à n'en pas douter les plus narratives de cette sélection.

Disposées côte à côte dans le grand salon du manoir et bénéficiant d'un éclairage subtil, ces peintures noires sont aussi étranges que captivantes.

«Elles dégagent quelque chose de sinistre et de cauchemardesque, mais nous ne savons pas vraiment de quoi elles traitent, avoue Sebastian Lennox. Pour l'heure, nous ne pouvons que formuler des hypothèses: est-ce que ces silhouettes représentent Julian Chapman [le défunt mari de Vanessa]? Ou s'agit-il d'une incarnation du cancer qui l'a emportée? Nous devrions avoir bientôt accès à l'intégralité des documents personnels de Chapman et nous avons bon espoir d'en apprendre plus sur les origines de ces œuvres extraordinaires et sur ce qu'elles représentent.»

D'autres pièces plus inattendues s'invitent à la fondation, parmi lesquelles trois sculptures de Chapman: Échouage, Division I *et* Division II, *que le grand public a pu admirer récemment au musée d'Art moderne de Paris à l'occasion de la très remarquée exposition* Vingt et un.

« Ces sculptures sont d'autant plus fascinantes qu'elles semblent faire référence à une période plus ancienne dans la carrière de Chapman, nous confie James Becker, le directeur artistique de la fondation Fairburn et éminent spécialiste de Chapman, qui a fait la connaissance de Sebastian Lennox sur les bancs de l'université. Avant d'être reconnue pour ses peintures expressionnistes, Vanessa Chapman aimait s'adonner à l'assemblage d'objets qu'elle ramassait près de chez elle, dans l'Oxfordshire. Comme ces premières tentatives ne s'étaient pas franchement attiré les faveurs des critiques – qui les qualifiaient d'"art populaire sans grand intérêt" –, on pensait que Chapman, dépitée, avait tourné le dos à cette pratique. Mais la découverte de ces sculptures prouve que nous avions tort et que sa passion pour les objets trouvés était demeurée intacte. Ici, elle s'en sert en complément de divers matériaux pour façonner des œuvres uniques et d'une rare puissance. »

Vous pouvez d'ores et déjà admirer plusieurs créations de Chapman à la Tate Modern de Londres, dans le cadre de l'exposition Nature et Sculpture *qui se tiendra jusqu'à fin novembre 2021. Le manoir Fairburn ouvrira lui ses portes au public à partir de début 2022.*

14

« Qu'est-ce que tu as pensé de l'article du *Sunday Times* ? » demande Sebastian.

Debout devant le plan de travail de la cuisine, un torchon jeté sur l'épaule, il hache du persil avec la dextérité d'un chef. À côté de lui se consume une cigarette posée en équilibre sur un cendrier. Bref, il fait comme chez lui. D'ailleurs, techniquement, il est chez lui.

« Pas mal », répond sèchement Becker.

Il a envie d'ajouter : « À part ton monologue sur les peintures noires ; tu n'as pas pu t'empêcher d'imputer des intentions à une artiste sur laquelle tu ne sais quasiment rien. » Mais il se retient. Il vient de faire cinquante kilomètres aller-retour pour se rendre chez le caviste le plus proche et, en rentrant, il retrouve sa femme enceinte en train de rire et de boire du vin en compagnie de son ex-fiancé. Un ex-fiancé qui se trouve être à la fois le logeur et le patron de Becker. Son seigneur et maître. Bref, il n'est pas dans les meilleures dispositions.

« Moi, il m'a beaucoup plu, cet article, commente Helena en arrosant de beurre fondu les filets de sole qui crépitent dans la poêle.

– Je croyais qu'on mangeait des steaks », s'étonne Becker.

Helena se tourne vers lui, un sourire aux lèvres. Quand il lui montre les deux bouteilles de barbaresco qu'il vient d'acheter, elle fronce légèrement le nez.

« Oh, désolée, chéri. J'ai changé d'avis. Mais ne t'en fais pas, Seb a apporté du chablis. »

Becker ouvre le réfrigérateur avec humeur, mais ni Sebastian ni Helena ne semblent y prêter attention. Il se sert un grand verre de vin blanc, le goûte et… doit bien admettre qu'il est excellent. Il referme brusquement la porte. Cette fois, Helena s'en aperçoit et secoue discrètement la tête pour lui signifier de se calmer.

Après ce qui s'est passé entre eux trois, ils ont conclu un accord tacite auquel ils se tiennent : pour continuer à vivre et à travailler ensemble, pour rester amis, ils doivent se comporter de manière civilisée. En adultes. Les rancœurs et les blessures doivent demeurer enfouies, jusqu'à ce qu'elles finissent par se décomposer. Telle est la théorie, en tout cas. Curieusement, c'est Becker qui semble le moins à l'aise avec leur petit triangle amoureux. Helena se montre indifférente – peut-être qu'une vie à voir des hommes se déchirer pour son affection l'a rendue insensible à ce genre de tracas. Sebastian, le grand perdant de l'histoire, a encaissé l'affront sans broncher. Alors pourquoi Becker est-il incapable de passer à autre chose ?

« Moi, cet article m'a beaucoup plu, répète Helena. Surtout quand on pense au lectorat auquel il est destiné. Tout le paragraphe sur les peintures noires était vraiment bien – qu'est-ce qu'elle a dit, déjà ? Lugubre, sinistre… Elle cultive le mystère, c'est très vendeur ! Et tu as bien fait de parler de Julian, Seb. C'est le genre de choses qui pique la curiosité des gens ! »

Contrairement à mes explications sans intérêt sur l'art de l'assemblage, songe amèrement Becker. Mais il sait qu'Helena a raison. Le marketing n'est pas son point fort. D'ailleurs, ce n'est pas ce qu'on attend de lui.

Pendant le dîner, ils parlent d'expositions à venir à Londres, et d'un groupe qu'Helena veut aller voir en concert à Glasgow le mois prochain avec de vieux amis – des gens que Sebastian et elle côtoient depuis l'enfance. Il faut dire que leurs familles ont toujours été proches : la mère d'Helena était à l'école avec Emmeline. Sebastian se montre charmant. Becker s'efforce de rester poli et courtois. Assise entre les deux, Helena alterne entre le rôle de démineuse et celui de poseuse de bombe, tantôt désamorçant une situation tendue d'un geste de la main, tantôt mettant le feu aux poudres par un mot ou un simple regard.

Quand la conversation dévie sur Emmeline, Helena pose la main sur celle de Sebastian.

« Évidemment qu'elle est incapable de t'en parler, Seb. Ce qui s'est passé est… inconcevable. Et puis, les gens de sa génération et de son rang sont des taiseux. La vulnérabilité, ce n'est pas trop leur truc. Pour toi, c'est différent. »

Sebastian lui adresse un sourire plein d'affection et retire sa main au moment où Helena conclut :

« Je pense que ça te ferait du bien d'aller voir quelqu'un.

– Je ne suis pas sûr qu'elle apprécierait, dit-il en secouant la tête, avant de vider son verre de vin et de se tourner vers Becker. Et si tu nous parlais de la vilaine sorcière d'Eris, toi ? Tu ne m'as encore rien raconté ! »

Comme Becker lève les yeux au ciel, Helena lui donne un petit coup de pied sous la table.

« Allez, Beck, ajoute-t-elle. On veut savoir ! Elle est comment ?

– Gentille. Un peu farouche. Je pense qu'elle se sent très seule. Et la maison est en piteux état. On dirait qu'elle a été… pillée. Honnêtement, j'ai eu de la peine pour cette femme. »

Dans la poche de son jean, il fait rouler entre ses doigts le caillou blanc qu'il a ramassé sur le rebord de la cheminée.

« On lui a déjà tellement pris…

– Tu lui as parlé des œuvres manquantes ? » demande Sebastian, pas ému pour un sou.

(Helena avait raison : de la glace dans les veines.)

« Nous n'avons aucune preuve qu'il manque quoi que ce soit, réplique Becker en remplissant son verre. Douglas prétendait que Vanessa lui avait promis certaines toiles pour une exposition, mais comme cette exposition n'a jamais eu lieu, il y…

– Il les a vues ! le coupe Sebastian. Mon père est allé à Eris quelques mois avant la date prévue pour le vernissage et il a vu les tableaux dans l'atelier de Vanessa. Il me l'a dit. Et il a également vu la dizaine de céramiques qu'elle était censée lui envoyer. Tout était là, insiste Sebastian en tapotant la table avec son index. Dans l'atelier, prêt à être expédié. C'est en partie pour ça qu'il a été aussi surpris quand elle a annulé au dernier moment. »

Helena ouvre la bouche, mais Sebastian lève la main :

« Si Vanessa avait décidé de vendre directement les œuvres à des particuliers, on l'aurait su. On aurait retrouvé des traces. Cette piste n'est pas crédible.

– Là-dessus, tu as tout à fait raison, acquiesce Becker. Cette piste n'est pas crédible une seule seconde. Il n'empêche que nous n'avons aucune preuve de quoi que ce soit. Tout ce qu'on a, c'est…

– La parole de mon père. »

S'ensuit un silence pesant, qu'Helena brise en se levant dans un raclement de chaise. Sebastian s'apprête à l'imiter, mais elle lui fait signe de rester assis. Il lui attrape alors le bout des doigts et les serre délicatement, comme pour s'excuser.

« Je vais faire la vaisselle, promet-il.

– Tu as intérêt, réplique-t-elle sur le ton de la plaisanterie. J'allais préparer du thé. Tu en veux ? Il y a aussi du café, si tu…

– Un whisky, dit Sebastian avant de s'étirer. Je veux bien un whisky. »

Becker va chercher la bouteille de Springbank dans le placard.

« Et la sculpture ? demande-t-il. Quand est-ce qu'on récupère *Division II* ? »

Sebastian l'écoute à moitié ; il est trop occupé à regarder Helena débarrasser.

« Sebastian ?

– Je… euh… Pour l'instant, elle est dans un labo privé, à Londres. Ils ont des installations de pointe et…

– Quoi ? » s'écrie Becker en abattant la bouteille sur la table.

Helena sursaute. Elle lui lance un regard noir, puis abandonne la tasse qu'elle venait de sortir sur le plan de travail et quitte la cuisine sans un mot. Becker et Sebastian l'écoutent monter l'escalier, puis claquer la porte de la chambre.

Sebastian lève les mains, impuissant.

« J'ai demandé au conservateur de la Tate Modern de faire venir un expert pour observer l'œuvre sans la dégrader, comme tu me l'as suggéré, et il a accepté. Sauf que l'expert en question a confirmé ce qu'avait écrit l'autre type dans son e-mail : il s'agit bien d'un os humain. D'une côte. Donc maintenant, on est légalement dans l'obligation d'ouvrir une enquête, au moins histoire d'avoir une datation précise. On n'a pas le choix. »

Après quelques minutes de discussion, ils finissent par trouver un accord : le test aura bien lieu, mais Becker sera présent pour l'ouverture de la boîte. D'après Sebastian, ce ne sera pas avant au moins plusieurs semaines. D'un point de vue judiciaire, il ne s'agit pas d'une priorité.

« Il va falloir prévenir l'assurance, dit Sebastian.

– Et Grace Haswell », rétorque Becker.

Sebastian secoue la tête, un sourire ironique aux lèvres.

« Ça ne la regarde pas, Beck. »

Ils terminent leur whisky et Sebastian prend congé. Becker s'attelle alors à la vaisselle et au nettoyage de la cuisine. Il range tout, ne laissant que la bouteille et son verre. Il se sert un autre whisky, éteint la lumière et reste assis dans le noir, devant la cheminée où ne subsistent que quelques braises.

Il n'a pas défendu Grace Haswell mais, à présent, il imagine ce qu'il aurait pu dire à Sebastian. *Bien sûr que si, ça la regarde. Et si tu avais discuté avec elle, si tu l'avais écoutée parler des empreintes digitales de Vanessa, de son ADN, de son souffle... toi aussi, tu serais de cet avis.*

Il ne l'a pas défendue parce qu'il ne veut pas se disputer avec Sebastian. Mais il ne veut pas non plus se mettre Grace à dos... Bref, il veut satisfaire tout le monde. Contrairement à Sebastian, lui n'a pas de glace dans les veines.

Mais le vrai problème de Becker, c'est qu'il se sent déjà coupable. Il s'est mal conduit par le passé et il aimerait rétablir l'équilibre. Hélas, il a conscience que ce n'est pas possible. Il ne peut pas revenir en arrière. Il ne peut pas revenir au temps de ses débuts à l'université, quand il s'était rapproché de Sebastian non parce qu'il l'appréciait – à l'époque, il ne voyait en lui qu'un énième petit privilégié arrogant et médiocre parmi tous ceux qui infestaient les universités les plus prestigieuses –, mais parce qu'il savait qu'il était le fils de Douglas Lennox, le galeriste de Vanessa Chapman. Et il ne peut pas non plus revenir à ce moment où, trois jours après le décès de Douglas, il a ramené Helena chez lui et a passé l'après-midi au lit avec elle.

Il ne peut pas et, de toute façon, il n'en a pas envie.

En revanche, il peut faire le travail que Sebastian lui a confié du mieux possible. Il peut œuvrer au succès du musée, montrer la collection sous son meilleur jour, et ainsi honorer l'œuvre de Vanessa et le souvenir de sa mère.

Et il y arrivera. Pour Sebastian, pour Grace et, bien sûr, pour Vanessa.

Journal de Vanessa Chapman

J'ai des souris.

Des souris, un toit qui fuit, un parquet pourri et de l'humidité. L'installation électrique est criminelle et une odeur immonde émane de la fosse septique.

Cela faisait des années que je n'avais pas été aussi heureuse.

Le fourneau fonctionne, alors j'habite dans la cuisine et je travaille à l'extérieur dès que possible. Je peins toute la journée – hier, j'ai eu de la lumière dehors jusqu'à presque 22 heures. Je suis montée jusqu'au rocher d'Eris, le point culminant de l'île. Le coucher de soleil était extraordinaire, le ciel tendre et douillet – d'abord gris pâle et blanc cotonneux, il s'est peu à peu teinté de rose poudré et d'ambre qui fonçaient à vue d'œil, d'une nuance orange dont on aurait voulu prendre un quartier, d'un jaune fondant qui ressemblait à celui d'un tournesol de Van Gogh. Je me suis mise à badigeonner ma toile de couleur aussi vite que possible.

Le ciel est une chose, la mer en est une autre. Le premier vous défie, la seconde vous confond : inépuisable, en perpétuel mouvement, elle enfle, elle s'arrondit, s'approfondit... Quelle violence !

Impossible de la capturer.

Je vais tous les jours à la plage pour faire des études de la mer. Jusqu'ici, je ne suis pas satisfaite. J'arrive à discerner la vague, la traction du courant, l'amplification, la hauteur, mais c'est le moment crucial qui m'échappe, celui de la rupture, du déferlement, quand toute cette puissance emmagasinée se déchaîne, ce moment de chaos terrible.

Impossible.

Hier, il y a eu une grosse tempête, et il pleut à l'intérieur, dans la cuisine et le salon. Toute l'électricité a sauté. Je m'éclaire à la bougie. Je ne peux plus me rendre sur le continent et je crois que la météo ne va pas s'arranger ces deux ou trois prochains jours. C'est à la fois effrayant et exaltant – je n'arrive plus à m'arrêter de dessiner. Une chose se tapit dans mes croquis mais je ne comprends pas encore quoi. Chaque fois que j'essaie de la voir, elle s'échappe.

J'ai des biscuits, une bouteille de whisky, et assez de tabac pour deux jours. Trois si je me rationne.

Les travaux de la maison ont commencé. D'abord, le toit et une nouvelle fenêtre dans la cuisine, qui était trop sombre. Ensuite, remplacer le parquet de la chambre et régler ce problème d'humidité. Nouvelle cuisine à poser et mise aux normes de toute l'installation électrique.

Puis ce sera le tour de la grange. Large baie vitrée côté sud, agrandissement de l'ouverture côté est – quand l'immense porte sera poussée au bout du rail, on aura l'impression qu'il n'y a que trois murs, avec de la lumière qui entrera par le sud et l'est, et beaucoup d'air.

Je vais devoir utiliser tout l'argent qui me reste de la séparation. Mais comme la maison a été vendue plus cher que prévu, J me doit encore 15 000 livres. Et j'ai fini deux tableaux pour Douglas (*Sud* et *Marée basse*), plus un autre de la grange avec les bois en arrière-plan que j'ai presque terminé. Je vais lui dire d'en tirer ce qu'il peut.

Les rafales sont si violentes qu'elles menacent d'arracher le toit et m'empêchent de peindre dehors, alors je m'occupe. La forêt regorge de trésors : des pommes de pin, des graines, des dents, de vieux os. La plage aussi est fertile. J'y glane des cailloux polis par les vagues, rose poudré, terracotta, ou blanc étincelant. Des méduses ! Des coquillages, bien sûr, du varech dont la couleur oscille entre le brun rouille et le vert éclatant, des morceaux de verre étincelant aux reflets turquoise. À marée basse, on peut marcher pendant presque un kilomètre en direction du large ! J'en reviens les poches pleines de merveilles.

Des tonnes d'idées me viennent.

Ces vastes étendues de ciel et mer tout autour de moi sont vivifiantes. Et l'air est si pur! Il se prête à une tout autre esthétique. Finie, l'époque où je me sentais cernée par les platanes, les pavillons et les haies. Finie, l'époque où j'étais écrasée sous la morne chape de nuages blancs de l'Angleterre. Ici, le ciel est d'un bleu azur miraculeux ou d'un gris acier menaçant, parfois d'un orange somptueux tacheté de pêche ou de jaune pâle.

Les choses avancent. J'ai pris la voiture jusqu'à Carrachan pour aller voir le dentiste, qui m'a posé une couronne. Cet après-midi, je dois rencontrer quelqu'un qui a un quad à vendre – ce serait bien plus pratique pour transporter mon matériel sur l'île. L'homme qui travaille au magasin général du village (Sandy?) essaie de me refourguer un bateau. Je crois que je préfère rester dépendante de la marée. De toute façon, je ne suis pas sûre que j'oserais affronter les courants d'Eris – ils sont absolument terrifiants. C'est d'ailleurs une des raisons pour lesquelles je ne peins que rarement sur la plage : j'ai peur d'être emportée.

Douglas est venu jeudi, il a passé le week-end avec moi. Je l'aime bien mais il est très exigeant – à l'égard de mon corps comme de mon esprit. Il veut que je commence à réfléchir à une exposition qui me serait exclusivement consacrée. Il s'inquiète qu'on finisse par m'oublier, si je me terre ici… Je ne suis pas prête. Je veux prendre mes marques à mon rythme, profiter de cette sensation de vitalité et de créativité sans me forcer à concevoir, sans être obligée de prévoir*.*

Hier, j'ai eu la visite d'un envoyé du Sunday Telegraph *(une idée de Douglas) pour un reportage sur « la vie d'artiste ». Pas du tout le bon moment pour moi. L'atelier n'est pas terminé et je n'ai rien à montrer – pas à un journaliste, en tout cas.*

D se plaint que je ne veux jamais lâcher mes œuvres. Il croit que c'est une question de confiance, mais il se trompe. C'est une question de choix. *Je céderai mon travail au monde quand je me sentirai prête, pas avant. Je refuse de me laisser presser, harceler ou intimider. Cette époque est révolue.*

Mark va venir la semaine prochaine. Il va prendre la camionnette pour m'apporter le vieux tour de potier à pied de Frances.

Suis allée récupérer un sac de vingt kilos de porcelaine papier à Carrachan. Toit continue de fuir, artisan passé hier, devis de réparation 2 000 livres !

Pas de réponse de J à mes lettres. Vais devoir descendre récupérer mon argent en mains propres. Comprends pas pourquoi ce salaud se montre aussi pingre, Celia est pleine aux as – c'est d'ailleurs ce qu'il préfère, chez elle.

Atelier enfin terminé. Hier, j'ai allumé le four pour la première fois !

Je travaille de l'aube au crépuscule, voire souvent jusqu'à tard dans la nuit. Je ne vois pas le temps passer, je mange à peine, j'écris à peine. La passion me dévore, impression de ne plus avoir besoin d'autre chose. Façonner la terre est un bonheur. Je ne ressens pas l'anxiété que provoque chez moi la peinture – avec l'argile, rien n'est figé, rien n'est décidé, rien n'est achevé avant l'étape de la cuisson. Je travaille presque exclusivement au tour, je crée des œuvres élégantes à col de cygne, fines et hautes. Je fais des essais de couleurs. Cette île m'a ouvert une toute nouvelle palette : je respire un air si frais et cristallin qu'il me paraît blanc, et parfois bleu ou violet. Je le visualise comme des aiguilles qui s'enfoncent dans mes poumons (ça a l'air douloureux, mais ça ne l'est pas). Je me sens plus légère, et je me découvre peu à peu une fluidité qui m'était inconnue.

D m'a envoyé l'article du Sunday Tel. *Superbe photo prise du sommet du rocher d'Eris, une autre de moi qui fusille l'objectif du regard dans l'atelier. On me décrit comme séduisante, irritable, maussade, peu expansive. Pas grand-chose sur mon travail (D dit que ça m'apprendra, je n'avais qu'à me montrer plus coopérative). Commentaires de mes « amis » (lesquels ???) expliquant que mon travail m'absorbe totalement, que je n'ai pas de temps à consacrer à autre chose (c'est-à-dire mon couple), que je suis obstinée, voire monomaniaque. Bref, les poncifs de merde qu'on ressort toujours au sujet des femmes incapables de se dévouer corps et âme à leur famille – ou plutôt, à l'aliénation domestique. Vers la fin, on ajoute que j'ai « activement contribué à briser le mariage de Mark Brice », ce qui est injuste et faux. Je parie que c'est cette connasse d'Isobel qui a dit ça, elle a toujours été revancharde.*

C'est la première fois depuis mon arrivée ici que je suis aussi en colère. J'ai appelé D pour l'engueuler et le prévenir que c'est terminé, je n'accepterai plus jamais de discuter avec un de ces vautours. Après, je suis partie sur la colline, je suis montée jusqu'en haut du rocher pour admirer la mer et les îles. En me retournant, j'ai vu que c'était marée haute. J'étais à nouveau coupée du monde, avec nulle part où aller et personne pour me déranger. Je suis redescendue en courant à l'atelier, j'ai chassé toutes ces histoires de mon esprit et j'ai retrouvé ma sérénité.

Maintenant, dans la cuisine, le soir tombé, je réfléchis. Je voudrais créer quelque chose qui parvienne à transmettre cette sensation d'éloignement des autres. Comment représenter cette cassure nette, douloureuse mais libératrice ?

J m'a écrit. Il est furieux que je lave notre linge sale dans les colonnes d'un journal ??? Menace de venir ici. J'ai jeté sa lettre et je suis retournée dans mon atelier. Travaillé toute la journée, plus pensé à lui une seconde.

L'obscurité ici est soudaine, totale, et inhumaine. Quand le brouillard écossais se lève, il ne laisse plus passer la moindre lumière – en dehors de celle du phare de la Tête de Mouton, toutes les vingt-trois secondes.

Certains jours, le soleil se lève à peine.

Ni lumière ni ombre, et pourtant je meurs d'envie de peindre.

Il y a quelques jours (deux ou trois ?), je suis allée à mon endroit habituel sur la côte sud pour terminer mon tableau de la Tête de Mouton. La météo était étrange : il faisait clair quand j'ai quitté la maison mais, le temps que je m'installe, le ciel était devenu jaune – comme s'il y avait du gaz dans l'atmosphère – et la mer, immobile, noire et terrifiante. Ambiance de fin du monde ! J'ai pris une nouvelle toile et je me suis mise à peindre avec une frénésie inexplicable. Tout ce que je peux dire, c'est que l'obscurité et la peur semblaient m'aspirer et m'engloutir.

À présent, cette toile (que j'ai achevée en quelques heures) est rangée dans la chambre d'amis et je n'ai pas vraiment envie de la regarder. C'est une présence troublante, obsédante. Une peinture noire.

15

Adossé à la rambarde de la passerelle, une cigarette entre les lèvres, Becker se frotte les mains pour les réchauffer. En contrebas, une fine pellicule de glace recouvre le ruisseau. Il a la tête qui tourne. Une peinture noire ! Et qui ne représente ni le cancer de Vanessa, ni Julian Chapman, ni quoi que ce soit qu'ait pu inventer Sebastian. Il s'agit de la mer. L'impossible mer ! Elle a trouvé un moyen de la peindre !

Becker a passé une bonne partie de la nuit à étudier le premier carnet. À s'en délecter, plutôt. Il a pris tout son temps, s'interrompant régulièrement dans sa lecture pour noter des remarques. Vanessa n'y mentionne des ossements qu'une seule fois – *la forêt regorge de trésors… des dents et de vieux os…* Pourquoi vieux ? Qu'en savait-elle ? À moins qu'il s'agisse simplement d'une façon de parler. Un os est vieux par définition, non ? Si ça se trouve, elle a déniché cette côte lors d'une de ses premières explorations de l'île, il y a plus de vingt ans, et l'os a pris la poussière dans son atelier pendant des années avant qu'elle décide de s'en servir.

(Il s'interroge sur cette histoire de dents. Pourrait-il aussi s'agir de… ? Non, impossible. Après tout, nul besoin d'être anthropologue judiciaire pour reconnaître une dent humaine.)

De toute façon, la question de l'os ne se pose plus. Les experts ont tranché et ils vont maintenant effectuer des analyses. Ce n'est plus de son ressort.

Sa cigarette terminée, il traverse la pelouse jusqu'au manoir et, comme tous les jours, il entre par l'arrière. Mais dès qu'il tourne l'angle du couloir, il remarque que la porte de son bureau est entrouverte. Les poings serrés, il s'avance, son indignation grandissant à chaque pas : certes, cette bâtisse appartient à Sebastian, mais Becker a quand même droit à un peu d'intimité sur son lieu de travail, non ? Furieux, il pousse violemment la porte.

Sauf que ce n'est pas Sebastian qui se trouve dans la pièce, mais Lady Emmeline. Celle-ci redresse la tête et pose sur lui un regard glacial. Sur le bureau sont éparpillées des feuilles volantes couvertes d'une écriture au crayon de papier et à l'encre bleue – le contenu de la pochette que Becker a rapportée d'Eris.

« Vous avez l'intention d'exposer ces documents ? s'enquiert Lady Emmeline.

– Euh… Certains, oui. Je n'ai pas eu le temps de tout lire. Il y a beaucoup de choses et… »

Elle lève une main pour le faire taire et ferme les yeux, visiblement peinée, avant de se détourner.

« Pouvez-vous m'expliquer ce qui vous passionne autant chez Mme Chapman ? demande-t-elle alors. Sebastian me dit qu'elle vous rappelle votre mère. »

Très lentement, elle lui refait face.

« Elle aussi, elle est morte d'un cancer, non ?

– Euh… Je… Oui, c'est exact, bafouille Becker, surpris. Quand j'étais enfant.

– Et est-ce qu'elle aussi, c'était une putain ? »

Becker est trop choqué pour réagir. Emmeline contourne le bureau et se dirige vers la porte sans le quitter des yeux une seconde.

« Monsieur Becker, je tiens à vous prévenir que si vous cherchez à m'humilier, je saurai vous le faire payer. Est-ce clair ? Ne vous méprenez pas : je suis loin d'être une vieille femme inoffensive. »

Sans attendre de réponse, elle sort dans le couloir et s'éloigne, le claquement de ses talons résonnant sur le sol en marbre. Abasourdi, Becker reste planté là, dans les effluves de L'Air du Temps que Lady Emmeline a laissés dans son sillage.

Il a l'impression d'avoir reçu une gifle. Et, honteux, il constate qu'il est au bord des larmes. Au bout d'un moment, il se reprend et parvient à refermer la porte. Il se dirige vers son bureau, pose les mains à plat sur le sous-main et s'efforce de retrouver une respiration normale. C'est alors que son regard tombe sur la lettre qu'Emmeline lisait quand il est entré dans la pièce.

Novembre 1999

Vanessa,

Depuis ta dernière visite, je ne pense qu'à toi. Rien d'autre n'a d'importance. Si tu savais... Je serais prêt à laisser ma femme et mon fils périr dans un incendie pour pouvoir passer une nuit de plus avec toi. Une heure de plus. Je me languis de ta bouche sensuelle. Je me languis de ta chatte délicieuse.

Il faut absolument que je te revoie.

Douglas

Becker sent son visage s'empourprer. Gêné, il tire sur le col de sa chemise – il a le sentiment de partager désormais un vilain secret avec Lady Emmeline. Il s'assoit et commence à rassembler les divers documents qu'elle a éparpillés sur le bureau afin de les ranger dans leur pochette. Parmi eux, plusieurs lettres de Vanessa à sa grande amie Frances Levy, une autre adressée à un acheteur potentiel, un croquis de son atelier d'Eris... Mais le regard de Becker s'arrête sur un papier à en-tête de la galerie Glasgow Modern. Au milieu de la page, une seule phrase, écrite de la main de Douglas :

Après ce que tu m'as fait, tu mériterais que je te tranche la gorge

16

Becker est allongé dans le lit derrière Helena, la main droite sur sa hanche, les lèvres pressées contre sa nuque. Elle sent la transpiration. *Quelque chose d'animal*, songe-t-il et, dans le noir, il sourit. Elle pose les doigts sur sa jambe et se met à lui caresser négligemment la cuisse du bout des ongles.

« J'ai trouvé Emmeline dans mon bureau, ce matin, dit Becker.

– Ah bon ?

– Elle a traité ma mère de putain.

– Quoi ? »

Helena se dégage de leur étreinte pour lui faire face.

« Enfin, pas exactement, reconnaît Becker. Elle a traité Vanessa de putain, et ensuite elle m'a demandé si ma mère en était une, elle aussi. »

– Mais c'est horrible, Beck, commente Helena, incrédule. Franchement, je... je commence à croire qu'elle devient sénile.

– Je ne sais pas, soupire-t-il. Quand je suis arrivé, elle était en train de regarder les documents que m'a donnés Grace Haswell. Elle avait trouvé une lettre de Douglas à Vanessa. Une lettre très... explicite.

– Ah ? fait Helena en enroulant sa jambe autour de celle de Becker, avant de lui susurrer à l'oreille : Explicite comment ? »

Becker éclate de rire, et Helena écarte une mèche de cheveux qui la gêne avant de poser la tête sur son épaule.

« Plus sérieusement, reprend-elle, j'imagine que ça n'a pas dû être agréable à lire pour elle, mais ce n'est pas non plus une surprise. À ce qu'on m'a dit, Douglas n'était pas du genre discret.

Et Vanessa était loin d'être sa seule amante – il avait une sacrée réputation.

– Je crois que j'ai de la peine pour elle. Toute cette histoire doit être si humiliante.

– Peut-être. Mais tu n'y es pour rien. Et ta mère non plus.

– Tu as raison. »

Becker observe la fissure au plafond qui part de l'angle opposé de la chambre et qui sillonne en zigzag jusqu'au centre. Elle est apparue peu après son emménagement, il y a trois ans, et n'a pas cessé de progresser depuis. Il serait peut-être temps qu'il se penche sur la question, qu'il appelle un artisan pour y jeter un œil. Si ça se trouve, c'est toute la maison qui menace de s'écrouler.

« Est-ce qu'Emmeline a toujours été comme ça ? » demande-t-il, mais Helena ne répond pas.

Elle change de position entre ses bras, et son souffle se fait plus lent, plus profond. Elle s'est endormie. Becker reste éveillé un long moment, à écouter la respiration régulière d'Helena et à surveiller la fissure en priant pour que le plafond ne leur tombe pas sur la tête.

17

Grace est assise à la table de la cuisine devant une pile de lettres. Il est presque 2 heures du matin et, au fond de la théière, le thé qu'elle a préparé une heure plus tôt est froid et amer. Bientôt, ce sera marée haute et elle pourra aller se coucher mais, pour le moment, elle poursuit son tri, examinant chaque missive.

Un tremblement de la vitre lui fait relever la tête. Malgré le noir complet du dehors, elle devine que la tempête approche. Elle note qu'elle doit penser à fermer les volets côté sud – la façade la plus exposée au vent – et sortir vérifier que l'atelier est bien fermé.

Après s'être enveloppé les épaules d'une couverture, elle retourne au courrier qu'elle a sous les yeux, une lettre de Vanessa à Frances Levy, une amie artiste. Elle fait partie d'un paquet de lettres que la fille de Frances, Leah, a transmis à Grace l'an dernier après le décès de sa mère, victime du Covid. À présent, Grace les analyse dans l'espoir de reconstituer leur chronologie. Ces échanges, qui s'étalent sur vingt-cinq années, sont presque exclusivement consacrés à l'œuvre artistique de chacune des deux femmes – Frances en Cornouailles et Vanessa dans l'Oxfordshire puis ici, à Eris.

Vanessa : *La peinture est un objet ! Depuis que je me suis cassé le poignet, j'ai pris conscience de la matérialité de la peinture, de son aspect concret. J'adore cette sensation d'avancer vers une dimension plus sculpturale de mes toiles. Néanmoins, je me demande parfois si tous ces changements, ces métamorphoses constantes, ne risquent pas de donner une impression d'incohérence dans mon œuvre ?*

Frances : *N'est-ce pas justement ce que nous recherchons, le développement d'un langage esthétique propre, de la même manière qu'un écrivain cultive sa voix ? Ton passage du figuratif à l'abstrait puis de l'abstrait au figuratif fait partie de ton langage, et il est bien normal que celui-ci évolue – c'est le principe ! D'ailleurs, nous n'avons pas d'autre choix que d'évoluer si nous ne voulons pas être évincées de la scène artistique.*

Vanessa : *Je me fiche de la scène artistique. Les lits défaits et les requins coupés en deux, très peu pour moi ! Pourtant, je suis mouvante, tel le sable. Je pense que ce qu'on crée devrait être influencé par l'endroit où on le crée, comment on le crée, et avec quelle matière. Chaque jour, je me réveille folle de joie d'être ici – séparée du monde par la mer – et de parler le langage de la nature et des marées, plutôt que celui de la politique et de la société humaine.*

Quand elle écrit, Vanessa prend ce que Grace appelle « sa voix d'artiste », un ton affecté qu'elle empruntait pour impressionner ceux qu'elle considérait comme ses supérieurs sur l'échelle sociale, et qu'elle n'utilisait jamais avec Grace. Pour cette dernière, la teneur de ces échanges avec Frances oscille entre le banal et le déconcertant. Quelle prétention, bon sang ! On parle de gens qui faisaient du dessin, pas de la recherche contre le cancer, non plus ! Cependant, elle se doute que Becker trouvera tout cela palpitant, alors elle pose les lettres « à teneur artistique » sur la pile qu'elle destine à Fairburn. Les autres, celles dans lesquelles empiète la vraie vie (les liaisons, les amitiés et les inimitiés), elle les range à part, dans la pile « personnel ».

Frances : *Dora est venue me voir. Mark et elle se sont encore séparés. Elle est bouleversée et m'a suppliée d'intervenir en sa faveur, de te demander de mettre fin à cette histoire avec Mark. Je lui ai répondu que je n'avais aucune influence sur toi ! Mais je vais tout de même te dire une chose : si Mark n'a pas d'importance à tes yeux (d'un point de vue sentimental, j'entends, je sais bien qu'il est important d'un point de vue amical), <u>mets fin</u>*

à cette relation. Ne le contacte plus, ne le laisse pas revenir vers toi. Elle est dévastée, c'était affreux à voir. Quel drame. Le bébé n'a que huit mois et j'ai l'impression que Dora ne s'en sort pas. Je suis inquiète.

Vanessa : *Frances, tu sais que ce qui se passe entre Mark et moi n'est pas vraiment de mon fait. J'ai déjà rompu à plusieurs reprises (je viens encore de le faire), mais il me rappelle sans cesse. Je suis désolée pour Dora. Je suis désolée qu'elle souffre. Mais je crois que le vrai problème, c'est Mark. Je compatis à ses difficultés avec le bébé – je n'ose imaginer ce qu'elle ressent. Je suis tellement soulagée de n'avoir pas réussi à tomber enceinte quand Julian me le demandait. J'ai toujours considéré la famille comme l'antithèse de la liberté.*

Quand Leah lui a envoyé cette correspondance, Grace a d'abord été surprise qu'elle ne souhaite pas conserver les lettres de sa propre mère et elle les a mises de côté, en se disant que Leah avait peut-être pris cette décision sur un coup de tête (on est rarement lucide quand on vient de perdre un proche) et qu'elle risquait de les lui réclamer un jour, mais non. À présent, elle commence à comprendre pourquoi. Leah n'apparaît presque nulle part dans ces écrits ; les rares fois où elle est mentionnée relèvent de l'anecdotique. Dans le meilleur des cas.

Frances : *Tu te trompes au sujet de la famille ! Il est tout à fait possible d'être mère et d'être libre. Et de créer ! Regarde Hepworth. (Même si, pour être honnête, je me demande parfois pourquoi on a continué après le premier – un bébé, ça suffisait amplement ! Même l'amour maternel a des limites.)*

Leah est son troisième enfant.

Grace s'apprête à poser ce courrier dans la pile « personnel » quand elle remarque son prénom, en bas de la feuille.

Frances : *Est-ce que Grace passe encore tout son temps chez toi ? Tu devrais faire attention, V, tu sais que tu as tendance à attirer les parasites. Je me doute qu'elle te trouve fascinante, sa vie doit être si morne, à côté de la tienne... Des journées passées à distribuer des antibiotiques et à faire la leçon aux fumeurs et aux alcooliques, quelle angoisse ! Elle me ferait presque de la peine, au fond.*

Grace froisse le papier dans son poing. Puis, avec un soupir d'agacement, elle le déplie et le lisse de sa paume sur la table. C'est idiot de se laisser atteindre, et pourtant… Distribuer des antibiotiques ! Risible. Oui, elle traitait les rhumes et les petits maux, mais il y a aussi eu ce pêcheur qui, grâce à la rapidité d'intervention et l'habileté dont elle a fait preuve, a pu garder l'usage de sa main droite ; et cette fillette de trois ans qui venait pour un vaccin ROR et qui est sortie de son cabinet avec un courrier adressé à un néphrologue. Sans la vigilance de Grace, le cancer rare dont elle souffrait n'aurait probablement pas été repéré avant des mois, peut-être trop tard. Cette petite patiente s'est mariée l'année dernière et attend un enfant. Voilà ce que Grace laissera au monde après son départ : cette femme. Et Frances, qu'a-t-elle laissé, elle ? Quelques jolies poteries ?

Grace passe à la lettre suivante et, au fil de sa lecture, son cœur enfle et ses yeux s'emplissent de larmes de gratitude.

Vanessa : *Je ne pense pas qu'il faille avoir de la peine pour G. Elle a une vraie vie, un vrai métier ! Elle a des racines, ici, un lien avec cette communauté que je n'aurai jamais et que je lui envie, d'ailleurs. Les gens du coin comptent sur elle. Moi y compris ! Grace n'est pas un parasite, c'est une bonne amie. Je savoure son désintérêt total pour le monde de l'art – elle estime que dans ce milieu, tout le monde pète plus haut que son cul et, à de rares exceptions près, elle a raison. On s'entend très bien, toutes les deux et, si (quand) j'ai besoin d'être seule, je le lui dis. Ça ne pose jamais problème.*

Rayonnante de fierté, Grace place la missive au sommet de la pile qu'elle veut faire lire à Becker. Ainsi, il verra combien Vanessa l'aimait, il saura que Grace fait partie intégrante de l'histoire de l'artiste. Après un instant d'hésitation, elle récupère dans le côté « privé » le courrier dans lequel Frances parle de ses enfants et l'ajoute à ce qu'elle transmettra à Becker.

Il lui reste un autre paquet à trier, les lettres de Carlisle, mais elle ne se sent pas encore prête à les affronter. Au lieu de cela, elle se penche sur les clichés. Il s'agit surtout de paysages de l'île pris par Vanessa – celle-ci n'aimait pas peindre à partir de photos, mais elle s'en servait parfois comme points de repère, ou pour se souvenir d'une lumière particulière, à un moment particulier lors d'une journée particulière. Becker pourra bien en faire ce qu'il voudra.

Il en reste quelques-unes qui représentent des gens. Une partie date de l'époque où Vanessa vivait dans l'Oxfordshire (surtout des photos de groupes lors de garden-parties, tout le monde bien habillé et un verre à la main) et d'autres ont été prises sur Eris. On y voit Frances, Mark et plusieurs amis de la « sphère artistique » ; ou encore Grace dans une pose peu flatteuse, assise toute raide sur le banc qui surplombe les sables. Enfin, une de Douglas et Emmeline Lennox datée de 1999.

Sur ce cliché, les époux Lennox sont appuyés sur le capot de l'Aston Martin de Douglas comme deux stars de cinéma – bronzés, cigarette aux lèvres, lunettes de soleil sur les yeux. Entre les deux, un fusil. Grace croit se souvenir qu'ils partaient à la chasse. Emmeline aimait le tir : un après-midi, elle s'est éloignée seule dans l'île et est revenue avec deux lapins pour le dîner. Elle les a dépouillés elle-même.

Pendant que Vanessa montrait à Douglas ce sur quoi elle travaillait, Grace a aidé Emmeline à préparer le gibier sauce chasseur. Elle a émincé des oignons, du céleri et des carottes en écoutant d'une oreille l'autre femme se plaindre de ses domestiques et des randonneurs qui venaient régulièrement flâner sur leur propriété. Le week-end précédent, a alors raconté Emmeline, elle avait dû abattre un chien qui embêtait les vaches.

« Quelle horreur ! s'est exclamée Grace, mais Emmeline a fait la moue.

– Il était avec des promeneurs qui lui avaient enlevé sa laisse, a-t-elle ajouté avec un haussement d'épaule (et Grace se rappelle qu'elle a soudain trouvé son accent très snob). Ils avaient aussi un enfant avec eux, qui s'est mis à pousser des hurlements épouvantables. Impossible de le faire taire. On aurait dit que j'avais tué sa mère ! »

Grace a éprouvé une intense aversion à l'égard d'Emmeline. À ce moment-là, alors qu'elle grattait les pommes de terre entre ses doigts à la peau rougie, elle a songé que Vanessa et Douglas n'étaient probablement pas en train de parler travail du tout, et elle en a tiré un plaisir sournois.

Elle attrape la photo pour la regarder de plus près et examine l'expression d'Emmeline, ses lèvres pincées et son menton relevé. Elle se souvient du désarroi sur le visage de l'épouse de Douglas quand celui-ci et Vanessa sont redescendus de l'atelier, en retard pour le dîner, débraillés et puant le sexe. Et la petite satisfaction mesquine qu'elle avait éprouvée s'est dissipée comme de la fumée.

À son réveil, juste avant 9 heures, elle tire le rideau pour laisser entrer la lumière. Quelques gouttes de pluie parsèment la vitre et le ciel est paisible, moucheté de nuages. Grace ouvre la fenêtre, se penche au-dehors et sent un goût iodé sur sa langue. Sur la colline, les fougères humides ont pris une teinte cuivrée ; le vert profond de la forêt invite à la promenade.

Elle s'habille et s'empresse de sortir avant de changer d'avis. Cette année, elle a pris du poids et n'est plus très en forme ; elle ne doit plus se laisser aller. Vivre seule sur cette île requiert une certaine condition physique.

La marée a commencé à descendre et, sous l'effet de la bruine, l'eau de la baie ressemble à du crépi. À l'autre bout de la chaussée submersible, Grace aperçoit une silhouette. À cette distance, elle ne peut pas voir de qui il s'agit, mais la silhouette transporte quelque chose qui ressemble à un seau. Peut-être un pêcheur à pied.

Grace tourne le dos à la mer, se met à gravir la colline et, rapidement, elle est à bout de souffle. Cela l'inquiète : si elle n'a jamais été svelte, elle a toujours été robuste. Des mains de boucher, lui a un jour dit un homme, et des cuisses à courir le Kentucky Derby. La côte est raide mais, auparavant, quand elle se promenait avec Vanessa, elle n'avait aucun mal à suivre le rythme de son amie, pourtant plus grande et plus mince, et dotée de jambes interminables. Aujourd'hui, elle doit s'arrêter tous les vingt pas pour reprendre son souffle, et endurer la sensation désagréable de la sueur qui coule entre ses seins et dans le bas de son dos.

En haut de la colline, on trouve l'atelier, un petit bosquet d'arbres et, juste derrière, une pente plus douce qui mène à la forêt. Celle-ci n'est pas entretenue et il y règne une obscurité et un froid caverneux, ainsi qu'une forte odeur d'humus. Quand on pénètre dans son enceinte, le bruit du ressac est soudain étouffé ; on n'entend plus que les craquements lugubres des vieux pins et les cris des mouettes, au loin.

Tout en s'efforçant de marcher d'un pas régulier, Grace progresse sur le sentier qui serpente vers le nord, à travers la forêt. Après un virage en épingle à cheveux qui marque le début de la partie plus raide de l'ascension, elle aperçoit soudain un éclat rouge vif du coin de l'œil. Sa respiration se coince dans sa gorge, son cœur s'emballe. Non, il n'y a rien ni personne. Ce n'est qu'une cannette de Coca. Bon sang ! Elle serre les dents et se penche pour la ramasser. En général, les randonneurs prennent soin de repartir avec leurs déchets, mais pas toujours. Parfois, des gosses viennent traîner dans le coin pour sniffer de la colle, du gaz hilarant, ou Dieu sait quoi d'autre. L'hiver, c'est moins fréquent.

La cannette à la main, Grace continue son chemin vers la partie ouest du bois, où deux énormes troncs tombés en travers du sentier obligeaient autrefois à faire un détour. Déracinés par une tempête il y a presque trente ans de cela, ils ont fini par se décomposer et retourner à la terre. Pourtant, cette partie de la forêt garde quelques stigmates de cet épisode : le trou dans la canopée laisse entrer le soleil, ce qui a permis à des plantes plus modestes de pousser, des ormes blancs, du houx, des aubépines peu rassurantes dont les baies luisent comme de grosses gouttes de sang. Sous ses pieds, le sol est ferme, intact. Grace remue des tas de feuilles du bout de sa chaussure, puis s'accroupit pour poser la main sur la terre froide et laisser courir ses doigts autour d'elle. L'odeur humide du sous-bois éveille quelque chose en elle, des souvenirs de camping, de nuits passées à la belle étoile. Une autre vie.

Non sans difficulté, elle se redresse et fait demi-tour pour redescendre la colline vers la maison. Ce n'est qu'après avoir dépassé l'atelier qu'elle remarque quelqu'un assis sur le banc qui surplombe les sables. Le pêcheur à pied de tout à l'heure, un enfant vêtu d'un gilet de sécurité jaune fluo avec un seau bleu posé devant lui.

« Bonjour », lance Grace, méfiante.

Elle n'a aucune envie de s'occuper d'un enfant perdu. Mais lorsque l'intrus se retourne, Grace se rend compte qu'il s'agit de Marguerite, dont le visage ridé arbore un grand sourire. Elle se laisse glisser au sol et ramasse son seau.

« Bonjour ! » dit-elle avec son fort accent français.

Sous le gilet jaune beaucoup trop grand pour elle, elle porte une robe-tablier et des bottes en caoutchouc. En approchant de Grace, elle brandit son seau pour lui montrer une dizaine de moules au milieu d'un tas d'algues.

« Tu en veux ? demande-t-elle, ses grands yeux pleins d'espoir.

– Oh, non merci.

– Tu n'aimes pas ? »

Grace secoue la tête. En réalité, elle est friande de moules, mais elle ne se risquerait pas à manger des coquillages ramassés le long des côtes, avec toutes ces usines qui se font régulièrement épingler pour avoir déversé leurs eaux usées dans la mer.

« Dis-moi, c'est le dernier cri, cette veste ! commente Grace en désignant le gilet fluo, et Marguerite pouffe. Mais ça n'a pas l'air très chaud… »

Marguerite la regarde par en dessous, penaude, comme si elle venait d'être prise la main dans le sac.

« Et si tu entrais boire un café ? » suggère Grace.

La vieille femme retrouve le sourire et acquiesce avant de lui emboîter le pas.

Marguerite a plus de soixante-dix ans mais, contrairement à Grace, elle demeure mince et alerte, avec des bras secs et musclés. Elle laisse son seau à la porte, se débarrasse de ses bottes et pénètre dans la maison dans ses chaussettes mouillées. Son visage s'éclaire lorsqu'elle découvre la table recouverte de papiers divers ; après avoir essayé plusieurs fois de la dissuader d'attraper les objets un par un pour les reposer n'importe où, Grace capitule et va préparer le café pendant que Marguerite s'extasie devant des croquis et des photos. Elle adresse un sourire ravi à Grace chaque fois qu'elle reconnaît quelque chose ou quelqu'un.

Soudain, elle cesse ses mouvements et dévisage Grace, l'air grave.

« Il y a un homme sur le port, annonce-t-elle. Il te surveille. »

Sur le port ? Grace se poste à la fenêtre et prend les jumelles posées sur le rebord.

« En ce moment ? s'étonne-t-elle – elle ne voit personne, pas même une voiture garée sur le parking derrière le remblai.

– *Non, non, il y a deux jours*[1], répond Marguerite.

– En anglais, Marguerite, soupire Grace en reposant les jumelles. Tu sais bien que je ne comprends pas le français.

– Pas aujourd'hui, clarifie l'autre. Il y a deux jours, ou trois jours, ou quatre ou cinq. Un homme. Qui regarde et qui surveille.

– Ne t'en fais pas, la rassure Grace. C'était juste quelqu'un qui avait besoin de me parler. »

Marguerite a probablement aperçu Becker, mais Grace n'en est pas certaine. Cela fait des années que la vieille femme sombre dans la démence – si le déclin a d'abord été lent, il semble

1. En français dans le texte original.

s'accélérer. Les presque deux ans d'isolation dus au confinement n'ont rien arrangé ; maintenant, Marguerite a peur des inconnus et sa mémoire s'embrouille. Des personnages d'un moment de sa vie surgissent dans d'autres.

« Tu n'as pas à t'inquiéter, ajoute Grace. Il est venu me voir mais il est reparti.

– Il va revenir ?

– Oui, peut-être…

– Oh. »

Les larmes lui montent aux yeux et elle se met à tripoter ses pointes de cheveux. Grace s'assoit à côté d'elle.

« Tout va bien, Marguerite. Ce n'est pas quelqu'un de méchant, il n'y a pas de raison d'avoir peur de lui. Il n'y a aucune raison d'avoir peur.

– Oui, dit Marguerite, mais elle secoue la tête. Oui, oui.

– Il n'est pas… Il n'est pas comme Stuart. Stuart ne reviendra pas.

– Non. Mais peut-être que oui ? *On ne sait jamais*[1]. On ne sait jamais », répète-t-elle en anglais.

Les larmes roulent sur ses joues. Elle les essuie du bout des doigts et Grace lui attrape la main.

« Si, si, on sait. Rappelle-toi, je te l'ai déjà dit, il ne reviendra pas. »

Stuart était le mari de Marguerite ; il n'est plus là depuis plus de vingt ans, mais elle a toujours peur de lui.

« Tiens, regarde ça, reprend-elle en poussant une boîte à chaussures pleine de clichés qu'elle n'a pas encore triés vers son invitée. Jettes-y un coup d'œil pendant que je finis. »

Marguerite s'exécute et se met à se parler à voix basse, sûrement en français car Grace ne comprend pas un traître mot. Celle-ci a préparé un café très fort – elle connaît les goûts de Marguerite en la matière. Elle leur sert deux mugs qu'elle pose

1. En français dans le texte original.

sur la table avec le sucrier. Amusée, elle regarde Marguerite mettre dans le sien une cuillerée, deux, trois...

« Ça suffit ! » s'esclaffe-t-elle en retenant finalement la main de la vieille femme.

Cette dernière glousse puis souffle sur sa tasse, prend une gorgée et sourit.

« C'est bon. Très bon. »

Tout en buvant, elle balance les jambes sous sa chaise et observe la pièce. À un moment, elle incline la tête sur le côté, comme un renard qui guette sa proie.

« Où est-il passé, ton ami ?

– Mon ami ? Oh, Vanessa ?

– Oui ! Où est-il ?

– Elle, corrige Grace. Elle n'est plus là, Marguerite. Ça fait plusieurs années, maintenant, tu te souviens ? Tu es venue à son enterrement. »

Le sourire de Marguerite disparaît.

« Elle était très malade, ça a duré longtemps, et ensuite elle est morte.

– *Oh non*[1] *!* » souffle Marguerite.

Vanessa était toujours très patiente avec Marguerite, elle se montrait douce et gentille avec elle, sans jamais chercher à s'immiscer dans sa vie privée. Elle avait un don pour ça : elle savait offrir aux gens ce dont ils avaient besoin.

Marguerite est de nouveau en larmes et, cette fois, les tentatives de Grace pour la réconforter sont vaines.

« Mais où est-il passé, ton ami ? » demande encore Marguerite, les sourcils froncés.

C'est toujours pareil. Il y a toujours une autre question, un autre ami, un autre homme, quelque chose ou quelqu'un dont elle pourrait avoir peur. Et un instant plus tard, elle l'a oublié.

Quand Grace lui propose de la raccompagner en voiture, Marguerite refuse avec un sourire.

1. En français dans le texte original.

« Ça me fait du bien ! explique-t-elle en mimant la marche à pied. Et ça conserve ! »

Il y a des années, elle a perdu une incisive, qu'on lui a remplacée par une couronne en porcelaine mais celle-ci a jauni, la faute au café et à la nicotine. Cela donne à la vieille femme un air négligé.

« Merci, merci ! chantonne-t-elle avant d'embrasser Grace sur les deux joues. Merci, merci, merci ! »

Et la voilà partie vers la mer, son seau brinquebalant au bout du bras, ses « mercis » joyeux s'envolant dans la brise.

Dans la cuisine, Grace remet en ordre ses piles de lettres et de photos. Elle feuillette rapidement les clichés de la boîte à chaussures ; rien de très intéressant, Becker n'aura qu'à les récupérer.

Enfin, elle se penche sur les lettres de Carlisle : celles que Vanessa et elle ont échangées pendant les dix-huit mois que Grace a passés dans cette ville du nord de l'Angleterre. La médecin était partie effectuer un remplacement l'année qui a suivi la disparition de Julian Chapman.

Elles sont difficiles à lire.

Janvier 2003

Chère Vanessa,

Je ne prétends pas comprendre ce que tu ressens, bien évidemment. Comment le pourrais-je ? Je ne prétends pas comprendre comment tu as pu passer des heures à me décrire tous les travers de cet homme, ses infidélités, ses manipulations, ses duperies, puis l'accueillir comme tu l'as fait chez nous, lui ouvrir ton lit puis prévoir de partir en voyage avec lui au Maroc, à Venise ou je ne sais où encore. Mais cela n'a plus d'importance, n'est-ce pas ?

Rien de tout cela n'a d'importance, désormais. La seule chose qui compte pour moi, c'est toi, et ton bonheur. Tu sais que je t'aime de tout mon cœur, que je ferais tout pour toi, y compris te laisser tranquille si c'est toujours ce que tu désires. Mais je suis terriblement inquiète à l'idée de te savoir seule et effrayée sur cette île. Si tu as besoin de moi, contacte-moi et je n'hésiterai pas à venir te retrouver.

Avec tout mon amour,
Grace

En lisant cela, Grace n'en revient pas d'avoir réussi à garder un ton aussi rationnel et résigné. Cependant, quand elle lit la réponse de Vanessa, une plaie se rouvre dans sa poitrine, un trou béant dans lequel le vent s'engouffre.

Je ne sais pas comment répondre à ta lettre. Tout ce que je peux dire, c'est que je ne veux pas que tu reviennes sur Eris. Tu sais trop de choses et ça ne me plaît pas. Je crois que je serais mal à l'aise en ta compagnie. J'espère que tu comprends ce que je veux dire.

La missive continue mais Grace ne peut supporter d'en lire plus. Elle retourne la page et attrape un autre courrier, qui se limite à deux phrases.

J'ai besoin de toi. Reviens, s'il te plaît.

Elle trouve également des mots datant de plus tard, des bribes de listes de courses rédigées par Vanessa pour lui demander de racheter du paracétamol, du whisky, des oranges, des cigarettes ; parfois des petits croquis, la vue de la fenêtre de la cuisine, les nuages, une idée pour un vase, des dessins humoristiques de phoques qui bronzent sur la plage, le corps en forme de croissant et la nageoire dressée en un joyeux salut militaire.

En passant en revue ces nombreuses reliques, Grace se félicite de n'avoir jamais rien jeté, d'avoir compris des années plus tôt qu'elle devait préserver comme un trésor le moindre écrit de Vanessa. Vers la fin, l'artiste a complètement cessé de dessiner et ses petits mots se sont faits plus rares et souvent incompréhensibles. Elle les accrochait sur la porte du frigo ou les jetait par terre, laissant à Grace le soin de les ramasser. Des coins de feuille déchirés couverts d'une écriture en pattes de mouche à peine lisible :

s'il te plaît aide-moi s'il te plaît aide-moi grace à l'aide

Journal de Vanessa Chapman

J'ai beaucoup réfléchi à ce que m'a écrit Frances, il y a des années, quand elle me parlait de faire bouger les lignes entre l'abstraction et la figuration – à l'époque, je trouvais qu'elle enfonçait des portes ouvertes, mais dans un sens, elle avait raison. C'est ça que je recherche – me détacher des frontières. Plus que faire bouger les lignes, il me semble qu'il s'agit de les dissoudre – ces lignes qui séparent l'abstrait du figuratif, l'organique de l'inorganique, l'ordinaire de l'étrange.

Je travaille donc à une nouvelle création – un récipient – fabriqué à partir de fragments brisés de céramique. Les morceaux ne proviennent pas tous du même objet, je veux créer quelque chose de nouveau, de disparate… d'étrange – un saladier qui n'en soit pas un, un vase qui n'en soit pas un. Je songe à suspendre au-dessus des objets trouvés qui auraient un lien direct avec le récipient sans être posés à l'intérieur. Je me dirige vers une sorte de sculpture, je suppose ? Difficile à expliquer, mais je commence à la voir. Je fais beaucoup de croquis.

Les formes suspendues seront statiques, on pourra les voir et les contempler et les interpréter depuis différents côtés, pour que la forme de l'ensemble change en fonction de l'angle de vue.

L'espace entre les objets est tout aussi important que les objets eux-mêmes, l'ombre aussi importante que la lumière.

Idée de tout mettre sous verre ??? Je suis partagée : j'aime cette façon de créer de la distance, mais l'impact de l'œuvre risque de s'en trouver limité ? Difficulté pour le public d'établir un lien avec l'œuvre ?

Mais quel public, après tout ? Je ne compte pas montrer quoi que ce soit. Et qui s'en chargerait pour moi ?

J'ai coupé tous les ponts, et désormais, c'est marée haute.

J'ai terminé Division.

Vendredi, je suis allée chercher le verre chez le vitrier et hier, j'ai tout assemblé. Il m'a fallu longtemps pour réussir à placer chaque élément correctement, j'étais stressée et c'était un travail minutieux. Mais cette fois, le processus m'a beaucoup plu, j'avais l'impression de créer et pas seulement de réparer.

J'ai tellement aimé soupeser chaque objet dans ma main, les sentir tirer sur le fil, évaluer la masse de l'un par rapport à l'autre.

Le temps que j'installe les nombreuses pièces, il était très tard. À la toute fin, une fois le verre scellé, j'ai reculé et j'ai tourné la tête comme pour dire à quelqu'un : « Alors ? Qu'est-ce que tu en penses ? » Et il n'y avait personne avec moi. Ni Julian, ni Douglas, ni Frances, ni Grace. Pas même la lune ! Juste une île entière plongée dans les ténèbres. Je me suis sentie profondément triste.

Je suis redescendue à la maison et j'ai vidé une bouteille de vin pour fêter ça/pour me consoler.

Au moins, l'œuvre me plaît – dernièrement, je n'étais satisfaite de rien. Il y a donc du progrès ! La prochaine fois, je réessaierai peut-être à plus grande échelle ? En plus complexe ? À étudier. Une nouvelle voie à explorer... Quel soulagement dans la tempête, d'avoir la création pour faire office de ballast ! Pour le moment, je dois me contenter de mon seul jugement à l'égard de ces jeunes pousses. Je sais que cela ne durera pas toujours.

La marée finit immanquablement par redescendre.

Enfin, j'espère.

C'est une bonne chose qu'on soit en été car je pense qu'en ce moment, l'obscurité de l'hiver me tuerait.

Je rêve constamment de Julian, de son beau visage et de sa cruauté.

J'ai encore reçu une lettre d'Isobel. Elle est furieuse contre moi. Je ne sais pas comment réagir à sa colère, elle ne répond à aucune des questions que je lui ai posées dans mon courrier, je me demande même si elle l'a lu ?

Je rêve de Julian si souvent que je me suis dit que j'allais le peindre, afin de voir si cela pouvait exorciser son fantôme ? Hélas, dès que j'essaie, je n'arrive plus à faire apparaître son image dans mon esprit.

Peut-être que je ne le mérite pas.

Pluie. Durant la nuit, le brouillard écossais s'est invité sur l'île et l'a enveloppée d'un gris si épais que, depuis la fenêtre de la chambre, je ne distingue même pas la mer. J'ai attendu qu'il se lève, attendu et attendu, en vain. À bout de nerfs, j'ai fini par aller me promener dans les bois. Il y régnait une atmosphère inquiétante, dérangeante, la brume qui s'accrochait aux branches des arbres ressemblait à des spectres. Je ne pouvais faire plus de quelques pas sans me retourner, tant j'étais convaincue d'être suivie.

Parfois, j'imagine des choses épouvantables.

J'ai trouvé un squelette d'oiseau en parfait état. Minuscule, peut-être une mésange ou un moineau. J'ai fait l'aller-retour jusqu'à l'atelier pour récupérer une boîte dans laquelle je pourrais le rapporter sans risque. Je n'ai pas la moindre idée de ce que je vais en faire mais je suis très enthousiaste. Ces derniers temps, les idées macabres m'électrisent.

J'ignore pourquoi mais je n'arrête pas de penser à la fois où je me suis cassé le poignet. Le craquement ! Ce flash blanc, cette impression d'avoir soudain l'esprit totalement clair. La lucidité provoquée par la douleur.

La douleur est limpide, le chagrin un brouillard.

La solitude aussi est instructive, révélatrice.

Tandis que l'amour, semblable au chagrin, pose un voile.

Il faut du courage pour créer à partir d'une destruction. C'est un acte volontaire, il faut choisir de se faire violence. Comme pour l'espoir.

J'ai une petite boule dure au sein droit. Au toucher, on dirait une bille de cartilage juste sous la peau. Je devrais aller me faire examiner mais je n'aime pas le médecin qui remplace Grace, il est jeune et sournois, et la dernière fois que je l'ai vu, il a regardé mon corps non comme un professionnel de santé regarde une patiente, mais comme un homme regarde une femme.

18

Becker a un mouvement de recul, comme s'il avait reçu un coup. Est-ce que c'est ça, alors ? Le début de la maladie de Vanessa ? Pour la première fois depuis qu'il a entrepris la lecture de ses carnets, il a le sentiment d'être un voyeur. Ce n'est pas seulement l'impression de fouiller dans la vie de quelqu'un et de tomber soudain sur un détail très personnel, c'est pire que ça : il sait quelque chose que celle qui a écrit ces lignes ignore encore, il a vu l'horrible fin que Vanessa ne peut même pas envisager à ce stade.

Il repose le carnet. Il est tard, minuit passé, il a la tête qui bourdonne à cause de la fatigue, pourtant il sait qu'il sera incapable de fermer l'œil. Il est seul, ce soir, et il ne se sent pas très à l'aise. Helena est à Londres – un séjour imprévu, mais pas imprévisible pour autant : sa sœur traverse une de ses « crises relationnelles » qui nécessitent quasi systématiquement l'intervention d'Helena. Pour la conseiller, la rassurer, médire avec elle. Les deux sœurs ont toujours été très complices.

Quand il est rentré du travail, elle était déjà partie. Aujourd'hui, il a dû faire un aller-retour en voiture jusqu'à Penrith pour examiner deux statues qui intéressaient Sebastian – très jolies, mais le vendeur en demandait beaucoup trop – et, alors qu'il était sur le chemin du retour, il a perdu deux heures dans les embouteillages à cause d'une pelleteuse tombée du camion sur lequel elle était sanglée. Par miracle, l'incident n'a fait aucun blessé.

En arrivant à la maison, il a trouvé un mot sur la table de la cuisine.

Crise à Chelsea ! Seb m'emmène à la gare. À samedi !
Je t'embrasse

Maintenant, Becker est à la fois inquiet et agacé. Était-ce vraiment nécessaire qu'Helena fasse le déplacement ? D'ici quelques semaines, sa sœur aura un nouveau petit copain ; d'ici quelques mois, il lui aura brisé le cœur.

Il attrape son verre de vin et le porte à ses lèvres. Le liquide est tiède, le goût acide. Becker va vider le récipient dans l'évier, le rince et le remplit au robinet. Il boit une longue gorgée et observe son reflet dans la vitre : il a le teint pâle, les traits tirés. Lorsqu'il se rassoit à la table de la cuisine, il constate que les pages du carnet se sont tournées d'elles-mêmes et qu'il a sous les yeux un feuillet qu'il n'a pas encore lu.

Froid, fine brume sur l'île, mer déchaînée.
Ce matin, en marchant dans les bois, j'ai trouvé un os.

S'il était superstitieux ou s'il croyait aux fantômes, il penserait que Vanessa est dans la pièce avec lui et que c'est elle qui a ouvert le carnet à cet endroit afin de le guider vers son objectif.

Ce matin, en marchant dans les bois, j'ai trouvé un os.

Parfaitement blanc, presque lumineux, sec et doux. Quand je l'ai ramassé, j'ai vu qu'il était cassé : une fissure courait presque tout le long. J'ai su aussitôt ce que j'allais en faire, j'ai visualisé la création dans sa totalité.

J'ai emporté l'os à l'atelier – il est long et élégant, agréable au toucher ; léger et pourtant robuste. Un mouton, peut-être ? Un chevreuil ? G pourrait me le dire.

Ce sentiment, lorsque je l'ai tenu dans mes mains… Un sentiment de contrôle.

Il relit plusieurs fois la dernière phrase. C'est ça ! C'est forcément ça ! Vanessa a trouvé l'os, et elle est partie du principe qu'il provenait d'un mouton ou d'un chevreuil. Il n'y a donc rien d'étrange, rien de lugubre ni de sinistre. Becker se laisse tomber sur sa chaise et expire longuement. Il se rend compte qu'il est rassuré, ce qui signifie que, quelque part, il avait des doutes concernant Vanessa. Comment a-t-il pu être aussi stupide ! Grace avait bien dit que c'était absurde, et elle avait raison.

Il poursuit sa lecture.

Marguerite est passée ce matin. Elle voulait voir Grace et elle avait l'air surprise de ne pas la trouver là. Quand je lui ai répondu que Grace habitait à Carlisle maintenant, qu'elle était partie depuis plus d'un an, elle s'est mise dans tous ses états. Elle n'arrêtait pas de secouer la tête en répétant non, non, non.

Je lui ai servi un brandy, et ça l'a un peu réconfortée. Elle a commencé à me parler en français – je ne comprenais qu'un mot sur trois mais il était beaucoup question d'hommes dangereux. Elle semblait avoir perdu le fil de la réalité – quelques instants après que je lui ai expliqué que Grace était à Carlisle, elle m'a dit qu'elle l'avait vue. J'ai demandé quand ? Aujourd'hui ? La semaine dernière ? Et elle ne faisait que répondre « avant le lever du jour ».

J'ai eu peur. Soudain, je me suis imaginé que Grace était revenue, qu'elle était ici sur l'île, quelque part dans les bois, et qu'elle m'épiait. Ça paraît complètement ridicule avec le recul mais, après le départ de M, j'ai téléphoné au cabinet de Carlisle. Le secrétariat m'a répondu que Grace était en consultation et ne pouvait pas prendre d'appel. J'ai eu honte. Comment pouvais-je avoir peur d'elle ? Comment en suis-je arrivée là ? Comment en sommes-nous arrivées là ?

Becker ferme le carnet. Il est perplexe – il n'a pas la moindre idée de qui est cette Marguerite, ni de pourquoi Grace a quitté l'île – mais le sentiment qui prédomine en lui est le soulagement.

Vanessa a trouvé un os dans la forêt, fin de l'histoire. Il n'y aura pas de grande enquête sur la personnalité cachée de la mystérieuse Vanessa Chapman, pas plus qu'il n'y aura de disgrâce – que ce soit pour elle ou pour James Becker, son plus fervent admirateur.

Journal de Vanessa Chapman

J'ai emprunté un fusil à M. McAndrews, le fermier à qui j'achète des œufs.

Je ne suis pas sûre qu'on ait le droit d'emprunter une arme à feu ?

Mais bref, le quad est tombé en panne et l'homme qui est venu le réparer était bizarre, très désagréable. À la fin, il est venu me chercher à l'atelier pour que je le paye. Il est resté planté sur le seuil et, quand j'ai voulu le contourner pour descendre vers la maison, il s'est déplacé pour se mettre en travers de mon chemin avec un sourire abominable. Je lui ai donné son argent et il est parti. Pendant qu'il marchait jusqu'à sa camionnette, je l'ai entendu rire tout seul. Il avait juste voulu me faire peur.

Je ne m'étais jamais sentie aussi vulnérable ici.

J'en ai parlé à M. McAndrews, c'est pour ça qu'il m'a confié son fusil.

19

Il est 8 heures du matin, le jour se lève à peine, et Becker se tient dans le grand hall du manoir Fairburn. Il a allumé un projecteur pour examiner un tableau : une large toile d'un mètre cinquante sur un mètre vingt, tout en nuances de noir et de gris. Quelque part au milieu de cet océan de sombre, on distingue une arche – l'encadrement d'une porte, peut-être – et, juste en dessous, une silhouette humaine dont le visage ressemble à un masque. Quelques touches de rouge et de blanc au niveau de la bouche suggèrent un sourire.

Dans la main droite, Becker tient un des carnets de Vanessa. Il l'ouvre à la page qu'il a marquée un peu plus tôt dans la matinée.

> *Je l'ai peint. L'homme planté sur le seuil, j'ai peint son sourire.*

Le nom *Noir II* n'est mentionné nulle part, pourtant Becker est certain que c'est à cette toile que Vanessa fait référence : un homme dans un encadrement de porte, qui sourit. Une description des plus banales pour un tableau qui ne l'est pas du tout. Par une application réfléchie de la peinture et un choix de couleurs limité, Vanessa sillonne une fois de plus la frontière entre abstraction et figuration pour exprimer sa terreur sur la toile – une œuvre poignante où l'angoisse est palpable.

Ce n'est ni Julian, ni Douglas, mais un inconnu venu effectuer une réparation quelconque, un inconnu qui lui a fait peur. S'il ne fait aucun doute que beaucoup seront déçus par cette révélation,

Becker, lui, est captivé. À chaque ligne, il apprend à mieux connaître Vanessa, à mieux comprendre ce qui la poussait à s'installer à son chevalet. Il sait désormais qu'en plus de peindre ce qu'elle aimait – la mer, sa liberté –, elle peignait aussi ce qui la terrifiait.

Encore faut-il que l'hypothèse de Becker soit fondée. Il ne voit pas comment il pourrait se tromper – Vanessa fait forcément référence à *Noir II*, non ? Une seule personne peut confirmer sa théorie. Grace.

Une ou deux heures plus tard, il trouve Sebastian attablé devant son petit déjeuner dans la cuisine du manoir. Il a une tasse de café posée devant son coude et, alors qu'il mord dans sa tartine, une goutte de confiture de framboises s'écrase sur le document qu'il a sous les yeux. En entendant Becker approcher, il relève la tête, un grand sourire aux lèvres. Becker s'apprête à lui rendre son sourire, mais son visage se fige lorsqu'il voit son ami essuyer négligemment la tache avec une serviette en papier – le document en question est un des carnets de Vanessa.

« C'est juste un peu de confiture, Beck, détends-toi ! » s'esclaffe Sebastian en croisant le regard du conservateur.

Le culot, songe Becker, fou de rage. Comment peut-on se montrer aussi désinvolte avec quelque chose d'aussi précieux ? Et par-dessus le marché, il ose lui demander de se détendre ! Becker se retient pour ne pas lui flanquer un coup de poing.

« Où est-ce que tu as trouvé ça ?

– Je l'ai récupéré hier, quand je suis passé chercher Lena pour l'emmener à la gare, répond Sebastian sans se départir de son sourire (si charmeur, si agaçant). Pourquoi tu me regardes comme ça ? Je te rappelle que c'est à moi.

– Qu'est-ce qui est à toi ? Le carnet ? Ou Helena ? »

Sebastian recule sa chaise et époussette d'un revers de main les miettes tombées sur ses genoux.

« C'est vraiment petit de ta part », lâche-t-il en se levant.

Il a raison. C'est petit. Minable, même. Encore une fois, Becker n'a pas su rester maître de ses émotions, et il s'en veut.

« Ce carnet n'est pas à toi, insiste-t-il malgré tout, les bras croisés sur la poitrine. Il appartient à la fondation.

– Qu'est-ce que tu peux être possessif dès que ça touche à elle ! commente Sebastian. Je parle de Vanessa, hein, pas de ta femme. »

Il s'approche de son ami, de sorte qu'ils seraient nez à nez si Becker mesurait trois centimètres de plus, et le conservateur recule d'un pas. Sebastian lui lance le carnet.

« Tu l'as déjà lu, celui-là ? demande l'héritier – un coup d'œil au document, et Becker secoue la tête. Eh bien dans ce cas je t'en prie, va voir la dernière page. Allez, vas-y – tu y trouveras la liste des œuvres qui étaient censées être exposées à la galerie de mon père. »

Becker retourne le carnet dans tous les sens afin de vérifier qu'il n'a pas subi d'autres dégâts que la tache de confiture, ce qui lui vaut un soupir d'exaspération de la part de Sebastian. Enfin, il l'ouvre à la dernière page.

Galerie Glasgow Modern sept. 2002

Céramiques :

Série Mer 1-9, Série Eris 1-12, Floraison 1-3, Respiration 4, 7, 8, 9 & 12

Peut-être d'autres petites pièces ??? Quelques vases à col fin ?

Peintures :

Pour moi c'est une louve

L'obscurité ne nous dérange pas (Noir I), Noir II, Suis-moi

Totem

Nord

En attendant la marée : Été & Hiver

Rocher d'Eris : Arrivée, Printemps, Hiver & Hiver II

Vide

Série Mer : Coucher de soleil, Tempête I & II, Naufrage, Renouveau

À présent c'est Sebastian qui se tient les bras croisés et semble le défier du regard.

« Si mes calculs sont bons, ça représente au moins vingt-neuf céramiques et dix-huit tableaux », déclare-t-il d'un ton triomphant.

Becker scrute la liste, refait le compte dans sa tête – Sebastian a raison. Lorsque les œuvres de Vanessa ont été livrées à Fairburn, il n'y avait en tout que quinze céramiques. Et plusieurs peintures mentionnées dans le carnet manquent également à l'appel.

« Mon père disait la vérité ! s'exclame Sebastian. Tu voulais une preuve ? Tu l'as sous les yeux. Et l'autre sorcière ne pourra pas prétendre que Vanessa a vendu des pièces à des particuliers : on a contacté toutes les sociétés de vente aux enchères, on a fait le tour des collectionneurs privés, il n'y en a aucune trace nulle part. »

Becker s'assoit lourdement à la table de la cuisine, concentré sur la page.

« Ça n'a aucun sens, marmonne-t-il. On a... quatre opus de la série *Noir*, mais aucun qui s'intitule *Totem* ni *Nord*. On a *Naufrage* mais pas *Renouveau*... Il y a... Bon Dieu, il y a au moins six tableaux dont je n'ai jamais entendu parler !

– Ah, tu vois ! Haswell nous ment, Becker. Elle nous mène en bateau depuis le début et, franchement, je ne comprends pas pourquoi on s'acharne à...

– Il reste la possibilité que Vanessa ait changé le nom de certaines de ses œuvres. Ça s'est déjà vu avec d'autres artistes, même si je doute que...

– Mais enfin, Beck ! s'exclame Sebastian en écartant les bras. Arrête de lui chercher des excuses ! »

Encore une fois, il a raison : c'est exactement ce que Becker est en train de faire. Le conservateur acquiesce, puis ferme les yeux et se masse les tempes.

« Bon... Donc qu'est-ce que ça signifie, d'après toi ? Qu'elle a caché les tableaux quelque part ? »

Il se tourne vers Sebastian, qui hoche vigoureusement la tête.

« Mais dans quel but ? reprend Becker. Elle ne peut pas les vendre. Pas de manière officielle, en tout cas – personne n'accepterait de lui acheter quoi que ce soit sans certificat d'authenticité.

– Va savoir ! rétorque Sebastian avec un haussement d'épaules avant de se rasseoir. Peut-être qu'elle est vexée, ou en colère. Peut-être qu'elle se sent lésée : elle s'attendait à ce que Vanessa la couche sur son testament, et finalement...

– Elle se retrouve avec rien, complète Becker.

– Rien ? Elle a eu une maison ! Elle a eu une île ! s'emporte Sebastian avec un geste dans ce qu'il doit penser être la direction d'Eris. Écoute, je n'ai aucune idée de ses motivations, et je m'en fous. Le fait est que tout ce qui figure sur cette liste nous revient de droit, alors il serait temps que tu t'occupes de ce problème. Il serait temps que tu t'occupes d'elle. Si tu as peur de ne pas être à la hauteur... »

Soudain, la porte qui mène à la cour se ferme avec un claquement sec et les deux hommes sursautent. Emmeline, sombre et voûtée comme une sorcière, qui rentre de sa promenade matinale avec ses deux fidèles serviteurs canins.

« Oh, bonjour, mère ! »

La voix de Sebastian est métamorphosée ; il est enjoué, respectueux. Il se lève pour aller embrasser sa mère, mais celle-ci lui tourne le dos et pose une main sur le plan de travail pour se stabiliser, tandis que ses chiens se faufilent entre ses jambes en jappant d'excitation. Emmeline retire une de ses bottes en caoutchouc et s'interrompt, le pied en l'air, le genou plié, comme un cheval attendant qu'on lui change son fer.

« Mère ? Tout va bien ?

– Oui, oui, ça va », répond sèchement Emmeline, alors qu'il est évident que ce n'est pas le cas.

En une seconde, Sebastian est à ses côtés et lui tient le bras.

« Lâche-moi, Sebastian, je t'ai dit que ça allait, gronde Emmeline en se dégageant.

– Mais… tu saignes ?

– C'est cette saleté de chienne. Elle n'arrête pas de se mettre dans mes pattes. »

Cependant, elle finit par laisser Sebastian la soutenir tandis qu'elle retire sa deuxième botte. La vieille femme a les mains égratignées et, malgré la distance qui les sépare, Becker voit bien qu'elle est toute tremblante. Il se lève, glisse le carnet dans sa poche et s'éclipse discrètement.

Journal de Vanessa Chapman

Terrible nouvelle en ce début d'année. Celia Gray est morte – un accident de voiture dans le sud de la France. Pas d'autres victimes – elle a perdu le contrôle du véhicule et s'est encastrée dans un arbre. Par miracle, Julian n'était pas avec elle.

Pauvre, pauvre Julian. Mon cœur se serre pour lui – il avait obtenu tout ce qu'il désirait. Elle, bien sûr, mais aussi la vie qu'elle pouvait lui offrir. Tout cet argent au bout des doigts, maintenant parti en fumée. Dieu sait ce qu'il va faire.

20

Dans l'après-midi, Becker envoie un e-mail à Grace et est surpris de recevoir une réponse presque immédiatement, lui indiquant qu'il est le bienvenu à Eris le week-end, de préférence le samedi.

Vous voulez dire demain ? vérifie-t-il.

Oui. Demain.

Il appelle Helena pour la prévenir qu'il sera parti quand elle rentrera de Londres, mais il tombe sur sa messagerie. Il est tenté de jeter un œil à son compte Instagram, où il sait qu'il trouvera des photos de déjeuners dans des restaurants à la mode, de soirées dans des bars, de sorties au théâtre… autant d'aperçus d'une autre vie dont il se sent exclu. Le fait qu'il s'en soit exclu lui-même ne lui est d'aucun réconfort. Alors il ne regarde pas. Trop dangereux.

Le sentiment qu'il éprouve à cet instant, ce besoin de la revoir, le rend nostalgique du temps où il n'était pas encore avec elle et où l'idée de la conquérir ne pouvait relever que du fantasme. Il y a quelque chose d'excitant à considérer Helena comme un objet de désir inaccessible plutôt que comme sa femme.

Au tout début, quand il venait tout juste d'arriver à Fairburn, Helena passait son temps à venir le voir dans son bureau à l'improviste, glissant la tête par la porte, toujours pressée, pour lui poser des questions auxquelles n'importe qui d'autre aurait pu répondre – à commencer par son futur mari. Si quelqu'un les surprenait à un tel moment, elle se troublait aussitôt et se mettait à rougir.

Becker s'est d'abord dit qu'il se faisait des idées. Forcément ! Mais un soir de printemps, après une journée magnifique, alors que les hirondelles survolaient la pelouse en rase-mottes et que le soleil déclinant inondait d'une lueur dorée les magnolias devant la fenêtre de son bureau, elle est entrée dans la pièce au moment où il éteignait son ordinateur. Elle était habillée pour sortir : robe en soie dans les tons orangés, talons, rouge à lèvres… Elle a refermé la porte, s'est approchée de lui et, avant qu'il ait pu prononcer le moindre mot, s'est penchée et lui a déposé un baiser sur la bouche. Puis elle s'est redressée et elle a reculé d'un pas. Elle a attendu quelques secondes et, comme il ne réagissait pas, elle a fini par esquisser un sourire triste.

« On est censés envoyer les invitations pour le mariage la semaine prochaine », a-t-elle dit, avant de s'éclipser sans lui laisser le temps de répondre.

Il grimace en y repensant : quel lâche ! Il n'a rien fait, rien dit. Pire : les jours suivants, il a tout fait pour l'éviter, s'empressant de rebrousser chemin chaque fois qu'il croyait l'apercevoir au bout d'un couloir. Quant aux invitations, elles ont été envoyées à la date prévue.

Cela aurait dû être la fin de l'histoire.

Sauf que, de toute évidence, le destin – sous la forme improbable de Lady Emmeline Lennox – semblait en avoir décidé autrement : un faux pas dans la bruyère, un coup de feu qui part sans prévenir et, en un instant, la vie de Douglas qui s'arrête. Il a fallu remettre le mariage à plus tard. Et pendant que Sebastian s'efforçait de réconforter sa mère bouleversée tout en faisant son deuil, Becker a saisi sa chance.

Un jour, vers la fin de l'été, à l'époque où les rhododendrons transforment les prairies en immenses tapis violets, Becker est allé chercher Helena à la gare à la demande de Sebastian, qui devait emmener sa mère choisir des fleurs pour l'enterrement. Il a accueilli Helena sur le quai et l'a ramenée en voiture, sauf qu'au lieu de la déposer au manoir, il s'est arrêté devant le logis du garde-chasse où il résidait.

Aujourd'hui encore, il n'en revient toujours pas. La chaleur de cette journée, les fenêtres grandes ouvertes, les ombres qui s'étiraient au fur et à mesure que l'après-midi progressait, le fait de savoir que Sebastian ne rentrerait pas avant la nuit, et qu'il avait donc plusieurs heures devant lui.

Dans le bleu du crépuscule, il s'est levé pour aller remplir deux verres d'eau à la cuisine. Quand il est remonté dans la chambre, il a enfin trouvé le cran de lui demander :

« C'était quoi, ce qui vient de se passer entre nous, pour toi ? Un moyen d'exorciser tes doutes avant le mariage ? »

Elle était assise sur le lit, les joues rouges et le front luisant de transpiration, les jambes ramenées devant la poitrine.

« C'est ce que tu penses de moi ? a-t-elle rétorqué, blessée. Que je serais capable de trahir Sebastian à la légère, sans y réfléchir au préalable ? »

Becker a secoué la tête et lui a tendu un des verres avant de la rejoindre sur le lit.

« Non, bien sûr. Mais je ne comprends pas pourquoi tu as fait ça. Je ne comprends pas ce que tu veux. »

Il était terrifié. Il s'en souvient. Ses mains tremblantes, portant le verre à ses lèvres. Au bout de ce qui lui a semblé durer une éternité, elle a fini par répondre.

« La première fois que je t'ai rencontré, le soir où on a tous bu quelques verres au manoir, tu te rappelles ? Il y avait Seb et moi, Emmeline et Douglas, et toi. Tu étais si discret, tu parlais si doucement… Une vraie petite souris, j'ai pensé. Beau, aussi. Pas de la même manière que Seb, mais… »

Becker a tressailli.

« C'est vrai, a-t-elle ajouté avec un haussement d'épaules. Tu vois très bien ce que je veux dire. »

Elle s'est assise en tailleur, un oreiller sur les genoux.

« À un moment, Douglas a commencé à t'interroger sur ton travail, sur Chapman, et d'un coup, tu n'étais plus si discret… Vous n'étiez pas d'accord sur la façon de mettre en valeur les œuvres que vous deviez exposer. Douglas s'est mis à jurer et à vociférer – selon lui, il fallait absolument respecter l'ordre chronologique, mais toi, tu lui as rétorqué que les sculptures que tu venais de découvrir étaient un rappel évident de ses premiers paysages de l'Oxfordshire, ceux où elle prenait des brins d'herbe, des graines et d'autres petits éléments qu'elle incrustait dans la peinture. Par ces sculptures, elle avait inventé une nouvelle manière d'utiliser des objets trouvés et de se rapprocher de la nature…

– Et il m'a répondu qu'il fallait que j'arrête de ramener ma science, a répliqué Becker avec une grimace. Que je devais cesser de réfléchir comme un étudiant en histoire de l'art et commencer à penser comme le gérant d'un "espace commercial".

– Ha, ha ! Oui, je me souviens. Ensuite, Seb a décidé de s'en mêler. Sans surprise, il a pris le parti de son père. Je ne me rappelle plus ce qu'il a dit – probablement parce qu'il n'avait rien à dire – mais tout ce qui sortait de sa bouche était si simpliste, si superficiel. Toi, à côté, tu étais tellement… posé. »

Elle a souri en rougissant un petit peu.

« J'ai trouvé ça très attirant. Je n'ai pas arrêté d'y penser, après coup, à ton sang-froid. »

Le rougissement s'est accentué, et elle a ajouté :

« Après cette première soirée, j'ai compris que tu avais du relief, de la matière, alors que Seb, aussi gentil soit-il, est quelqu'un de très creux. »

Becker repense au plaisir coupable qu'il a éprouvé en entendant Helena rabaisser ainsi Sebastian. Un sentiment chaud et délicieux.

« Ce n'est pas sa faute, s'est empressée d'ajouter Helena. Il est né avec une cuillère en argent dans la bouche, il n'a jamais eu besoin de travailler, il n'a jamais connu la moindre difficulté… et au fond, moi non plus. Je suis exactement comme lui. Un fétu de paille qui menace de s'envoler au premier coup de vent. Alors il me faut un ancrage. Et je veux que ce soit toi. »

Quelques heures plus tard, pendant qu'Helena était sous la douche et Becker à la cuisine, en train de remplir un verre de vin et de réfléchir à ce qu'il allait bien pouvoir lui dire avant qu'elle parte, il a soudain pris conscience qu'il allait devoir démissionner. Pour avoir Helena, il allait devoir abandonner Vanessa. Et il s'est figé, le verre à quelques centimètres de ses lèvres. Étudier Vanessa, lire ses mots, écrire sur elle, s'immerger dans son œuvre, c'était l'aboutissement de tout son parcours, le rêve de sa vie. Et alors même qu'il était sur le point de l'atteindre, il allait devoir y renoncer.

Ça n'en vaut pas la peine, a-t-il songé. Helena n'en vaut pas la peine. Cette pensée n'a duré qu'une seconde, qu'une fraction de seconde, même, mais le fait est qu'elle lui a traversé l'esprit.

Puis Helena est descendue, ses longs cheveux coiffés en chignon, son visage entièrement dépourvu de maquillage, ses yeux un peu rouges – la faute au shampooing ou aux larmes ? Elle était d'une beauté à couper le souffle. Évidemment qu'elle en valait la peine.

« Je vais démissionner, a déclaré Becker. On va partir d'ici, on va aller s'installer ailleurs.

– Pourquoi ? a demandé Helena, visiblement surprise.

– Comment ça, pourquoi ? Tu es fiancée, Helena, et nous...

– Becker ! s'est-elle esclaffée avant de l'embrasser à pleine bouche. Qu'est-ce que tu peux être vieux jeu ! Oui, ça va faire des histoires. Oui, Sebastian va être en colère, il va être blessé. Mais il s'en remettra. Il y aura une autre fille dans un mois ou deux, puis une autre un mois ou deux après ça. Ne t'en fais pas pour lui. »

Alors Becker est resté. Ils sont restés. Et Sebastian – le gentil Sebastian, l'impassible Sebastian – s'en est effectivement remis. Il a disparu quelques mois, le temps de faire de la plongée dans les Maldives, de la randonnée en Espagne, d'entretenir quelques liaisons sans lendemain, puis la pandémie a frappé et il est rentré. Seul. « Sans rancune, a-t-il juré. C'est la vie. Je m'incline ! »

Le reste de l'après-midi, Becker range son bureau, envoie des e-mails et passe des coups de téléphone : des sociétés de vente aux enchères avec lesquelles il doit discuter de ventes à venir, un collectionneur privé qu'il espère convaincre de leur prêter des œuvres pour l'exposition de l'été prochain…

Il s'apprête à partir quand Sebastian glisse la tête dans l'entrebâillement de la porte. Il porte un smoking mais n'a pas encore eu le temps de nouer sa cravate et, avec sa barbe soigneusement taillée à un millimètre, il fait penser à un mannequin dans une publicité pour une eau de toilette.

« Est-ce que c'est toi qui as piqué le carnet que je lisais tout à l'heure ? demande-t-il. Celui avec la liste à la fin ?

– Je pars pour Eris demain, soupire Becker. J'en ai besoin pour le montrer à Grace – c'est la seule trace qu'on a concernant ces œuvres manquantes.

– Pas de problème. »

Sebastian fait mine de partir, puis se ravise.

« Tu me tiendras au courant, hein ? Je veux que tu me racontes sa réaction quand tu lui présenteras la preuve irréfutable de ses mensonges ! »

Becker hoche la tête.

« Je suis sérieux, Becker. J'attends des résultats, maintenant, alors s'il faut la secouer un peu, tu n'hésites pas !

– Comme tu veux, mais je pense quand même qu'on ferait mieux de ne pas se la mettre à dos. »

Sebastian lève les yeux au ciel, mais Becker insiste :

« J'ai le pressentiment que cette affaire va se révéler plus complexe qu'on l'a anticipé. Après tout, Grace nous a confié ce carnet en sachant pertinemment que cette liste figurait à l'intérieur. Pourquoi l'aurait-elle fait si elle cherchait à nous cacher quelque chose ? »

Sebastian hausse les épaules et regarde sa montre. Il a vraiment la capacité de concentration d'un enfant de cinq ans, songe Becker. Il est déjà passé à autre chose – à son dîner, sûrement.

« Tout ce que j'attends de toi, c'est que tu me tiennes informé », dit Sebastian, et il sort son téléphone de sa poche avant de s'éloigner.

Au bout de quelques pas, il s'arrête. Se retourne.

« Au fait, Beck, tu ne t'es jamais demandé comment ça se fait qu'on ait hérité de tout ?

– Pardon ?

– Tu ne trouves pas ça bizarre ? Pendant vingt ans, Grace Haswell a partagé la vie de Vanessa ; elle a été son amie, son auxiliaire de vie quand elle est tombée malade et pourtant, pour reprendre tes mots, elle s'est retrouvée avec rien. Pourquoi, à ton avis ? »

Journal de Vanessa Chapman

Je ne sais pas vraiment comment écrire ce qui s'est passé. Je vais raconter tout ce dont je me souviens, mais je doute que ce soit parfaitement fidèle.

Il était 16 heures et je travaillais dans l'atelier. Il faisait sombre – la nuit n'était pas encore tombée mais le soleil ne s'était pas montré de la journée.

Froid, du vent.

Comme j'ai cru entendre une voiture, je suis sortie, mais je n'ai pas vu de phares, ni sur la chaussée ni sur le chemin. Je suis rentrée me remettre au travail. Je venais d'enfourner des céramiques quand j'ai cru voir un mouvement derrière la fenêtre.

Une ou deux secondes plus tard, un homme est apparu sur le seuil. J'ai tout de suite su qu'il allait me faire du mal – j'ai reconnu le mécanicien qui était venu réparer mon quad l'hiver dernier.

J'ai attrapé le fusil appuyé contre le mur. L'homme a commencé à s'avancer vers moi – sans rien dire, sans le moindre bruit, il se contentait d'avancer. J'ai braqué le canon sur lui, il n'a pas ralenti, alors j'ai tiré mais l'arme s'est enrayée. J'ai voulu le frapper avec la crosse. J'ai été trop lente.

Il m'a agrippée et jetée au sol.

Je me suis mise à hurler et hurler. D'une main, il m'a attrapé la gorge et, de l'autre, il a tenté de déboutonner mon jean.

J'imagine que j'ai fermé les yeux parce que, soudain, j'ai entendu un horrible gargouillis et je n'ai plus senti son poids sur moi. J'ai compris que quelqu'un d'autre était entré dans l'atelier.

Grace avait passé un de mes fils à couper l'argile autour du cou de mon agresseur et elle le tirait en arrière. Lui se débattait en donnant des coups de pied, il essayait de glisser les doigts sous le fil métallique qui lui cisaillait la gorge.

Il s'est démené comme ça un long moment, en faisant cet affreux bruit étranglé.

Moi, je crois que je ne bougeais pas. J'étais à genoux, il me semble. Au bout de quelques minutes, il a arrêté de résister. Grace l'a poussé en avant et il s'est étalé à plat ventre. Tout en maintenant le fil serré, elle m'a hurlé d'appeler la police.

Je n'ai pas réagi. Je tremblais si fort que j'avais l'impression que je ne contrôlais plus mes mouvements.

Grace a encore crié : « Mais bon sang, va appeler la police, attrape le fusil et va appeler la police ! »

Là, je me suis levée et j'ai couru jusqu'à la maison. J'ai téléphoné au commissariat. En larmes, j'ai expliqué qu'un homme nous avait attaquées et que mon amie l'avait tué, mais je n'ai pas pu répondre aux questions du standardiste, je ne faisais que pleurer et pleurer.

Il n'était pas mort.

Quand je suis remontée à l'atelier, je l'ai entendu vociférer. Grace lui avait attaché les chevilles avec de la ficelle et les poignets avec sa ceinture. Il avait encore le fil autour du cou.

On est restées là jusqu'à l'arrivée de la police. Grace agenouillée dans son dos, le fil entre les mains, et moi qui le tenais en joue.

Pendant qu'on attendait, il n'a pas cessé de parler. Il n'a pas cessé de m'expliquer ce qu'il comptait faire pour se venger, pour me faire mal, les outils qu'il utiliserait contre moi.

La police a mis une heure et demie à arriver.

Grace a passé la nuit ici.

Je lui dois la vie.

Je lui dois tout.

21

Grace se souvient d'une soirée, une de ces rares soirées qu'elles ont passées ensemble à discuter dans l'atelier. Avec un verre de vin, peut-être ? Le soleil était encore haut dans le ciel, c'était l'été. Installée devant son tour, Vanessa parlait à Grace de son travail avec une candeur rare.

« Le truc, avec la poterie, disait-elle, c'est qu'on peut faire ce qu'on veut. »

Elle avait la tête penchée et les cheveux attachés dans la nuque. Une mèche s'était échappée pour lui tomber devant les yeux et, de temps en temps, elle essayait de l'écarter d'un coup d'épaule.

« Et c'est là toute la difficulté. »

Elle avait plongé les doigts dans l'eau et était revenue à la forme qui tournoyait devant elle.

« Il ne s'agit pas d'une difficulté technique. Le grès, ce n'est pas compliqué, la porcelaine est un peu plus ardue, bien sûr, mais ce n'est pas ça, le problème. Ce que je veux dire, c'est que quand on peut faire ce qu'on veut, absolument tout ce qu'on veut… Alors que choisir ? Il y a trop de possibilités. »

La main dans le bol, les gouttes sur le parquet, un coup d'épaule.

« Il y avait un sculpteur, Isamu Noguchi – un homme brillant, il est mort dans les années 1980… Bref, il disait que l'argile était trop fluide, trop simple, qu'elle donnait beaucoup trop de liberté… Oh ! »

Elle s'était redressée avec un éclat de rire. La forme qu'elle travaillait venait de s'effondrer sur elle-même, pliée en deux comme un ivrogne sur le trottoir après la fermeture des bars.

« Moi, je ne crois pas que je pourrais avoir un jour trop de liberté... »

Vanessa avait souri à Grace, s'était essuyé les mains et avait bu une gorgée (c'est un rosé, songe Grace, où peut-être un vin pétillant ?).

« Tu veux essayer ? » avait proposé Vanessa en lui faisant signe d'approcher du tour.

Mais Grace avait ri en secouant la tête, alors Vanessa avait rassemblé la terre pour la centrer.

« Et en même temps, avait-elle repris, il avait sûrement raison. Quand on est aussi sujette au doute que moi, cette multitude d'options peut s'avérer paralysante... »

Elle s'était remise à l'ouvrage, trempant les doigts dans le bol avant de relancer son tour d'un coup de pied.

« Ce que j'adore avec la poterie, c'est que quand ça ne marche pas comme prévu, ça n'a pas d'importance. On détruit, on relance, et on façonne une autre forme. Chaque fois qu'on recommence, on crée quelque chose de totalement nouveau... Rien à voir avec la peinture, qui conserve la moindre marque, la moindre erreur. On a beau avoir gratté la couleur pour repasser dessus, l'image perdue demeure en filigrane, tel un fantôme. Avec l'argile, une fois qu'on a redémarré, il ne reste rien de l'ancienne silhouette, elle a disparu dans le néant ! Même si on voulait la retrouver, on ne le pourrait pas. Inutile d'essayer. Il faut donc apprendre à lâcher prise, avait-elle conclu en mordillant sa lèvre inférieure, penchée en avant, sourcils froncés. Il faut accepter de tirer un trait sur le passé. »

Grace est dans la chambre du fond, qu'on appelle aussi la chambre d'amis – c'est d'ailleurs comme ça qu'elle-même la considère, alors que c'est celle dans laquelle elle dort. Elle considère aussi qu'il s'agit de la maison de Vanessa et non de la sienne. Ce sera toujours la maison de Vanessa, et la pièce côté sud, celle qui donne sur la mer, sera toujours la chambre de Vanessa. Mais ce soir, si Becker choisit de passer la nuit ici, Grace lui laissera son lit et dormira dans celui de Vanessa.

Pour ne pas sombrer dans la folie, il y a des moments que Grace ne s'autorise jamais à évoquer, et les dernières heures significatives qu'elle a passées dans la chambre de Vanessa en font partie. Depuis, la pièce est restée vide. Oh, elle y entre parfois pour faire un brin de ménage et, l'été, elle ouvre la fenêtre afin que l'air marin chasse la poussière et l'humidité. Mais dans l'ensemble, la chambre a gardé l'apparence qu'elle avait le jour où l'ambulance a emprunté la chaussée pour venir chercher le corps de Vanessa. Les meubles sont à la même place, le lit, le bureau, l'armoire contre le mur, et le fauteuil sur lequel Grace s'asseyait pour veiller son amie.

Rien n'oblige Grace à dormir là. Elle pourrait prendre le canapé du salon, ou bien le proposer à Becker – mais il trouverait cela étrange, non ? Ce serait bizarre, il se poserait des questions. Après tout, ce n'est qu'une chambre, pas un sanctuaire. Elle n'est ni sacrée, ni hantée.

Alors au travail. Elle doit préparer la chambre d'amis : changer les draps, débarrasser ses effets personnels – les vêtements sur le dossier du fauteuil, la brosse à cheveux et la crème hydratante sur la commode. Il n'y a pas de raison qu'il fouille dans ses placards mais, par acquit de conscience, elle récupère les deux tableaux entreposés derrière ses manteaux et les emporte dans le salon. Là, elle soulève la grande toile suspendue au mur pour dévoiler une porte dissimulée derrière, qui mène à un petit cagibi aveugle. Elles n'ont jamais su à quoi servait ce réduit – Vanessa prétendait qu'il s'agissait d'un « trou du prêtre » mais il n'y avait pas ce genre de choses, en Écosse. Vanessa en avait fait sa chambre noire ; à présent, c'est un débarras.

Alors qu'elle écarte la toile, Grace ressent une pointe de culpabilité. Ces tableaux ne lui appartiennent pas. Jusqu'à présent, elle avait réussi à se convaincre qu'il ne s'agissait que d'une omission, deux peintures oubliées au fond d'un placard. Aujourd'hui, elle va délibérément à l'encontre des volontés de Vanessa et cela la met mal à l'aise – cependant, ce n'est pas comme si c'était la première fois.

Et puis, elle a des tas d'autres choses à donner à Becker : des cartons pleins de croquis, deux peintures inachevées, une pile de cahiers et un paquet de lettres. Elle a bien pris soin de mettre les courriers de Douglas Lennox sur le dessus, ceux qui montrent son agressivité, ses récriminations quand elle l'a quitté, son amertume qui frise la démence : *Comment peux-tu affirmer qu'il n'y avait rien entre nous ? Tu vas vraiment te cacher derrière ma femme ? La bonne excuse, comme si tu en avais quoi que ce soit à faire des épouses de tes autres amants !* Grace a conscience que c'est mesquin, mais elle tient à montrer que, s'il n'est pas facile de voir son intimité jetée en pâture au grand public, il n'est pas non plus aisé de voir celle des gens qu'on aime subir le même sort.

Elle enveloppe le petit tableau dans une vieille serviette de bain et l'emporte dans le débarras. Ce dernier ne contient que trois vieilles valises vides et quelques cartons de papiers administratifs que Grace a rapportés de son cottage quand elle en a rendu les clés. Elle pose la peinture contre une valise et retourne chercher la seconde, plus grande, emballée dans un drap. Alors qu'elle la tourne vers le mur, le drap glisse dans un coin et révèle le haut du cadre en bois, où s'affiche le titre choisi par Vanessa : *Totem*.

Tirer un trait sur le passé est une démarche sélective. C'est naturel : il y a des choses auxquelles on s'accroche, d'autres auxquelles on renonce. Pour Grace, les portraits et les lettres qu'elle a choisi de garder représentent le lien qui existait entre Vanessa et elle, un lien auquel elle se raccroche désespérément. Ce n'est pas sujet à débat, ce n'est même pas une question d'interprétation : cela ne leur appartenait qu'à elles deux. Et désormais, à elle seule.

Toutes ces années, pendant que Grace dormait dans la chambre d'amis, chaque fois qu'un article parlant de Vanessa la mentionnait, on la qualifiait de compagne, d'auxiliaire de vie, d'amie, parfois de conjointe. Aucun de ces mots n'était juste mais ni l'une ni l'autre n'a jamais expliqué en quoi – Vanessa, parce qu'il était dans sa nature de refuser les étiquettes ; Grace, parce que personne ne lui a posé la question.

De toute façon, qu'aurait-elle pu dire ? Comment aurait-elle pu donner un sens à ce lien, alors que toute forme d'amour autre que romantique est réputée inférieure à celui-ci ? La relation entre Vanessa et Grace n'avait rien de romantique, mais elle n'était pas inférieure pour autant. « Juste une amie », c'est ce qu'on dit, non ? « Oh, elle, c'est juste une amie. » Comme si une amie était une personne banale dans une vie, comme si une amie ne pouvait valoir tout l'or du monde.

Mon adorée, voilà ce que Grace aurait répondu si on lui avait posé la question. C'était mon adorée.

Assise à la table de la cuisine, Grace rédige une liste des courses à faire avant l'arrivée de Becker : du lait, du pain, des œufs et du bacon pour le petit déjeuner ; un poulet pour le dîner, des légumes. Du vin. Cela fait une éternité qu'elle n'a pas cuisiné un vrai repas pour quelqu'un, une éternité que cette maison n'a pas accueilli d'invités. Il y a très longtemps, avant que Grace prenne ses quartiers sur l'île, les amis artistes de Vanessa lui rendaient souvent visite et, parfois, des habitants du village venaient déjeuner ou boire un verre – mais ils ne restaient pas dormir, à moins de s'être fait surprendre par la marée. Julian est probablement la dernière personne à avoir passé la nuit ici. Cependant, on ne pourrait pas le qualifier d'« invité » : il a simplement débarqué un jour, sans prévenir.

22
Eris, été 2002

Il y avait un homme dans la cuisine de Vanessa. Cheveux blonds, le front un peu dégarni, le torse très bronzé. Il était vêtu d'un short – le genre de bermudas larges qu'affectionnaient les jeunes gens – et de rien d'autre. Quand il se tourna vers elle, Grace remarqua qu'il le portait si bas qu'il révélait des os du bassin saillants et une touffe de poils pubiens.

« Grace, je présume ? lança-t-il en lui tendant la main. Moi, c'est Julian. Qu'est-ce que vous nous préparez de bon pour ce soir ? »

Grace ignora sa main et hissa les sacs plastique sur la table.

« Je ne m'occupe pas de la cuisine, j'ai simplement fait quelques commissions pour Vanessa. Sans cela, elle serait capable de se laisser mourir de faim.

– Comme c'est attentionné », approuva Julian.

Il se pencha sur un des sacs et en sortit un paquet de viande hachée de chez le boucher qu'il examina, un sourcil levé, avant de le reposer.

« Vous avez pris des clopes ? demanda-t-il avec un sourire, mais Grace lui tourna le dos.

– Elle est capable de se laisser mourir de faim mais elle ne risque pas d'oublier ses cigarettes », répondit-elle en quittant la pièce.

Dehors, elle traversa la cour d'un pas décidé pour se diriger vers l'atelier.

Assise sur son tabouret, Vanessa tournait un vase. Toute son attention semblait portée sur son geste mais, avant que Grace ait pu ouvrir la bouche, l'artiste lâcha :

« Je travaille. »

Une mise en garde.

« Je t'ai apporté des courses, déclara Grace.

– Merci. »

Vanessa ne leva pas la tête. Au contraire, elle inclina plus encore les épaules pour se détourner de la porte. De Grace.

Celle-ci resta plantée sur le seuil une minute, puis deux, dans un silence complet. Elle voulait que Vanessa lui parle, qu'elle lui explique – ce qui se passait, ce qu'il faisait là –, qu'elle dise quelque chose. N'importe quoi.

Mais Vanessa ne céda pas. Excédée, Grace fit demi-tour, et elle vit alors qu'il l'avait suivie : il se tenait sur le sentier, à mi-chemin entre la maison et la grange, et l'observait avec son sourire idiot, une cigarette à la main.

Elle allait devoir le contourner. Elle allait devoir supporter son regard sur elle pendant qu'elle redescendait à sa voiture, elle allait devoir sentir les yeux de cet intrus sur ses jambes trop pâles et ses bras trop grassouillets, sur les auréoles de sueur sous ses aisselles, sur son visage bouffi par les allergies estivales. Quand elle passa à côté de lui, il ne s'écarta pas, il se contenta de tirer une longue bouffée et, une fois qu'elle l'eut dépassé, il lui souffla :

« *À bientôt*[1]. »

À cette époque, Grace avait encore son cottage au village et elle aurait pu éviter de recroiser Julian. Hélas, ce fut plus fort qu'elle : la présence de cet homme sur leur île lui était insupportable, elle avait besoin de savoir pourquoi, et elle avait besoin de savoir pour combien de temps.

Le lendemain de cette première rencontre, elle retourna donc sur Eris en croisant les doigts pour qu'il soit parti. Mais bien évidemment, la petite décapotable rouge était toujours dans la cour.

1. En français dans le texte original.

Grace se gara à côté et, une nouvelle fois, se rendit à l'atelier, dont la porte était grande ouverte.

« Vanessa ? » appela-t-elle, mais la grange était vide.

Vide ! Cela faisait des semaines que Vanessa en sortait à peine : elle travaillait sans relâche pour préparer l'exposition de Glasgow. Grace n'avait pas exagéré quand elle avait dit à Julian que, si elle ne lui faisait pas ses courses, Vanessa ne mangeait pas. Parfois, la docteure suppliait son amie de s'interrompre, ne serait-ce que pour marcher un peu, ou nager, comme avant. « Ce n'est pas bon pour toi de rester enfermée là-dedans, à respirer la poussière et les émanations de peinture ! lui répétait-elle. Tu dois faire une pause ! » Mais Vanessa n'avait cure de son insistance et se remettait à l'ouvrage, avec plus d'acharnement encore.

Et il suffisait qu'il se pointe, lui, pour que le tour s'immobilise et qu'elle déserte son atelier ?!

Grace repensa à ce que Vanessa lui avait raconté au sujet de son ex-mari : qu'il était infidèle, dépensier, vaniteux, égocentrique, colérique... Avait-elle déjà oublié ? Ces souvenirs s'étaient-ils tous envolés dès l'instant où il était apparu dans sa voiture tape-à-l'œil, avec son bronzage et son sourire ?

Bouillonnant de rage, elle redescendit vers la maison. La porte était fermée. Elle hésita, écouta, se demanda même si elle devait frapper. Mais elle était chez elle, non ? Au cours de ces dernières semaines, de ces derniers mois, cette maison n'était-elle pas devenue aussi la sienne ? Elle poussa le battant et appela son amie.

À l'intérieur, il faisait bon. Dans le silence, Grace traversa le salon et entra dans la chambre de Vanessa – le lit était défait, l'air empestait le tabac et le sexe. La cuisine était en bazar. De la vaisselle dans l'évier, du marc de café renversé par terre et sur le plan de travail ; une bouteille de cognac ouverte sur la table, à côté d'un cendrier qui débordait de mégots. Les courses que Grace avait apportées la veille étaient là où elle les avait laissées, les aliments qu'elle avait soigneusement sélectionnés dans les rayons du supermarché pour répondre aux besoins et aux préférences de Vanessa transpirant dans leurs sacs plastique.

Grace était sur le point de s'en aller quand elle entendit un hurlement. Elle se précipita à la fenêtre. Vanessa était sur la plage avec lui ; il lui courait après et l'attrapa par la taille pendant qu'elle poussait des cris. Ils jouaient, comme des gosses.

Grace savait qu'elle ne devait pas rester là, mais elle refusait de partir sans avoir regardé Vanessa en face. Elle mit de l'eau à bouillir et se prépara un thé qu'elle ne parvint pas à boire – elle avait la gorge trop serrée –, alors elle abandonna sa tasse et se posta devant la vitre pour surveiller le haut des marches. Enfin, ils apparurent. Ils s'arrêtèrent sur la dernière marche pour s'embrasser, et Julian fourra brusquement la main entre les cuisses de Vanessa. Le visage brûlant de honte et une mare de colère acide dans l'estomac, Grace se força à se rasseoir. S'ils la surprenaient à les épier, elle ne s'en remettrait pas.

« Bon Dieu ! s'exclama Julian en l'apercevant. Vous êtes là ! Qu'est-ce que vous nous avez apporté, aujourd'hui ? Du champagne ? Des huîtres ? Non, du steak haché ! ricana-t-il. On pensait faire un feu sur la plage, qu'est-ce que vous en dites ? Vous avez prévu des grillades, j'espère ?

– Il fait trop humide, répliqua Grace, acerbe. La marée monte.

– Oh, Grace, *ma petite boule de suif*[1], s'esclaffa-t-il en français avant de reprendre en anglais : Quelle rabat-joie ! Pas vrai, Nessa ? C'est une rabat-joie, ta Grace ! »

Vanessa s'assit à côté de Grace et lui prit la main. Elle avait les joues rouges, la faute à l'excitation ou à l'effort – ou à la gêne, qui sait ?

« Tu ferais mieux d'y aller, lui dit-elle en souriant, mais elle ne la regardait pas. File, je passerai bientôt te voir. »

1. En français dans le texte original.

Grace s'exécuta. Alors qu'elle longeait la fenêtre pour regagner sa voiture, elle entendit le rire mélodieux de Vanessa accompagner la voix de Julian.

« Mais qu'est-ce qu'elle vient fiche ici tous les jours, celle-là ? disait-il. Qu'est-ce qu'elle te veut, *Boule de suif*[1] ? Elle en pince pour toi, Ness, c'est ça ? »

Au début de l'année, Grace avait reçu une promotion : elle avait quitté Carrachan pour prendre la direction du tout nouveau cabinet médical du village d'Eris. À l'heure du déjeuner, par beau temps, on pouvait donc la trouver sur un des bancs du port, à manger un sandwich. C'est là que Vanessa la rejoignit le lendemain.

« Tu es contrariée », déclara-t-elle en s'asseyant.

C'était vrai : la matinée avait été éprouvante. Grace venait de passer une demi-heure avec la mère d'un enfant qui s'était noyé en tombant dans le lac de la carrière, quelques kilomètres au nord d'Eris. À moitié folle de chagrin, la mère n'arrivait plus à dormir. Elle était à bout. « Je vous en supplie, docteure, donnez-moi quelque chose ! » Hélas, Grace avait déjà prescrit tout ce que sa patiente pouvait prendre sans danger, et elle avait dû l'éconduire. Bien sûr, elle n'allait pas parler de ça à Vanessa. Cela ne l'aurait pas intéressée. Vanessa était trop égoïste pour comprendre.

Grace mordit férocement dans son sandwich thon-maïs et répondit sans la regarder :

« Il m'a prise pour ta domestique.

– Pour Julian, tout le monde est un domestique ! s'esclaffa Vanessa. Il ne faut pas le prendre pour toi.

– Tout le monde ? Toi aussi ?

– Moi, c'est différent. Je suis sa femme.

– Sa femme ? répéta Grace en l'inspectant avec dédain. Tu es "sa femme", maintenant ? »

1. En français dans le texte original.

Elle avait craché les deux mots comme une insulte, et Vanessa eut un mouvement de recul.

« Je... Ce n'est pas non plus une vocation, répondit-elle en rougissant. Mais c'est un fait. Nous n'avons pas divorcé. Pas encore. »

Elle se leva, se mit à contempler la mer.

« Écoute..., reprit-elle. Tu ferais mieux de ne pas venir ces prochains jours. Il va te taper sur les nerfs. D'accord ? Je dois aller à Glasgow jeudi pour discuter de l'exposition avec Douglas, je reviendrai samedi. Dimanche, au plus tard. Julian partira entre-temps, conclut-elle tandis que Grace levait une main en visière pour l'observer.

– Et il sortira définitivement de notre vie ? »

Cette fois, Vanessa la dévisagea, perplexe.

« Il n'a jamais été dans ta vie, Grace. Il est dans la mienne. »

Alors qu'elle s'éloignait, Grace lui cria :

« Je vous ai entendu parler de moi, tu sais. J'ai entendu ce qu'il a dit. J'ai cherché sur Internet. *Boule de suif*, c'est un roman français sur une femme grosse. Le titre veut dire "boule de graisse". Il m'a traitée de boule de graisse et tu as ri. »

Vanessa ralentit, mais ne se retourna pas.

Le lendemain après-midi, lorsque Grace rentra du travail, elle trouva Vanessa assise au soleil devant sa porte d'entrée, une bouteille de vin presque vide à côté d'elle. Elle se leva en titubant.

« Tu es venue en voiture ? s'emporta Grace. Tu es ivre, Vanessa. Tu as traversé le village. Tu es passée devant l'école ! Tu mériterais... »

Elle l'attrapa brutalement par le col.

« Tu mériterais que j'appelle la police !

– Grace ! gémit Vanessa en s'agrippant à ses bras. Je t'en prie... »

Grace lui arracha ses clés de voiture et rentra chez elle en claquant la porte. Vanessa la rejoignit quelques secondes plus tard dans la cuisine, où la médecin buvait au robinet.

« *Boule de suif*[1], balbutia Vanessa, c'est juste un surnom, il n'a pas voulu être méchant…

– Bien sûr que si », la coupa Grace en se redressant.

Elle ferma le robinet et dévisagea l'artiste. Entre son regard vitreux et son air boudeur, elle eut envie de la gifler.

« Ces hommes-là ne ressentent qu'un profond mépris à l'égard des femmes comme moi. Les femmes laides. Ce mépris, je l'ai subi toute ma vie. Pour ces hommes-là, pour ton mari, une femme laide n'est pas un être humain à part entière ; c'est révoltant, mais ça n'a rien de surprenant. Non, le pire, le plus abject dans tout ça, c'est la façon dont les femmes comme toi s'empressent d'applaudir devant ce comportement. Vous les jolies femmes, les élues, vous redoublez de minauderies de collégiennes dès qu'un homme s'intéresse à vous, et vous gloussez à ses plaisanteries cruelles. C'est pathétique.

– Tu te trompes », se récria Vanessa.

Et elle se mit à pleurer. Écœurée, Grace se détourna, mais Vanessa la rattrapa par le poignet.

« Je ne suis pas comme ça ! » plaida-t-elle encore.

Grace tenta de se dégager. Loin de se laisser faire, Vanessa la prit par la taille, la serra contre elle et se mit à sangloter sur son épaule. Raide comme un piquet, Grace resta les bras le long du corps, à inspirer profondément.

« Je ne sais pas pourquoi je l'ai laissé faire, gémit Vanessa. Je ne sais pas pourquoi je l'ai laissé revenir.

– Parce que ça te flatte. Il profite de ton orgueil.

– Oui, souffla l'artiste dans le cou de Grace. Tu as raison. Quand il me touche, j'ai l'impression qu'il pourrait faire fondre mes os. L'espace de quelques instants, de quelques heures, je me sens tellement… désirée. C'est électrisant, de savoir qu'on peut provoquer une passion pareille. »

Une nouvelle fois, Grace essaya de se libérer mais Vanessa ne la lâcha pas.

1. En français dans le texte original.

« Il me complimente, il me cajole, il me séduit, et c'est si bon…, murmura-t-elle avant de se redresser pour regarder Grace dans les yeux. Le sexe est extraordinaire, entre nous. Ça donne un tel sentiment de puissance, tu ne trouves pas, quand quelqu'un nous fait ressentir ça ? »

Enfin, Grace se détacha de cette étreinte étouffante. Elle aurait voulu se boucher les oreilles et chanter à tue-tête pour ne plus entendre la voix de Vanessa, hélas celle-ci la suivit dans la pièce en continuant :

« Mais bien sûr, il est à peine arrivé qu'il se met à parler d'argent, de ses besoins, de ses dettes, des endroits qu'il a envie de visiter… Et il a le culot de me traiter d'égoïste ! Il prétend que j'ai tout ce que je veux, entre l'île, la maison et l'atelier, et il ne comprend pas pourquoi je refuse de partager !

– Parce qu'il s'imagine que tu es en mesure de lui prêter des sous ? s'exclama Grace, incrédule. Tu arrives à peine à payer tes factures ! »

Vanessa renifla, essuya ses larmes. Elle sortit un verre du placard qu'elle remplit au robinet.

« Il n'a plus un sou, déclara-t-elle entre deux gorgées. Il ne me l'a pas dit aussi clairement, mais je sais lire entre les lignes. D'après ce que j'ai compris, il a emprunté une grosse somme à des gens peu recommandables.

– Il ne s'attend tout de même pas à ce que tu éponges ses dettes ? S'il a fait n'importe quoi, il faut qu'il en assume les conséquences… »

Vanessa se retourna vers elle, misérable.

« C'est à cause de cette histoire avec Celia Gray. Tu vois, il était sûr d'avoir décroché le gros lot. Il pensait qu'il n'aurait plus jamais à s'en faire. Mais elle est morte. Il ne l'avait pas encore épousée, vu que nous sommes toujours mariés, lui et moi… et il s'est retrouvé le bec dans l'eau.

– Il estime donc que c'est ta faute, comprit Grace, estomaquée. Et en plus de ça, tu le crois, et tu as pitié de lui ! »

L'artiste vida son verre et le reposa sur le plan de travail.

« C'est vrai. Quelle idiote ! J'ai pitié de lui, je me laisse embobiner par ses beaux discours, je craque et je perds le fil. J'oublie où je suis, qui je suis. Je néglige tout ce qui m'importe réellement. Mon travail… Et toi », ajouta-t-elle avant de se mordiller la lèvre.

Grace baissa la tête.

« Je n'aurais jamais dû accepter que ce salaud franchisse le seuil de la maison, conclut Vanessa. Quel vampire ! »

Elle vint se poster devant Grace et, du bout de l'index, lui releva doucement le menton. Grace ferma les yeux.

« Il a été cruel envers toi, Gracie, c'est vrai, et je ne sais pas pourquoi j'ai ri. Je ne trouve pas ça drôle, je ne trouvais pas ça drôle hier non plus, et j'ai ri. Je suis impardonnable. »

Grace soupira.

« Pourtant, je te pardonne », souffla-t-elle sans rouvrir les paupières.

Vanessa passa la nuit chez Grace. Elle se leva avant l'aube pour retourner sur l'île tant que la marée le lui permettait encore et, le lendemain, le jeudi, elle prit la route de Glasgow, où elle devait parachever les détails de son exposition avec Douglas.

À l'heure du déjeuner, tandis que Grace mangeait un sandwich sur son banc, elle vit la petite voiture rouge de Julian rejoindre le continent à toute allure puis traverser le village en trombe, au double de la vitesse autorisée.

Le dimanche, les magasins d'Eris étant tous fermés, Grace se rendit au marché de Carrachan pour faire quelques courses et acheter des fleurs, afin d'accueillir Vanessa à son retour. Cependant, quand elle arriva sur l'île cet après-midi-là, la voiture de Vanessa était déjà garée dans la cour. La porte d'entrée était ouverte mais, quand Grace appela son amie, personne ne répondit. Elle la trouva dans l'atelier, agenouillée au sol.

Avec du sang dans les cheveux, sur les vêtements, et sur les mains.

23

C'est la première chose que voit Becker. Le fusil, dans l'entrée, appuyé contre le banc. Grace suit son regard. « Pas d'inquiétude, le rassure-t-elle avec un petit sourire en coin. Il est uniquement décoratif. Je n'ai pas l'intention de vous envoyer chasser votre dîner. »

Un rire nerveux de la part de Becker.

« Est-ce que c'est… le fameux fusil ? demande-t-il.

– Comment ça ?

– Celui que Vanessa a emprunté au fermier après sa première interaction avec… Vous savez… ?

– Oh, fait Grace, et elle hoche la tête tandis que son visage s'empourpre légèrement. Vous avez lu ce passage.

– Oui. C'était… terrifiant.

– On peut le dire, oui. Et cette pauvre pétoire n'aura servi à rien… Quoique, on aurait pu l'assommer à coups de crosse », ajoute-t-elle après réflexion.

Elle se retourne, entraîne Becker vers le salon et désigne trois cartons posés sur la table basse.

« C'est pour vous, indique-t-elle. En espérant que ça satisfera votre patron. »

Loin de là, Becker le sait, mais il a décidé de ne pas aborder les sujets qui fâchent d'entrée de jeu. Il se montre donc enthousiaste et reconnaissant, et rejoint son hôtesse à la cuisine. Debout devant le fourneau, face à la fenêtre, il admire la vue sur la côte pendant que Grace remplit la bouilloire.

« Qui était cet homme ? demande-t-il.

– Qui donc ? Oh, on est toujours sur cette histoire de fusil… Il s'appelait Stuart Cummins, c'était un chauffeur routier qui faisait aussi un peu de mécanique. Dans la clinique où je travaillais, j'ai souvent soigné son épouse, Marguerite – doigts cassés, lèvre fendue, ecchymoses… Et d'autres choses. Des affaires de femmes. »

Le visage fermé, elle lui tend une tasse de thé.

« Elle n'a jamais porté plainte, poursuit-elle malgré tout. Ils habitaient une des petites maisons sur le port. On la voit d'ici, d'ailleurs. Tenez, c'est celle-là, là-bas, sur la gauche.

– La dernière ? s'enquiert Becker en se remémorant le visage inquiet qu'il a cru apercevoir derrière le carreau. Ils n'y habitent plus ?

– Marguerite est toujours là. Mais Stuart est parti il y a bien longtemps, Dieu merci. »

C'était donc elle…

« Marguerite, répète Becker. Et elle était mariée à l'homme qui a agressé Vanessa ? Son nom apparaît dans un des carnets. Elle a rendu visite à Vanessa, une fois, et elle semblait un peu perdue.

– Marguerite est malade depuis des années. Elle a Alzheimer, maintenant, mais même avant ça, elle était déjà très fragile. Son mari lui a fait subir un grand nombre de sévices. Le pire de tous, à mes yeux, c'est qu'il ne lui disait jamais quand il rentrerait. »

Grace et Becker se tiennent côte à côte devant la fenêtre, le regard dirigé vers les petites maisons.

« Il partait travailler et Marguerite ignorait si c'était pour quelques heures ou pour quelques jours, si bien qu'elle n'était jamais tranquille. Elle a passé des années à la fenêtre, à guetter son retour. »

Soudain, les nuages s'écartent et la pièce se retrouve inondée d'une lumière chaude. Ravie, Grace s'exclame :

« Regardez, regardez ! »

Le sable a pris une couleur dorée, tandis que le ciel se pare de jaune et de rose. Ils restent silencieux quelques instants, à admirer la magie du vent qui transforme la mer émeraude en un moutonnement blanc. Puis un nuage passe devant le soleil et l'illusion se dissipe. Grace va s'asseoir à la table avec son thé et fait signe à Becker de la rejoindre.

« Qu'est-il devenu, ce fameux mécanicien ? demande-t-il. Le mari de Marguerite ?

– Je n'en ai pas la moindre idée. Il a écopé d'une peine de prison beaucoup plus légère que ce qu'il aurait mérité. Si seulement la justice avait su tout ce qu'il avait fait subir à Marguerite… »

Les coudes sur la table, Grace forme un pont avec ses doigts sur lequel elle vient poser son menton.

« Après l'agression de Vanessa, je me suis installée sur l'île. J'ai quand même gardé ma maison au village parce que je continuais à travailler à la clinique et que les horaires des marées ne s'accordaient pas toujours à mon emploi du temps. Mais bref, dès que je pouvais être là, j'étais là. Vanessa était bouleversée, terrifiée. Il y a eu toute une période où elle n'osait plus aller se promener seule dans les bois et où elle cachait des armes un peu partout : des couteaux dans son atelier, un marteau près de la porte d'entrée… »

Grace laisse échapper un petit rire étrange, avant de secouer la tête. Dans la lumière tamisée, ses yeux marron ont l'air noirs.

« Ça m'a tellement mise en colère. Ça me met toujours en colère, d'ailleurs. Qu'un endroit se retrouve souillé comme ça… C'est une seconde agression qui se superpose à la première. Et ça arrive tout le temps. On se promène quelque part, on fait son footing, ses longueurs à la piscine, peu importe, quelque chose qu'on aime… Et donc on fait ce qu'on aime, dans un cadre qu'on trouve beau et pur et soudain, un homme surgit – pas forcément un homme, mais le plus souvent – et salit l'endroit. Si bien qu'ensuite, on ne s'y sent plus jamais en sécurité. Le lieu est transformé, vous êtes transformée, et jamais dans le bon sens du terme. »

Becker ne sait plus si c'est à lui qu'elle s'adresse ou si elle parle seule. Quoi qu'il en soit, elle est amère et contrariée et lui se sent bête, un peu mal à l'aise – il voudrait s'excuser, mais de quoi ? D'avoir évoqué un événement traumatisant ? De l'attitude des hommes ? Tous les hommes, ou seulement quelques-uns ? Alors qu'il réfléchit à ce qu'il pourrait dire, la mauvaise humeur de Grace semble s'envoler : les nuages qui obscurcissent son regard se dissipent et son visage s'illumine.

« Vous voulez voir l'atelier ? »

L'atelier est perché sur un plateau, au sommet d'une colline dont les pentes verdoyantes se sont assombries à présent que le soleil est passé derrière le rocher d'Eris. Un sentier assez raide permet d'y accéder.

Fébrile, Becker se ronge les ongles pendant que Grace déverrouille le cadenas, puis fait coulisser l'énorme porte métallique qui évoque au conservateur la pierre barrant l'accès au tombeau du Christ. Et soudain, l'atelier est là, sous ses yeux. Un espace caverneux avec des étagères tout le long du mur de droite, un vieux tour de potier sur la gauche, et un four à céramique au fond.

Becker entre. Il fait plus frais à l'intérieur, plus sec aussi, et il flotte dans l'air une odeur de poussière et de soufre. Par la grande baie vitrée que Vanessa a fait percer côté sud, on voit les pentes herbeuses qui descendent vers la mer et, au loin, l'île de la Tête de Mouton.

Au milieu de la pièce se dresse une table à tréteaux sur laquelle sont empilés plusieurs cartons.

« C'est toutes les choses qu'il faut encore que je trie, explique Grace. Comme vous pouvez le constater, il en reste pas mal ! »

Elle ouvre un des cartons :

« Dans celui-ci, il y a tout un tas de photos. Je ne sais pas si ça peut vous intéresser. »

Évidemment que ça l'intéresse ! Ces images fournissent une illustration fascinante des années que Vanessa a passées sur l'île d'Eris : toute une série de clichés de la maison, des travaux de réfection du toit, de la rénovation de la grange. Et plusieurs dizaines d'autres de l'île elle-même et de sa flore bigarrée – les fougères couleur rouille, la bruyère mauve, les ajoncs d'un jaune presque fluorescent.

« Est-ce qu'elle peignait beaucoup à partir de photos ? » demande Becker.

Il passe en revue les différents clichés : l'océan à toutes les heures du jour et dans toutes les conditions climatiques possibles et imaginables, des arbres tombés dans la forêt, des empilements d'algues qui font penser à des corps échoués sur la plage.

« Non, pas souvent, répond Grace, qui est occupée à ouvrir et fermer des placards tout au fond de l'atelier. Pas les premières années, en tout cas. Après, quand elle est tombée malade et qu'il lui est devenu impossible de travailler dehors, elle n'a pas eu le choix. Mais elle aimait bien les avoir à disposition, au cas où. Pour se rappeler la lumière, disait-elle. Pourtant, à côté de ça, elle passait son temps à se plaindre que ce n'était quand même pas la même chose.

– Elle avait raison, dit Becker en ramassant un autre cliché. Une photo est incapable de rendre justice à la lumière. »

Sur l'image qu'il a à la main, deux personnes se tiennent côte à côte, accoudées à une rambarde devant une mer agitée. L'une des personnes est Grace, beaucoup plus jeune mais parfaitement reconnaissable avec sa coupe au bol, son visage rond et son menton qui disparaît sous un sourire timide. L'autre a de longs cheveux châtain clair qui tombent sur ses épaules anguleuses et porte un short qui laisse entrevoir de longues jambes maigres – Vanessa, devine Becker, même s'il ne peut être catégorique, le visage étant obscurci. Non, pas obscurci, effacé. Quelqu'un a volontairement gratté le papier.

« Oh, mais elle est à moi, celle-ci ! s'exclame Grace, qui s'est approchée entre-temps. En tout cas, ça ne me rajeunit pas. »

Becker retourne l'image : *Grace et Nick, Saint-Malo, 1981.*

« J'ai cru que c'était Vanessa, avoue-t-il, et Grace secoue la tête en lui prenant la photo des mains pour l'examiner.

– Non, c'est Nick. Je ne sais pas pourquoi elle a fait ça…

– C'est Vanessa qui s'est acharnée sur son visage ? »

Becker n'est pas vraiment étonné – dans ses carnets, Vanessa exprime un caractère bien trempé et laisse parfois entrevoir une pointe de méchanceté.

« Il lui arrivait d'avoir des réactions bizarres, explique Grace. Vanessa était assez possessive, ce que j'ai d'ailleurs toujours trouvé un peu malvenu de la part de quelqu'un qui exigeait pour elle-même une liberté totale. Nick Riley était un ami d'université. On a vécu en colocation pendant un temps. Un été, on est partis faire du camping en France, avec une autre fille, Audrey. C'est elle qui a dû prendre la photo. »

La gêne de Grace est palpable.

« Il y a eu une époque où j'étais très proche de Nick, ajoute-t-elle. On n'était pas ensemble, mais… c'était quelqu'un à qui je tenais beaucoup. Il était très beau. Et pour ce qui touchait à la beauté, Vanessa n'aimait pas qu'on empiète sur son territoire. »

Grace glisse la photo dans la poche de son gilet et va ouvrir un petit placard sous la fenêtre.

« Je me rends compte que je la fais passer pour un monstre alors que je ne le pense pas une seule seconde, ajoute-t-elle. Vanessa avait son caractère, c'est tout. Ah, la voilà ! »

Elle sort une boîte en bois du placard et la pose sur la table.

« Tenez, venez voir ça ! »

Il s'agit d'un coffret en palissandre marqueté de nacre. Grace soulève le couvercle : à l'intérieur sont éparpillés des ossements. Ou plutôt, des fragments d'ossements. Brisés, décolorés, loin d'être aussi parfaits que celui dont elle s'est servie pour *Division II*. Becker les trouve minuscules et songe qu'ils doivent provenir d'un petit animal – un rongeur, peut-être ? Mais après tout, qu'est-ce qu'il y connaît ?

« Est-ce que je pourrais les récupérer ? demande-t-il. Je pense que ces os pourraient se révéler très utiles. Et puis, il s'agit de… de choses dont Vanessa se servait pour son art, non ? »

Grace hoche la tête.

« Mmh... D'accord. »

Elle désigne le placard resté ouvert.

« Je sais qu'il y a un autre coffret, quelque part, avec des galets et des coquillages. Et un autre avec des plumes et... Oh tenez, regardez ! »

Elle attrape une boîte, beaucoup plus quelconque que la première, et l'ouvre pour révéler un minuscule crâne d'oiseau. Avec mille précautions, Becker s'en saisit et le fait tourner entre le pouce et l'index. Il examine les orbites vides, le bec délicat.

« Un moineau, peut-être ? » suggère Grace.

Becker hausse les épaules. Il n'en a aucune idée, mais cela lui rappelle quelque chose qu'il a lu dans un des carnets.

« Vanessa a écrit qu'elle avait trouvé un crâne d'oiseau... À moins qu'il s'agisse d'un squelette entier ? En tout cas, c'était dans le carnet où elle évoque l'achèvement de *Division*... Il me semble que vous n'habitiez plus sur l'île, à ce moment-là, c'est bien ça ? »

Grace ignore la question et se remet à étudier le contenu du coffret en palissandre.

« Il ne fait aucun doute que pas un de ces ossements n'est humain, dit-elle en lui tendant un des fragments les plus imposants. Voyez comme il est léger. Les os humains sont beaucoup plus denses. À mon avis, celui-ci provient d'un mouton. Mais il me semblait qu'il y en avait des plus gros, quelque part. »

Elle porte la main à sa bouche et penche la tête en arrière pour réfléchir.

« Elle faisait des copies, vous savez ? Elle confectionnait des moules en plâtre afin de pouvoir les reproduire à loisir. C'est comme ça qu'elle a réalisé *Division II*, d'ailleurs. Elle trouvait des ossements, des fragments, et elle les rafistolait avec de la céramique – ce qui est étonnant, car on utilise la même technique en médecine depuis quelques années pour réduire des fractures ou fabriquer des prothèses.

– À propos de céramique, l'interrompt Becker, sautant sur l'occasion d'aborder enfin le sujet qui l'amène. Je voulais vous parler des œuvres que Vanessa avait réalisées en vue de l'exposition à la galerie de Glasgow. »

Grace l'examine, méfiante.

« Sur la dernière page d'un des carnets que vous m'avez confiés, il y avait une liste d'œuvres qu'elle devait remettre à Douglas pour cette fameuse exposition. Ça vous rappelle quelque chose ? Cet inventaire référence une trentaine de céramiques, mais nous n'en avons reçu pratiquement aucune. Est-ce que vous savez ce qu'elles sont devenues ? Est-ce que Vanessa les a vendues ? Auquel cas, y aurait-il des reçus quelque part ?

– Vous savez que c'est moi qui ai soigné son poignet ? demande Grace en refermant le coffret en palissandre. Je vous l'ai déjà dit, non ? C'était la première fois que je la rencontrais. Elle avait trébuché sur le rebord en béton, là-bas, juste à droite du chemin – le couvercle de la fosse septique. »

Elle range la boîte dans son placard.

« On s'est rencontrées à cause d'un os cassé, reprend-elle en se tournant vers Becker, amusée. Et ensuite, elle a commencé à utiliser des os cassés dans ses œuvres. J'aime à penser qu'il y a un lien. »

Elle s'interrompt un instant et son visage se fait plus sérieux.

« Est-ce que je peux vous faire confiance, monsieur Becker ?

– Bien sûr », acquiesce celui-ci, en espérant que Grace va enfin répondre à sa question.

Mais elle n'en fait rien. Elle sourit et dit :

« Très bien. Dans ce cas, je vous laisse farfouiller à votre guise pendant que je m'occupe de préparer le dîner. Mettons, une demi-heure ? Refermez le cadenas quand vous aurez terminé. Et faites attention en redescendant, le sentier est accidenté par endroits. »

Becker regarde Grace s'éloigner, puis disparaître dans l'obscurité. Au bout de quelques minutes, il entend la porte de la maison se refermer.

Un fin croissant de lune joue à cache-cache avec les nuages. Au loin, le faisceau du phare balaye l'océan. C'est l'étale, la mer est d'huile. Soudain, un cri perçant le fait sursauter. Un goéland argenté, qui passe en planant au-dessus de sa tête. Becker retourne dans l'atelier.

Enfin, il a Vanessa pour lui tout seul.

Il commence par fourrager dans un des cartons posés sur la table. La plupart des innombrables croquis qu'il contient se limitent à quelques lignes grossières représentant l'île ou la forêt. Néanmoins, Becker finit par mettre la main sur quelques ébauches de sujets humains : une silhouette accroupie, une autre allongée, vues sous différents angles. Des études, peut-être ? Une chose est sûre : si tel est le cas, il n'a jamais vu les tableaux finaux.

Devant tous ces feuillets, tous ces cartons, Becker a soudain l'impression que faire du tri ne servira à rien, parce qu'il y en aura toujours plus. Grace est une sorte de magicienne qui fait sortir des lettres, des dessins et des ossements de son chapeau. Ou une chatte, peut-être, qui dépose ses trésors aux pieds de Becker. Des trésors qui ne lui appartiennent même pas, d'ailleurs. Et puis, la métaphore ne tient pas : les chats ne rapportent pas des trésors, mais les cadavres de leurs proies.

Grace lui cache des choses ; la façon dont elle a éludé la question sur les céramiques manquantes en est la preuve. Peut-être même qu'elle lui cache des choses au sens propre : cette maison n'est pas immense, mais elle doit bien abriter un espace de stockage quelque part. Un grenier, une cave… Grace n'a-t-elle pas évoqué un débarras, à un moment ? Quoi qu'il en soit, Becker doit lui laisser l'occasion de démentir.

Il s'enfonce jusqu'au fond de l'atelier, ouvre le four et, en humant l'odeur de poussière et de cendre qui s'en dégage, il a la chair de poule. Il imagine Vanessa effectuant ce même geste, la gorge nouée au moment de découvrir si son œuvre a survécu à la cuisson. S'il pouvait, Becker braverait volontiers le froid pour passer le reste de la nuit ici, au milieu des affaires de cette artiste qu'il admire tant. Mais ce serait impoli. Et il lui reste du travail à faire, des questions à poser.

Il tire la lourde porte coulissante en métal et, la lampe torche entre les dents, referme le cadenas. Au moment où il se retourne pour partir, la lampe clignote une fois, puis deux, et s'éteint définitivement, le laissant dans l'obscurité. Becker dégaine son téléphone et, après quelques tentatives infructueuses, parvient à allumer le flash. Voilà. Le faisceau illumine une petite portion d'herbe à ses pieds ; au-delà, c'est le noir complet. Un noir oppressant. Portable à la main, Becker s'engage sur le chemin qui descend vers la maison. Il note au passage qu'il n'y a pas de réseau.

La maison est douce et chaleureuse, la cuisine chargée d'odeurs : poulet rôti, feu de bois. Le visage empourpré par l'effort, les aisselles auréolées de transpiration, Grace ouvre une bouteille de vin.

« Vous en prendrez ? demande-t-elle en lui tendant un verre avant qu'il ait pu répondre. Asseyez-vous, asseyez-vous ! »

Elle s'agite autour de lui, marmonne dans sa barbe : « Où est-ce que j'ai bien pu mettre ces... Elles étaient où, déjà ? » Elle finit par trouver la boîte d'allumettes qu'elle cherchait et allume une bougie. Entre le vin, la lumière tamisée et la bougie qui trône au centre d'une table dressée avec soin, la scène a quelque chose de romantique qui provoque chez Becker une bouffée d'angoisse. Il pense à la logeuse dans la nouvelle de Roald Dahl, qui attire de jeunes hommes dans son établissement avant de les empoisonner et de les empailler. Il tâte son portable dans sa poche.

« Il n'y a pas de réseau, ici, dit-il d'une voix plaintive.

– Ah non, il n'y a qu'en haut du rocher qu'on capte, sur cette île. Mais de nuit, je vous déconseille de vous y rendre. Pourquoi ? Vous avez besoin d'appeler quelqu'un ? Il y a le WiFi, sinon. Vous pouvez utiliser le *OuatChat*. »

Becker sourit.

« WhatsApp, corrige-t-il.

– Par contre, je ne connais pas le mot de passe.

– En général, il est noté sur la box.

– Ah mais oui, c'est dans la chambre de Vanessa. Je vais regarder. »

Grace disparaît, pour revenir quelques minutes plus tard armée d'un morceau de papier.

« Merci, dit Becker en se levant de table, et il indique la direction du salon. Je vais juste passer un coup de fil rapide à ma femme.

– Je vous en prie. »

Helena ne décroche pas. Becker lui envoie donc un message pour lui expliquer qu'il n'y a pas de réseau à Eris et qu'elle peut le contacter par WhatsApp en cas de besoin. Il attend quelques instants mais, voyant que les petites coches sous son message restent désespérément grises, il finit par retourner à la cuisine. Il s'assoit à table et boit une grande gorgée de vin en s'efforçant de ne pas imaginer Sebastian passant à l'improviste au logis pour prendre des nouvelles de Lena.

« Tout va bien ? s'enquiert Grace sans se retourner.

– Oui, oui », ment Becker avant de finir son verre.

À présent qu'il a pensé à Sebastian, il peut presque entendre sa voix : *S'il faut la secouer un peu, tu n'hésites pas !*

« Grace, il faut qu'on parle des œuvres qui figuraient sur la liste que j'ai évoquée tout à l'heure. »

Grace se penche pour ouvrir le four, sort le plat qui s'y trouve et le lâche sans ménagement sur le plan de travail.

« J'ai toujours été là pour Vanessa.

– Je sais bien, dit Becker, frustré. Mais...

– Non, vous ne savez pas », le coupe Grace.

Elle se retourne face à lui, retire ses maniques et s'essuie le front du dos de la main. Elle a l'air contrariée.

« J'ai toujours été là pour elle. Depuis le jour où on s'est rencontrées, quand elle s'était cassé le poignet. J'étais la personne sur qui elle pouvait compter – Vanessa avait tendance à se perdre dans son travail au point d'en oublier de manger, alors je lui apportais ses repas. Je lui faisais la cuisine. Je m'occupais des réparations de la maison et, si cela dépassait mes compétences, je faisais venir un artisan. J'étais aux petits soins pour elle. Je lui facilitais la vie. Je l'écoutais quand elle parlait, même si je ne comprenais pas la moitié de ce qu'elle racontait. J'étais là quand elle s'est fait agresser. Je l'ai protégée. Et j'étais là pour prendre soin d'elle après ce qui s'est passé avec Julian. »

Grace attrape une fourchette et un couteau à découper dans un tiroir et les pose devant Becker.

« Vous voulez bien vous occuper du poulet ? J'ai quelque chose à vous montrer. »

Becker s'attaque maladroitement à la volaille, tout en se préparant à la confrontation à venir. Il sait ce que Grace va lui dire : pour tout ce qu'elle a fait, elle a bien mérité une récompense. En soi, elle n'a pas tort. Il serait logique qu'elle soit dédommagée pour les innombrables services qu'elle a rendus à son amie. Hélas, Becker sait – tout comme Sebastian et tout comme Grace – qu'il ne s'agit pas d'une question de logique, mais de droit. Or le testament qu'a laissé Vanessa Chapman est clair.

À son retour dans la cuisine, Grace ne peut réprimer une grimace – Becker a massacré le poulet. Elle lui tend un torchon, pose un morceau de papier sur la table devant lui et récupère la fourchette et le couteau pour terminer elle-même la découpe.

« Lisez ça », ordonne-t-elle.

Becker reconnaît aussitôt l'écriture de Vanessa. Le papier sur lequel est inscrit le message présente plusieurs taches brunâtres.

J, ça ne peut pas continuer comme ça, on tourne en rond, toi et moi !

Je serai de retour ce week-end, il faudra que tu sois parti. Je n'ai plus d'économies, je n'ai plus rien.

On s'est aimés, on s'est haïs, et maintenant, on a le droit d'être libres. De ne plus être enchaînés l'un à l'autre.

N'est-ce pas merveilleux ?
À présent, tu dois trouver ta voie.

Avec tout mon amour,
Nessa

« Ils venaient de passer plusieurs jours ensemble, explique Grace en lui tendant une assiette. Les nuits aussi. Ils s'amusaient, ils couchaient ensemble et, évidemment, ils se disputaient car, comme d'habitude, il était venu lui réclamer de l'argent. Moi, j'étais rentrée chez moi au village. Je ne voulais pas me mêler de leurs affaires. Et, pour être honnête, je n'appréciais pas du tout Julian. »

Elle se sert et s'assoit.

« Mais bref, il est arrivé le samedi et, le jeudi matin, Vanessa est partie en voiture pour Glasgow, où elle devait retrouver Douglas Lennox pour régler les derniers détails concernant son exposition, dont le vernissage devait avoir lieu environ un mois après. Vanessa a emporté quelques tableaux, ceux que vous avez récupérés par la suite. Le reste – toutes les céramiques et les toiles les plus imposantes – devait être livré plus tard. La plupart des œuvres étaient déjà dans l'atelier, prêtes à être emballées.

« Et donc, comme je disais, Vanessa est partie le jeudi matin. Très tôt à cause de la marée. Julian dormait encore, alors elle lui a laissé ce message. »

Grace porte la fourchette à sa bouche et mâche lentement.

« Ce que je vous raconte doit rester entre nous, monsieur Becker, c'est bien compris ? Vanessa ne voulait pas que cette histoire soit rendue publique.

– Je comprends, s'empresse d'acquiescer Becker. Mais quelle histoire ? Où est-ce que vous voulez en venir ?

– Vanessa a déposé ce petit mot à côté du lit en partant et, quand elle est rentrée de Glasgow le dimanche, elle l'a retrouvé par terre dans l'atelier, au milieu des débris. Les céramiques pulvérisées, les toiles lacérées… Tout était détruit. »

24
Eris, été 2002

Lorsque Grace arriva ce dimanche-là, la voiture de Vanessa était garée dans la cour, mais la maison était vide. Grace se dirigea vers l'atelier et, en chemin, elle entendit un bruit, une sorte de grattement, comme un outil raclant le tour mais en beaucoup plus fort.

En atteignant le seuil de la grange, elle découvrit qu'il s'agissait en réalité de Vanessa, effondrée par terre, en larmes. Le bruit provenait de sa gorge. Elle avait du sang partout, dans les cheveux, sur les vêtements, sur les mains. Il y en avait aussi au sol.

« Vanessa ! s'écria Grace en se laissant tomber à côté de son amie. Qu'est-ce qui s'est passé ? Tu es blessée ? Vanessa, qu'est-ce qui s'est passé ? »

Vanessa ne répondait pas, elle continuait d'émettre ce bruit affreux, elle continuait de serrer les poings si violemment que du sang s'échappait d'entre ses phalanges.

« Vanessa, arrête ! Arrête ! »

Grace lui attrapa les bras, tenta de la forcer à déplier les doigts ; elle-même commençait à pleurer.

« Où est-ce que tu as mal ? Réponds-moi ! Je t'en prie, dis-moi ce qui s'est passé…

– Plus rien, murmura Vanessa – elle dégagea une main qu'elle ouvrit, laissant échapper des éclats de porcelaine tachés de sang. Il n'y a plus rien. »

Grace leva les yeux. Le spectacle était presque insupportable : l'atelier était jonché de débris d'argile, et les toiles aux murs arboraient de larges entailles, béantes comme des plaies.

« Tes mains », souffla Grace.

Vanessa lui tendit son autre paume et Grace y prit une feuille roulée en boule. Un message destiné à Julian.

« Vanessa, où est-il ? Où est Julian ? »

Mais l'autre secoua la tête, les paupières closes.

Quand elle les rouvrit enfin, Grace l'aida à se relever et, un bras autour des épaules de l'artiste et l'autre soutenant son poignet gauche, elle l'entraîna jusqu'à l'évier pour lui passer les mains sous l'eau. Vanessa ne résista pas. Immobile, elle laissa Grace la débarrasser tant bien que mal des fragments de céramique dans sa chair.

Aucune d'elle ne parla.

Un peu plus tard, Grace ramena Vanessa à la maison. Elle l'assit sur le rebord de la baignoire pour nettoyer les traînées de sang sur sa peau, désinfecter ses coupures et lui panser les mains, puis lui donna un somnifère et la coucha. Ensuite, elle retourna dans l'atelier. Là, elle ramassa les plus gros morceaux de porcelaine et les plaça soigneusement sur la table, en essayant de regrouper ceux qui provenaient de la même œuvre. Elle passa le balai, lava à grande eau et essora sa serpillière dehors, laissant les derniers vestiges de sang et d'éclats d'argile disparaître dans la terre.

C'était une belle soirée, il faisait bon. Une brise agréable venue de la mer caressait les ajoncs, apportant un parfum de varech et de noix de coco, mais Grace n'avait plus dans les narines que l'odeur du sang et celle du désinfectant. Quand elle eut enfin terminé, elle s'assit dans la cuisine et se servit un whisky pour se débarrasser du goût métallique dans sa bouche.

Elle alla jeter un coup d'œil à Vanessa, qui dormait toujours, avant de téléphoner à la standardiste de garde de son cabinet pour prévenir qu'elle serait absente le lendemain. En dix ans, c'était la première fois qu'elle allait manquer une journée de travail.

Grace s'endormit à la table de la cuisine, la bouteille de whisky ouverte devant elle.

Peu après minuit, elle s'éveilla en sursaut. Elle se redressa, essuya la salive sur ses lèvres et s'étira pour se dégourdir les épaules et la nuque. Elle s'apprêtait à se lever quand elle se rendit compte qu'elle n'était pas seule : Vanessa était assise en face d'elle. Dans le noir, son visage blanc ressemblait à un masque mortuaire.

« Bon sang, tu m'as fait peur ! s'exclama Grace en faisant mine d'aller allumer la lumière.

– Laisse ! cracha Vanessa, avant de se radoucir : S'il te plaît. »

Grace se rassit.

« Comment te sens-tu ? Comment vont tes mains ? demanda-t-elle. J'ai pris ma journée de demain, ajouta-t-elle comme Vanessa ne répondait pas. J'appellerai la police à la première heure.

– Non.

– Ce sont des dégradations, du vandalisme, Vanessa. C'est illégal.

– J'ai dit non. »

Grace expira lentement.

« Bien… On va au moins contacter la galerie pour…

– Non, Grace. Il n'y a pas de "on". Je ne veux pas contacter qui que ce soit. Alors tu n'appelles personne, tu n'en parles à personne, tu ne fais rien.

– Tu dois le dénoncer, tu dois…

– Arrête de me dire ce que je dois faire ! siffla Vanessa. Tout a disparu. Tu comprends ? Tout !

– Je sais, je…

– Laisse-moi tranquille, s'il te plaît. Par pitié, va te coucher et laisse-moi tranquille. »

Quand Grace se réveilla ce matin-là, le téléphone sonnait. Vanessa était assise dans la cuisine avec un café et défaisait les bandes de gaze de ses mains.

« Ne réponds pas, ordonna-t-elle alors que Grace approchait du téléphone. Est-ce que tu pourrais aller m'acheter des cigarettes au village ? »

Elle avait le visage bouffi et les yeux cernés de bleu foncé, comme des hématomes, mais son regard était clair et sa voix assurée.

« Bien sûr, dit prudemment Grace. Tu as besoin d'autre chose ? Tu veux que je te prépare à manger ? »

Vanessa secoua la tête. Lorsque Grace s'approcha pour lui inspecter les mains, elle se détourna mais se laissa faire.

« Elles doivent rester propres et sèches, indiqua la médecin. Limite tes activités quelque temps.

– Quelles activités ? » s'esclaffa Vanessa d'un ton bizarre, trop aigu.

Le téléphone sonnait sans interruption. Vanessa ne décrochait pas. Elle ne faisait rien, elle quittait rarement la cuisine ; elle restait assise là, à fumer, à boire du café et à regarder la mer, la route, comme si elle attendait quelqu'un.

Puis, le samedi en fin d'après-midi, après six jours passés ainsi, quelqu'un vint.

Au début, Grace en fut soulagée. Elle se promenait sur la plage quand elle vit la voiture de police emprunter la chaussée submersible au ralenti. *Enfin*, songea-t-elle, *elle a retrouvé ses esprits !*

Elle pressa le pas pour remonter vers la maison. Elle voulait être là pour Vanessa, la soutenir quand elle raconterait son histoire.

Ils étaient tous dans la cuisine, deux jeunes hommes en uniforme qui se tenaient près de la porte, l'air embarrassé, et Vanessa, toujours assise à table, avec une cigarette. Grace entra précipitamment en bousculant un des agents.

« Je suis une amie de Vanessa, annonça-t-elle. J'habite ici, moi aussi.

– Eh bien… pas exactement », objecta Vanessa, les yeux rivés sur le bout rouge de sa cigarette.

Les deux policiers échangèrent un coup d'œil.

« Nous venions de commencer à poser quelques questions au sujet de Julian Chapman, expliqua le plus âgé. Nous voulions notamment savoir à quand remonte la dernière fois que vous l'avez vu.

– Il a disparu », ajouta rapidement Vanessa.

Et, pour la première fois depuis l'arrivée de Grace, elle la regarda.

« Disparu ? répéta Grace.

– D'après Isobel. Apparemment, il n'est pas venu à son anniversaire. »

Grace ne put retenir un bref éclat de rire.

« Donc il n'est pas allé à une fête d'anniversaire, et ça signifie qu'il a disparu ?

– Ce n'est pas dans ses habitudes, expliqua Vanessa avec un haussement d'épaules. Il ne l'a pas appelée, ni rien… C'est étrange. Ils sont très proches.

– J'ai cru comprendre qu'il était venu ici ? demanda le premier policier, et il fallut un petit instant à Grace pour comprendre que la question lui était destinée.

– Euh, oui, répondit-elle. Il était là la semaine dernière… Non, la précédente. Il est reparti jeudi. Je n'étais pas là, j'ai dormi chez moi, au village, pendant son séjour, mais je l'ai vu… Enfin, sa voiture. Je l'ai vue jeudi, à l'heure du déjeuner.

– Vous avez vu sa voiture ?

– C'est une petite décapotable rouge vif, on n'en croise pas beaucoup dans le coin. Et puis, il conduit comme un malade, alors il ne passe pas inaperçu. »

Le second agent, le plus jeune, esquissa un sourire narquois.

« Comme un malade ? Vous voulez dire qu'il conduit vite ? »

Grace acquiesça. Le plus âgé se tourna vers Vanessa.

« Et y a-t-il eu quoi que ce soit de… notable, lors de cette visite de votre mari ? Une dispute, quelque chose de ce genre ?

– Eh bien…, commença Vanessa en fronçant les sourcils. Vous savez que nous sommes séparés, je présume ? Nous allons divorcer, mais nous sommes restés en très bons termes. Il est venu me voir pour discuter de soucis d'argent, et…

– Il est venu jusqu'ici pour ça ? la coupa le jeune. Ça fait de la route, depuis Oxford... Ça n'aurait pas été plus simple de vous téléphoner ?

– Comme je viens de vous le dire, nous sommes toujours amis, répliqua Vanessa, sa voix douce et rocailleuse soudain aussi dure que du verre. Vous comprenez ce que veut dire "en bons termes" ? »

L'homme rougit jusqu'aux oreilles, et Vanessa s'adressa à son collègue :

« Je trouve ça étrange qu'il ait raté l'anniversaire de sa sœur, mais ça ne me paraît pas non plus trop inquiétant. Cela arrive à Julian de disparaître quelque temps dans la nature sans donner de nouvelles. Il a... beaucoup d'amis, des petites copines à droite, à gauche, un nombre non négligeable de créanciers, et il boit plus que de raison. Vous pouvez constater qu'il n'est pas là, ajouta-t-elle en désignant la pièce. Vous êtes libres d'inspecter les lieux si cela vous rassure. Tout ce que je sais, c'est qu'il est parti jeudi, ainsi que Grace vous l'a expliqué, peu après mon départ pour Glasgow. En ce qui me concerne, je suis rentrée dimanche, aux alentours de midi, et sa voiture n'était plus là. J'en ai conclu qu'il avait pris la route pour rentrer en Angleterre. »

Les deux policiers n'allèrent pas jusqu'à fouiller la maison. Ils acceptèrent les explications de Vanessa, lui confièrent une carte de visite et débitèrent le petit discours habituel de « si jamais quelque chose vous revient... » avant de prendre congé.

Dès que leur voiture fut sur la chaussée submersible, Vanessa sortit de la maison et s'engagea sur le sentier à flanc de colline, Grace sur les talons.

« Pourquoi tu ne leur as pas dit ? » cria celle-ci.

Vanessa l'ignora mais, quand Grace répéta sa question, elle se retourna, avec une expression furieuse.

« Leur dire quoi, Grace ? Qu'il a détruit tout mon travail ? Il lui est peut-être arrivé quelque chose ! Si je parle à la police de ce qu'il a fait, on me soupçonnera immédiatement de lui avoir fait du mal. La presse le découvrira, et les journalistes viendront camper sur la plage. Ils investiront mon île nuit et jour, ils ne me laisseront plus jamais tranquille.

– Mais... personne ne pourra s'imaginer que tu as quoi que ce soit à voir là-dedans ! protesta Grace. Tu étais à Glasgow, à la galerie ! Comment aurais-tu pu lui faire du mal ? »

Vanessa ne répondit pas. Elle se mordillait la lèvre, regardait sur le côté, clignait furieusement des paupières. Soudain, elle renvoya ses cheveux en arrière d'un geste théâtral, fit demi-tour et partit à grands pas vers l'atelier.

Le téléphone sonnait toujours. Grace avait interdiction de décrocher.

Un autre policier vint les voir quelques jours plus tard – en civil, celui-là. Il avait fait le trajet depuis l'Angleterre et insista pour s'entretenir avec Vanessa en tête à tête. Grace resta dans le couloir et l'entendit poser les mêmes questions que ses collègues, ainsi que d'autres : Quelle est la nature précise de votre relation avec Mme Haswell ? demanda-t-il. Où dort-elle ? Comment s'entendaient Mme Haswell et M. Chapman ? Avez-vous eu connaissance d'une éventuelle dispute entre eux ?

À la fin de l'interrogatoire, l'inspecteur expliqua à Vanessa que, si plusieurs personnes confirmaient avoir vu la décapotable rouge traverser le village le jeudi midi, un autre témoin affirmait l'avoir vu retraverser la chaussée en direction de l'île quelques heures plus tard, dans la soirée.

« Mais je n'étais pas là, merde ! s'énerva Vanessa. Combien de fois va-t-il falloir que je vous le répète ? »

Grace fit alors irruption dans la pièce pour calmer les esprits avant que Vanessa s'attire des ennuis.

« Jeudi soir, vous dites ? lança-t-elle. À quelle heure ? »

L'inspecteur l'observa, suspicieux.

« Pourquoi ? Où étiez-vous, jeudi soir ?

– Eh bien, je… Jeudi, je travaillais, dit Grace. J'ai dû rester au cabinet jusqu'à 18 heures, peut-être un peu plus tard. On va bientôt se faire inspecter, alors il y a beaucoup de paperasse à gérer, en ce moment… Bref, après, je suis allée apporter une boîte de Diovan à Marguerite, elle avait oublié de passer la récupérer, et…

– Marguerite ?

– Une patiente.

– Vous faites souvent des visites à domicile ?

– Pas vraiment, non, mais Marguerite habite au bout de la rue, dans un des cottages qui donnent sur le port, et elle est… Comment dire ? Elle est très seule, alors quand c'est possible, j'essaie de passer la voir pour lui tenir compagnie. Comme je l'ai dit, elle n'était pas venue chercher son traitement contre l'hypertension donc j'ai décidé de le lui déposer. Elle m'a proposé de rester dîner. Je ne me suis pas fait prier : la journée avait été épuisante et je n'avais pas eu le temps de faire les courses. On a mangé, et…

– Qu'est-ce que vous avez mangé ? »

Elle haussa les épaules.

« Attendez… Une soupe à l'oignon avec de la salade. On a bu un verre de vin chacune, puis un café.

– À quelle heure êtes-vous partie ?

– Je suis restée un petit peu – je vous l'ai dit, elle est très seule. Cependant, il faisait encore jour. Je me souviens qu'il y avait déjà de l'eau sur la chaussée, alors… »

Elle consulta le calendrier des marées punaisé au mur.

« … probablement entre 20 h 30 et 21 h 30.

– C'était marée haute ?

– Montante. »

Grace jeta un coup d'œil à Vanessa. Postée à la fenêtre, celle-ci ne semblait pas écouter la conversation.

« En tout cas, il était trop tard pour traverser. Ou tout juste.

– Tout juste ? répéta l'inspecteur.

– Eh bien, pour quelqu'un qui connaît la route et qui est au volant d'un 4 × 4, ça aurait pu passer…

– L'île n'est pas une propriété privée, vous savez, intervint alors Vanessa. N'importe qui peut y venir. D'ailleurs, les gens font souvent le déplacement pour monter jusqu'au rocher. Surtout l'été.

– Et ils font ça la nuit ? s'enquit le policier, dubitatif.

– Ils font ça le soir, rétorqua Vanessa. Selon la météo, on peut assister à des couchers de soleil extraordinaires. »

Grace fronça les sourcils.

« Vanessa…, commença-t-elle, hésitante. Tu ne penses pas qu'il… qu'il aurait essayé de retraverser, quand même ? Alors que la marée avait commencé à monter ? »

Vanessa porta une main à sa bouche, les yeux soudain emplis de larmes. L'inspecteur, lui, secoua la tête.

« Impossible, notre témoin l'aurait remarqué, non ? Et puis, on aurait retrouvé sa voiture. »

Mais Vanessa se mordilla la lèvre.

« Il y a eu un accident, il y a longtemps… six, sept ans, peut-être ? dit-elle à l'intention de Grace, qui confirma. C'était avant que j'habite ici. Quelqu'un s'est retrouvé coincé sur la chaussée, et sa voiture a été emportée. Elle n'a pas été repêchée avant des semaines.

– Sauf que c'était en pleine tempête, cette fois-là, fit remarquer Grace. Une tempête terrible. »

L'homme l'examina un long moment.

« Et que donnait la météo, pour le jour qui nous concerne ?

– C'était une belle journée. En été, dans la baie, c'est souvent le calme plat. »

Il acquiesça lentement et avisa ses notes avant de se tourner vers Vanessa :

« Pouvez-vous me donner le nom de l'hôtel où vous avez séjourné à Glasgow ? »

Celle-ci renversa la tête en arrière avec un soupir.

« Je n'ai pas dormi à l'hôtel, répondit-elle en le regardant dans les yeux, mais dans la garçonnière de Douglas Lennox, à Blythswood Square. Si vous lui posez la question, il y a toutes les chances qu'il nie en bloc. Il a peur de sa femme : s'ils se séparent, il est persuadé qu'elle va tout lui prendre. »

Le regard de l'inspecteur passa de Vanessa à Grace, avant de se reposer sur Vanessa.

« Vous entretenez une relation de nature sexuelle avec M. Lennox ? demanda-t-il, et l'artiste serra les lèvres comme pour retenir un sourire.

– C'est un galeriste qui expose mes œuvres. Il nous arrive de coucher ensemble. »

Le policier recula sa chaise.

« Ça ne vous embête pas si je jette un coup d'œil, madame Chapman ? »

Deux jours plus tard, la police revint. Cette fois, conformément aux craintes de Vanessa, une dizaine d'agents investirent l'île tout entière. Ils fouillèrent la maison, escaladèrent le rocher pour se pencher au-dessus du vide et ratissèrent le petit bois. Ils ne trouvèrent rien de notable, en dehors de quelques traces de sang dans l'atelier.

« C'est le mien, fulmina Vanessa lorsque l'inspecteur lui en fit la remarque. J'ai cassé un vase et je me suis coupée en ramassant les morceaux. »

Et elle brandit sa main, toujours bandée.

Le téléphone n'avait pas cessé de sonner et, en présence de la police, Vanessa fut bien obligée de décrocher. Elle dut affronter la colère de Douglas et la détresse d'Isobel.

Mais tout cela semblait glisser sur elle. Glaciale, détachée, elle conservait un masque sur le visage. Elle répondit à toutes les questions des agents : était-il déprimé (« un peu, parfois, il faut dire que sa petite amie est morte dans un accident il y a six mois »), avait-il des problèmes d'argent (« oui, oui, je vous l'ai déjà dit, oui »), pensez-vous qu'il aurait pu mettre fin à ses jours (« … »)?

Les analyses prouvèrent qu'il s'agissait bien du sang de Vanessa.

Environ un mois après ces fouilles, à quelques milles au sud-ouest de l'île de la Tête de Mouton, un pêcheur remonta dans ses filets un portefeuille noir contenant les cartes bancaires de Julian Chapman.

On ne trouva aucune autre trace de lui, ni de sa voiture.

Il avait disparu.

25

« Il a tout détruit ? »

Cela fait plusieurs fois qu'il répète la même question, comme si ce scénario était inconcevable. La disparition de Julian a fait grand bruit à l'époque, et la presse a relayé de nombreux détails – la voiture manquante, le portefeuille –, mais ça ? Cet acte de vandalisme ? Becker n'en a jamais entendu parler.

« Il a saccagé ce que Vanessa avait créé ? Des années entières de travail ? C'est pour ça qu'elle a annulé l'exposition au dernier moment ? »

Grace acquiesce. Elle est assise en face de lui, les mains sur les genoux, voûtée au point que son menton touche presque sa poitrine. D'une main, elle se frotte la joue.

« Mais… pourquoi n'en a-t-elle pas parlé à Douglas, au moins ? insiste Becker. Elle se serait épargné tellement de contrariétés, de dépenses inutiles – le procès, les années de querelles…

– Douglas aurait voulu porter plainte, et Vanessa le savait, dit Grace en secouant lentement la tête. Il aurait voulu qu'elle fasse une déclaration auprès de son assurance, qu'elle demande une indemnisation et… pour elle, c'était hors de question. J'ai moi-même essayé de la convaincre, vous pouvez me croire, mais elle avait peur… »

Elle s'interrompt et se recroqueville à nouveau.

« Peur ? répète Becker. Mais de quoi ? De la police ? Elle avait peur qu'on l'accuse d'avoir voulu se venger ?

– Ou… Oui, répond Grace avec prudence, et Becker note une pointe de méfiance dans son regard. De ça, et de ce qu'il adviendrait de son île, son havre de paix, si les gens la soupçonnaient d'y avoir caché le corps de Julian. Mais au fond, je crois qu'elle était tout simplement dévastée. Sous le choc. Elle n'était pas prête à faire face à ce qui s'était passé. C'était trop violent. »

Grace se ressert un peu de vin et, lorsqu'elle vide le reste de la bouteille dans le verre de Becker, celui-ci remarque qu'elle tremble.

« Je suis désolé, dit-il. Je me doute que c'est un sujet de conversation difficile.

– Ça l'a transformée, murmure Grace. Ce qui s'est passé cet été-là, ça a bouleversé son rapport au monde… »

Son regard se fixe sur la fenêtre. De l'autre côté de la baie, on distingue les phares d'une voiture sur la route côtière.

« Après ce drame, elle n'a plus jamais été la même », conclut Grace.

L'espace d'une minute ou deux, ils sirotent leur verre en silence. Le cerveau de Becker tourne à plein régime. Parmi la myriade de questions qu'il se pose, il se demande notamment s'il doit garder pour lui ce que vient de lui confier Grace – ce n'est pas comme s'il avait juré sur la Bible, après tout, si ? Il a dit qu'il comprenait que Vanessa ne voulait pas que cette histoire soit rendue publique, mais il n'a rien promis. De toute façon, il faut être réaliste : il ne peut décemment pas cacher cette information à son employeur.

« Grace, finit-il par lâcher. Je comprends les inquiétudes de Vanessa, mais je pense qu'il est de mon devoir de tenir Sebastian Lennox au courant de ce qui est arrivé à ces pièces.

– Non ! proteste Grace avec véhémence. On parle d'œuvres qui ont été détruites il y a vingt ans, bien avant que Fairburn hérite du patrimoine artistique de Vanessa. Cela ne regarde pas Lennox. Je vous en prie, Vanessa détesterait qu'on mette ainsi le nez dans son passé. Elle ne supporterait pas d'être à nouveau la cible des soupçons. Si vous avez une once de respect pour sa mémoire, vous n'irez pas plus loin. »

Becker est partagé : Vanessa serait effectivement révoltée par une telle révélation, mais ce saccage fait partie de son histoire. C'en est même un aspect fondamental qui, à coup sûr, a influencé la suite de sa carrière artistique. Il pense à *Division II* et à ses éléments délicats enfermés dans une boîte en verre, protégés du monde.

Du moins, pour quelques jours encore.

« Vous vous souvenez des œuvres qui ont été détruites ? la presse-t-il. Est-ce que vous vous rappelez certains détails ? À quoi elles ressemblaient, par exemple ? S'agissait-il de vases, de bols ? De sculptures ?

– Je suis désolée, mais je ne me souviens pas très bien des céramiques. Des peintures, un peu mieux, mais les poteries... c'était un peu du pareil au même, pour moi. »

Becker ressent une brusque poussée de colère. *Vous viviez en compagnie d'une artiste de génie et vous n'aviez même pas la curiosité de vous intéresser à ce qu'elle faisait !* songe-t-il.

« Il faut avouer que les titres des œuvres n'aident pas beaucoup, poursuit Grace. Elle choisissait toujours des noms tellement vagues... *Floraison*, *Respiration*... Pourquoi ne pas appeler un chat un chat ? Je vais encore passer pour une ignorante, mais pourquoi *L'espoir est violence* et pas *Phare sur l'île de la Tête de Mouton* ? Pourquoi *Totem* et pas *Grace avec un oiseau* ?

– *Totem* ? répète Becker. *Totem* était un portrait ? De vous ?

– Je tenais une statuette en bois représentant un petit oiseau », acquiesce Grace avec une voix enrouée.

Becker ne sait pas si c'est parce qu'il a trop bu ou parce que la lumière dans la cuisine est trop tamisée, mais il lui faut un moment avant de se rendre compte que Grace pleure.

« Oh, Grace, je suis désolé... »

Il tend la main au-dessus de la table et se met à lui tapoter maladroitement le poignet. Grace lui attrape le bout des doigts. Sans relâcher son étreinte, elle éponge ses larmes avec son tee-shirt. Ils restent assis ainsi un moment, face à face, main dans la main, jusqu'à ce que le portable de Becker émette une brève sonnerie, lui offrant une échappatoire bienvenue.

« Désolé », dit-il en consultant le message qu'il vient de recevoir.

C'est Helena – elle est épuisée, elle va se coucher. Becker consulte sa montre, sourcils froncés – il est à peine 21 h 30.

« Tout va bien ? demande Grace entre deux reniflements.

– Oui, c'est… ma femme.

– Il y a un problème ? Vous avez l'air contrarié.

– Ce n'est rien, répond-il en s'efforçant de sourire. Rien du tout.

– Ça n'a pas l'air d'être rien, observe Grace.

– Si, si, c'est juste que… je m'inquiète. La grossesse, la situation à Fairburn qui est stressante en ce moment…

– La situation à Fairburn ? Vous voulez dire, par rapport à moi ?

– Pardon ? Ah non, rien à voir. »

Il se rend compte qu'il est ivre. Pourquoi sinon se livrerait-il ainsi ? Mais plutôt que de se reprendre, il continue à vider son sac.

« Quand j'ai rencontré Helena, elle était fiancée à Sebastian Lennox. »

Grace fronce les sourcils et Becker se met à tripoter le bord de la nappe en rougissant.

« Elle… euh… elle a changé d'avis, poursuit-il. Mais je n'y suis pour rien, s'empresse-t-il d'ajouter, et Grace esquisse un sourire. Si, si, je vous jure ! Ce n'est pas comme si j'avais eu l'intention de la lui voler ! D'ailleurs, je n'aurais jamais imaginé une seconde qu'elle pourrait le quitter pour moi. Sebastian est un excellent parti. Alors que moi…

– Votre Helena m'a surtout l'air de quelqu'un de très lucide. L'argent, la facilité, ce n'est pas pour tout le monde. Certaines personnes voient au-delà, et heureusement ! Ça permet aux gens comme nous, au charme plus humble, de tirer notre épingle du jeu. »

Becker opine, un sourire idiot aux lèvres. Il se demande ce qu'elle a voulu dire. *Les gens comme nous* ? Se compare-t-elle à lui ? S'imagine-t-elle qu'ils ont quoi que ce soit en commun ?

« Et donc, ce Sebastian, reprend Grace, il veut désormais se débarrasser de vous ?

– À vrai dire, Sebastian s'est montré beaucoup plus compréhensif que je ne l'aurais été dans sa situation. Non, c'est surtout sa mère, le problème. Déjà qu'à la base, elle ne me portait pas dans son cœur – pour elle, je suis un gueux –, mais désormais, elle me déteste et elle n'hésite pas à se montrer franchement… désagréable.

– Oh, Emmeline a toujours été désagréable, réplique Grace en se levant de table.

– Mais c'est vrai ! s'exclame Becker. J'avais oublié que vous la connaissiez ! »

Et il s'apprête à se lever à son tour pour l'aider à débarrasser, mais Grace lui fait signe qu'elle n'a pas besoin de lui.

« Quasiment pas, précise-t-elle. Emmeline est venue ici deux ou trois fois avec Douglas, mais c'est à peine si elle m'a adressé la parole. »

Becker n'a aucun mal à l'imaginer : aux yeux de Lady Emmeline, Grace ne devait pas valoir beaucoup plus qu'une domestique.

« Il n'empêche…, songe Becker à voix haute. Après le drame qu'elle a vécu, je devrais faire preuve d'un peu plus de compassion à son égard. »

Grace étouffe un petit ricanement.

« Elle devrait plutôt s'estimer heureuse ! Elle est enfin débarrassée de ce coureur de jupons qui l'a trompée effrontément pendant des décennies !

– Oui, mais ça a été un tel choc, murmure Becker. Et puis, ce n'est jamais évident de rajouter de la culpabilité au chagrin.

– De la culpabilité ? répète Grace en se tournant vers lui. Comment ça ? »

À cause de son cerveau embrumé par l'alcool, il faut plusieurs secondes à Becker pour réaliser son erreur. Hélas, il est désormais trop tard pour faire marche arrière. De toute façon, il devine en voyant l'expression sur le visage de Grace que celle-ci a compris.

« Mon Dieu, c'est Emmeline qui lui a tiré dessus ! s'exclame-t-elle. Incroyable !

– La famille a étouffé l'affaire, acquiesce Becker, décidément incapable de tenir sa langue. Tout le monde voulait la protéger après cet accident terrible... Elle avait déjà assez souffert comme ça.

– Incroyable, répète Grace en pliant et dépliant le torchon qu'elle a à la main. Cette femme aurait logé une balle entre les yeux d'un lapin à cent mètres. »

Becker se redresse sur sa chaise.

« Pardon ?

– Vous ne saviez pas qu'Emmeline était une tireuse exceptionnelle ? Le nombre de fois où je l'ai entendue se vanter qu'elle aurait pu être sélectionnée pour les Jeux olympiques si les femmes étaient autorisées à concourir... »

Becker repousse son verre de vin et se lève de sa chaise en titubant. Il a du mal à réfléchir. Grace vient-elle réellement de suggérer qu'Emmeline a pu abattre son mari de manière délibérée ?

« Je... Je crois que je ferais mieux d'aller me coucher, balbutie-t-il.

– Oh, fait Grace, visiblement déçue. Je voulais vous montrer quelque chose. Discuter d'un dernier point avec vous, avant que vous emportiez les carnets à Fairburn. Mais il faut que je sois certaine de pouvoir vous faire confiance. »

Elle pose alors sur lui un regard implorant et ajoute :

« Je peux vous faire confiance, monsieur Becker ? »

Elle allume le plafonnier et Becker se rassoit. Les yeux plissés à cause de la lumière vive, il regarde Grace sortir un carnet du carton dans lequel se trouvait le message que Vanessa a laissé à Julian.

« Comme vous l'aurez deviné, c'est là-dedans que je conserve tout ce que j'aurais préféré garder pour moi. Vous pouvez prendre les carnets, mais je vous demanderai de ne pas les exposer, je vous en prie. Pour Vanessa, ajoute-t-elle en lui tendant l'objet. Et pour moi. »

Si le carnet est identique à ceux qu'il a déjà lus, Becker constate que l'écriture de Vanessa a changé : de fluide et déliée, elle est devenue nerveuse et irrégulière. Sa main ne suit plus les lignes de la page mais s'aventure un peu partout, griffonnant dans les coins, changeant brusquement de direction. De nombreux feuillets sont vierges, à l'exception de quelques traits de crayon épars et de quelques phrases à peine lisibles.

« Quand le cancer a récidivé, il a très vite métastasé, explique Grace. Il a commencé à lui ronger le cerveau. »

Elle se mord la lèvre et regarde Becker feuilleter le carnet.

« Vanessa souffrait de migraines abominables, poursuit-elle. Peu à peu, elle a perdu la vision de l'œil droit. Ça faisait déjà un moment qu'elle avait arrêté la poterie – elle n'avait plus la force – mais là, pour la première fois, elle n'était plus en mesure de peindre. Même dessiner était devenu compliqué. Alors elle a commencé à devenir de moins en moins cohérente, que ce soit sur le papier ou dans la vie de tous les jours. Dans ce carnet, contrairement aux plus anciens, on a parfois l'impression qu'elle n'écrit pas pour elle, mais qu'elle s'adresse à quelqu'un d'autre. À Frances, parfois, ou à moi. »

Becker se concentre pour tenter de déchiffrer les griffonnages. Certains passages ressemblent beaucoup à Vanessa :

J'ai besoin de substance : une substance littérale, une substance matérielle. Revenir au bois ? À la pierre ?

D'autres moins :

où est-il où es-tu où suis-je où sommes-nous passés

D'autres encore sont insoutenables :

est-ce la lumière qui décline, ou est-ce que c'est moi ?

Et certains enfin respirent le désespoir :

Il faut que tu m'aides. <u>Tu me dois bien ça</u>.

Vanessa a souligné la dernière phrase avec une telle insistance que la mine du crayon a traversé la page.

« Elle m'a suppliée de l'aider, poursuit Grace. À partir d'un moment, c'est devenu une obsession. Toutes nos conversations tournaient autour de ce sujet. Chaque fois qu'elle m'adressait la parole, c'était pour me supplier et, pour finir, j'ai cédé. J'ai fait ce qu'elle attendait de moi. »

Pendant quelques secondes, Becker reste muet.

« Vous l'avez... aidée ? » dit-il enfin.

Un frisson glacé lui parcourt la peau malgré la chaleur ambiante, et il a dans la gorge une boule aussi dure qu'un noyau de pêche.

« Je ne pense pas que les carnets renferment le moindre élément probant, répond Grace d'une voix douce. À un moment, Vanessa parle de morphine, mais elle ne mentionne pas mon nom, donc je ne vois pas comment je pourrais être inquiétée. Et puis, tout cela remonte à il y a si longtemps ; quand bien même l'information sortirait, je suis sûre qu'il est trop tard pour prouver quoi que ce soit. On a été prudentes. Je lui ai administré la dose un soir de tempête, si bien que l'ambulance n'a pu venir la récupérer que trois jours plus tard. »

Grace s'interrompt un instant pour regarder Becker dans le blanc des yeux, avant de reprendre :

« Je n'ai pas plus peur de la justice que d'une éventuelle radiation – cette fois, j'ai pris ma retraite pour de bon. »

Elle soupire, la respiration tremblante.

« Mais si ces carnets venaient à être rendus publics, ajoute-t-elle, cela ouvrirait la porte à de nouvelles spéculations, à de nouvelles controverses. Les journalistes recommenceraient à fureter. Qu'est-ce que Vanessa pouvait haïr ces gens-là ! La connaissant, elle détesterait voir ces charognards tourner autour de son cadavre ! »

Avant de quitter la pièce, Grace pose une main sur l'épaule de Becker.

« Tout ce que j'ai fait, c'était pour la protéger. Et j'ai bien l'intention de continuer. »

Becker reste assis seul dans la cuisine un long moment, à essayer de faire du tri dans tout ce qu'il vient d'apprendre, que ce soit au sujet de Julian, d'Emmeline ou de ce que Grace a fait pour Vanessa. Non, de ce qu'elle a fait à Vanessa. Mais son esprit est embrumé et il a beaucoup de mal à démêler l'écheveau de ses pensées ; chaque fois qu'il tire sur un fil, il a l'impression que le nœud se resserre.

Finalement, il décide d'aller se coucher. D'un pas titubant, il traverse le salon obscur en tâchant de ne pas se cogner aux meubles. Une fois dans la chambre, il s'assoit sur le lit, la tête entre les mains, et écoute le bruit des vagues avec l'espoir que la pièce arrête enfin de tourner. Et maintenant ? Et demain ? Va-t-il dire la vérité à Grace ? Va-t-il lui avouer que la boîte en verre de *Division II* est sur le point d'être ouverte et que, si ça se trouve, c'est même déjà fait ? Va-t-il lui annoncer que le dernier souffle de Vanessa s'est peut-être envolé ?

Une sonnerie stridente le tire du sommeil. Il a oublié de couper son réveil. Dans le noir, il se redresse et étouffe un gémissement – il a l'impression d'avoir la tête dans un étau. D'une main, il fouille la table de chevet à la recherche de son portable, faisant tomber quelque chose au passage.

Merde.

Ce n'est pas son réveil, mais un appel WhatsApp. Helena.

« Beck ? Tu m'entends ? »

La voix d'Helena est pleine de larmes et il y a un écho, comme si elle se trouvait dans une pièce vide.

« Oui, je t'entends, répond Becker. Qu'est-ce qui se passe ?

– Oh ! »

Elle se met à sangloter et Becker arrête de respirer.

« Helena, qu'est-ce qui se passe ? Où es-tu ? Helena ?

– Il y a du sang. Je saigne.

– Merde, mais tu es où ? À Londres ?

– Non, à la maison, dans la salle de bains, je…

– D'accord, d'accord, l'interrompt-il en s'efforçant de masquer la panique qui s'est emparée de lui. Est-ce que… Il y a beaucoup de sang ? Est-ce que ça pourrait simplement être du spotting ?

– Je ne crois pas. »

La voix d'Helena n'est plus qu'un murmure.

« Appelle une ambulance, ordonne-t-il. Non, moi, je vais appeler une ambulance. Et merde, non, je ne peux pas ! Je n'ai pas de réseau ! Bon, toi, tu appelles l'ambulance, moi j'appelle Sebastian pour lui dire de te rejoindre tout de suite. Sors de la salle de bains, Lena. Descends et déverrouille la porte d'entrée. Fais-le tout de suite. J'appelle Seb.

– D'accord, acquiesce Helena avant d'émettre un bruit étrange, à mi-chemin entre le rire et le sanglot. J'ai peur, Beck. »

Les mains tremblantes, il ouvre son fil de conversation WhatsApp avec Sebastian et appuie sur l'icône « téléphone » en haut de l'écran. Une sonnerie, deux, trois… Il raccroche et recommence. La troisième fois, Sebastian finit par décrocher.

« Helena saigne, il faut que tu l'aides, annonce Becker en s'efforçant de ne pas crier, mais il a beaucoup de mal à dissimuler sa terreur. Il faut que tu y ailles, vite ! Ne me pose pas de questions, vas-y, je t'en supplie !

– J'y vais, répond Sebastian. Je file ! »

Becker a à peine raccroché qu'il se rappelle que la marée doit être en train de monter. Il s'habille en hâte, traverse le salon au pas de course et jette un œil à l'extérieur. L'eau commence tout juste à lécher la chaussée. Il faut au moins qu'il laisse un message à Grace, mais il n'arrive pas à mettre la main sur un morceau de papier. Il attrape une liasse de documents dans le carton que Grace a laissé ouvert – des lettres, des cartes… Il ne peut décemment pas écrire là-dessus. Il finit par dénicher un reçu de carte bancaire dans son portefeuille. Alors qu'il rédige son message, son regard est attiré par un mot sur la lettre posée au sommet de la pile qu'il vient de sortir du carton : *Division*. Sans réfléchir, il s'en saisit, l'empoche et s'élance dans la nuit.

26

Quand Grace ouvre les yeux, elle découvre le fauteuil au tissu d'un orange délavé à côté du lit et, derrière, un mur nu. L'espace d'un instant, elle est un peu déboussolée, puis elle se souvient qu'elle a dormi dans le lit de Vanessa. Elle fixe le mur en tâchant de se rappeler ce qui était accroché là, avant ; quelle image Vanessa voyait au-dessus de la tête de Grace quand celle-ci veillait son amie.

Qu'est-ce que c'était, déjà ? *Aube hivernale.* Une peinture de la baie, la mer d'un vert glacial, la route qui emmène le regard vers le continent et vers la neige sur les collines. Un des premiers paysages que Vanessa a peints d'Eris, et un de ses préférés encore longtemps après. Au début, l'artiste peignait beaucoup le matin : elle adorait fouler le sable ou gravir la colline au lever du jour, apprécier l'espoir de cette nouvelle journée, jouir de sa liberté. À présent, *Aube hivernale* se trouve à Fairburn. Grace se demande où il est exposé ; elle a du mal à l'imaginer sous des spots, dans la grande salle d'un musée au plafond voûté. C'était un tableau du quotidien. Humble.

Elle peut poser la question à Becker ! Elle se souvient alors qu'elle n'est pas seule, qu'elle a quelqu'un à qui parler.

Un coup d'œil au réveil sur la table de chevet lui apprend que, pour une fois, la marée basse ne l'a pas réveillée. Elle se retourne. Entre les rideaux, elle aperçoit un filet de ciel bleu qui l'emplit soudain de joie. L'effet du vin de la veille ne s'est pas encore estompé – mais Becker a bu beaucoup plus qu'elle – et elle se sent reposée : elle a dormi longtemps et profondément, et c'est grâce à lui. Au réconfort de sa présence.

Hier, c'était merveilleux ! Avoir de nouveau l'occasion de cuisiner pour quelqu'un, de partager un repas, de boire du vin, de bavarder jusqu'à tard dans la nuit... Elle se demande si elle réussirait à persuader Becker de passer une nuit de plus ici ? Il lui reste des pâtes, des saucisses qu'elle a achetées chez le boucher, et...

Une bouffée d'effroi. Elle lui a raconté pour la morphine. C'était imprudent. Mais lui aussi lui a fait des confidences, non ? Il lui a parlé de son couple, de ses problèmes à Fairburn. Ils ont créé un lien, ils sont amis, désormais. Elle peut lui faire confiance. Et inversement.

Il est presque 9 heures, elle devrait aller le réveiller. Dans la douche, elle réfléchit au programme de la journée : un café, un petit déjeuner rapide, une balade dans les bois jusqu'au rocher. Sur le chemin du retour, elle pourrait lui faire découvrir les autres endroits où Vanessa aimait peindre, au sud de l'île. Puis peut-être un moment dans l'atelier ? Une promenade sur la plage ? Et enfin, l'invitation à rester un peu plus longtemps. Comme une affamée qui ne se rendait pas compte de ce qui lui manquait avant la première bouchée de nourriture, Grace n'avait pas conscience de combien sa solitude lui pesait avant que Becker surgisse dans sa vie.

Elle se prend à rêvasser, à imaginer un avenir dans lequel Becker vient régulièrement passer quelques jours, voire quelques semaines sur l'île ; parfois, il emmène femme et enfant, parfois il vient seul. Grace et lui se baladent sur la plage, Grace prépare des repas, tous deux veillent tard, à boire du vin en parlant de Vanessa. On l'invite à Fairburn et, cette fois, Sebastian Lennox la traite différemment : il la considère comme une alliée de valeur, un témoin indispensable. Elle participe à l'archivage des journaux de Vanessa et de sa correspondance, elle a un rôle, un but.

C'est un fantasme, elle le sait bien. Pourtant, nul ne peut nier qu'il existe un lien entre Becker et elle. Vanessa les a rapprochés, bien sûr, ainsi que l'île, mais ce lien est plus profond. Grace a fait des recherches sur Internet : Becker est différent des gens de Fairburn, il n'est pas issu d'un milieu aisé, lui. Il lui ressemble, c'est un bosseur, il s'est fait tout seul. Il y a des choses chez James Becker que Grace comprend sûrement mieux que son épouse fortunée ou son patron bien né.

De retour dans la chambre, elle ouvre les rideaux. Magnifique. La mer est animée, d'un bleu-vert tropical là où tombent les rayons du soleil, d'un profond bleu marine là où les nuages projettent leur ombre. Le ciel est clair et la vue si dégagée que Grace arrive à distinguer des fous de Bassan perchés sur les falaises de l'île de la Tête de Mouton. Du sommet du rocher, ils pourront voir jusqu'à l'infini.

Elle enfile un pantalon de randonnée et un gros pull – il ne doit tout de même pas faire bien chaud – et quitte la chambre. Alors qu'elle traverse le salon, elle se rend compte que la porte de la chambre d'amis est ouverte. Il est déjà debout ! Mais il n'est pas dans la cuisine, il a dû sortir faire un tour. Ce n'est qu'en commençant à préparer le café qu'elle aperçoit un bout de papier coincé sous le poivrier.

Désolé, je dois filer, urgence. E-mail bientôt pr expliquer. Merci pr tout. B

Un poing se referme sur le cœur de Grace et se met à serrer, serrer, serrer jusqu'à le vider de chaque goutte de sang. Elle commence à pleurer comme une enfant déçue, puis la colère succède à la déception, une colère féroce qui lui fait l'effet d'une gifle. Elle le hait. La cafetière heurte le mur dans un bruit de coup de feu.

27
Londres, 1981

Grace faisait la queue au restaurant universitaire quand elle reconnut la voix de Paul, qui fanfaronnait devant ses copains.

« Le pire coup de ma vie, les gars, meuglait-il. Elle fait l'étoile de mer et elle attend que ça passe. J'ai l'impression de me taper une planche à repasser. »

Des rires, des railleries.

Grace baissa la tête et rentra le menton dans la poitrine mais, du coin de l'œil, elle apercevait toujours la tignasse blond paille et la silhouette replète de Paul. L'homme avec qui elle couchait depuis trois semaines. L'homme avec qui elle avait perdu sa virginité.

« Franchement, je suis super déçu. Les moches ont pourtant la réputation de faire des efforts à ce niveau-là. »

Nouveaux éclats de rire bruyants. Les élèves alentour commençaient à tendre l'oreille.

« Elles sont censées être reconnaissantes, non ? »

La terreur avait cloué Grace sur place. Si elle essayait de s'éclipser, elle risquait d'attirer l'attention, d'être repérée par quelqu'un. Par eux. Ils se rendraient compte qu'elle avait tout entendu, qu'elle était présente pour ce verdict cruel. Et ce serait d'autant plus savoureux pour eux.

« T'es un connard, tu le sais, ça ? s'éleva une autre voix, assez forte pour couvrir le bruit. Oui, c'est à toi que je parle, Paul Connolly. Parce que je te garantis qu'aucune fille ne sera jamais reconnaissante de se retrouver coincée dans un pieu sous un gros tas comme toi. »

Le salut ! Et, de manière tout à fait invraisemblable, il venait de Nicholas Riley, un garçon chétif avec une peau de lait et une poignée de taches de rousseur sur le nez. Beau à sa façon, tranquille, intelligent et drôle, avec un petit côté sarcastique qui le rendait intéressant. Nicholas était assis à la table d'à côté et, après qu'il eut interpellé Paul, ce dernier et ses amis se tournèrent vers lui – plusieurs d'entre eux se levèrent pour l'intimider et se mirent à l'insulter. Grace en profita pour sortir discrètement de la queue, reposa son plateau sur la pile et prit la fuite, affamée mais soulagée.

Après cet épisode, Grace aurait voulu éviter Nicholas. Elle appréhendait la gêne de devoir évoquer l'incident avec lui, de devoir concéder qu'elle avait assisté à la mise en scène de son humiliation publique. Hélas, on aurait dit que lui cherchait à la croiser. Elle le voyait partout : assis devant elle dans l'amphithéâtre, sur la pelouse de Russell Square pendant le déjeuner, derrière elle dans la file d'attente au cinéma de Brunswick Centre.

« Ça doit être le destin, lui dit-il en lui tapotant l'épaule ce jour-là. On dirait que l'univers cherche à nous rapprocher ! »

Il lui fit un clin d'œil, et elle sut qu'ils allaient devenir amis.

Il la faisait rire.

« Tu n'es pas comme les autres filles », déclarait-il régulièrement, ce qui la faisait rire plus que tout le reste.

C'était un cliché idiot, une réplique de comédie romantique niaise mais, pour Grace, c'était vrai : elle n'était pas comme les autres filles. Elle était différente et ne savait pas comment mettre des mots sur cette différence, mais Nick s'en fichait. Il ne lui demandait jamais de s'expliquer, ni de s'excuser d'être qui elle était.

Nick avait une autre amie, Audrey, et elle non plus n'était pas comme les autres filles, mais dans un sens plus classique. Audrey n'était pas « bizarre », elle, elle était excentrique. Elle faisait des études de psychiatrie dans la classe au-dessus d'eux ; elle était grande, anguleuse et d'une intelligence intimidante.

« Audrey est misanthrope, lui avait raconté Nick. C'est pour ça qu'elle veut devenir psy : pour comprendre pourquoi les gens sont aussi merdiques. »

Cependant, Audrey aimait bien Nick, elle aimait bien Grace, et celle-ci l'appréciait également – même si, par moments, elle aurait préféré qu'Audrey n'existe pas car, chaque fois qu'elle était dans la pièce, Nick semblait s'intéresser un peu plus à elle qu'à Grace.

Tous trois décidèrent de s'installer en colocation dans un appartement sordide infesté de souris sur Goodge Street. Ils devinrent vite inséparables. Très sérieux, ils travaillaient beaucoup. Peu à peu, ils s'éloignèrent des autres étudiants et de leurs propres familles. Enfin, Grace avait trouvé sa place, sa tribu. Elle se débarrassa de la honte de la solitude comme on jette un vêtement devenu trop petit.

L'été suivant, ils s'entassèrent dans la Vauxhall Astra de Nick, direction la France. Ils campèrent une semaine sur une falaise de Saint-Malo où, tous les soirs, ils jouèrent aux cartes et burent du mauvais vin rouge jusqu'à s'en rendre malade. À Noël, comme aucun d'eux ne voulait passer les vacances en famille, ils restèrent dans leur affreux petit logement, à manger des pizzas ou des plats indiens à emporter en regardant des films sur cassettes vidéo.

Début janvier, Grace se réveilla un jour avec un terrible mal de ventre. Rapidement, la douleur empira, si bien que Nick fut contraint d'appeler un taxi et d'accompagner son amie fiévreuse et délirante à l'hôpital universitaire, où on lui diagnostiqua une rupture de kyste et une infection. Elle fut aussitôt prise en charge, mise sous antibiotiques, et resta une semaine sous perfusion.

Le quatrième jour, elle retrouva enfin assez de clairvoyance pour s'étonner que ni Nick ni Audrey ne soient venus la voir. Elle se demanda d'ailleurs si la fièvre ne lui avait pas fait perdre la mémoire – peut-être qu'ils étaient passés ? Mais non, le personnel soignant (qui insistait régulièrement pour qu'elle contacte un proche, en vain) confirma qu'elle n'avait reçu aucune visite.

Ils n'avaient pas le téléphone chez eux. Quand on l'autorisa à quitter l'hôpital, Grace n'avait pu prévenir personne et elle partit seule dans un vent glacé, sous les regards apitoyés des infirmières.

Arrivée devant son immeuble, elle prit quelques instants pour souffler et se préparer à faire bonne figure. Puis elle gravit les marches et déverrouilla la porte.

Le froid qui régnait dans l'appartement silencieux laissait deviner qu'on n'avait pas allumé le chauffage depuis plusieurs jours. Les affaires d'Audrey et de Nick avaient disparu ; ils étaient partis sans laisser d'adresse, et sans même se fendre d'un petit mot pour expliquer leur départ précipité. Grace ne connaissait pas le numéro de téléphone de leurs parents respectifs. Ils n'avaient pas prévenu l'université qu'ils arrêtaient leurs études, et ils n'avaient pas non plus payé le loyer.

Grace n'y comprenait rien et il n'y avait plus personne pour lui expliquer. Elle avait appris à se considérer comme faisant partie d'un trio. À présent, qu'est-ce qu'elle était ? Elle avait bien conscience que ce qu'elle ressentait n'était « pas normal ». Il s'agissait d'une amitié, après tout, pas d'une histoire d'amour, elle n'avait aucune raison d'avoir le cœur brisé. Et puis, ses amis n'étaient pas morts, il n'y avait pas de deuil à porter.

Pourtant, la reprise des cours fut insoutenable. Elle était sûre que, dans son dos, tout le monde parlait de ce qui s'était passé, certaine que tout le monde savait : Grace avait aimé Nick et Audrey, et eux ne l'avaient pas aimée.

Elle essaya de se plonger corps et âme dans ses études, rien n'y fit. Elle était épuisée. Symptôme de dépression ou contrecoup de la maladie qui l'avait envoyée à l'hôpital, bientôt, elle fut incapable de sortir de son lit le matin. Des pensées inquiétantes firent leur apparition – des pensées intrusives et persistantes. Elle s'imaginait se faire du mal, elle s'imaginait mettre fin à ses jours, elle aurait aimé savoir ce que cela ferait à Nick. Mais elle avait peur qu'il ne l'apprenne jamais, qu'il ne le remarque même pas ; elle avait peur de se donner la mort pour rien.

Elle avait peur qu'il revienne un jour et la découvre dans cet état.

Cela la terrifiait.

Alors elle fit ce qu'on est censé faire dans ces cas-là : elle alla voir son généraliste et lui parla de ses problèmes. Il l'adressa à une psychologue, une femme douce et patiente. Si Grace ne put jamais se confier totalement à elle, elle suivit ses conseils : reposez-vous, donnez-vous le temps de récupérer. Ainsi, elle décida de prendre une année de pause. Une fois qu'elle eut quitté l'appartement pour un studio, elle se trouva un poste de secrétaire et, à côté, elle se lança dans le bénévolat dans une maison de retraite. Elle reprit en main son régime alimentaire et son rythme de sommeil. Une fois par semaine, sans faute, elle consultait sa psychologue.

Lorsqu'elle retourna à l'université à la rentrée suivante, elle se remit au travail et décrocha son diplôme.

Bref, elle fit tout ce qu'il fallait faire.

Ce qui demeurait de toute cette histoire, après coup, n'était pas tant le choc de l'abandon, ni le chagrin ou le rejet, mais l'intolérable honte de cette débâcle. L'humiliation cuisante de découvrir qu'il existait des règles qu'elle ne comprenait pas ; qu'en dépit de ses efforts acharnés, elle n'arriverait jamais à ressentir les bonnes émotions à la bonne intensité.

Elle sauta sur la première occasion de fuir Londres et atterrit en Écosse, d'abord à Édimbourg, puis sur la côte ouest. Les petites villes, les régions rurales lui seraient plus favorables, pensait-elle. Là, elle pourrait réessayer de faire ce qu'il fallait comme il le fallait, et tenter d'échapper à son anormalité.

Mais son anormalité refusait de l'abandonner, elle ne cessa jamais de poursuivre Grace, elle l'accompagna partout, jusqu'à Eris.

28

Quand on emprunte la chaussée submersible, ce no man's land entre l'île et le continent, on peut s'imaginer dans un autre monde. Le fond de la mer ressemble à un territoire insondable, chaque fois différent. Grace traverse rarement à pied car cette idée l'effraie un peu, même par une si belle journée : c'est marée basse, elle progresse parmi les cris des huîtriers et des mouettes tandis que, sous un ciel d'un bleu rassurant, les rayons du soleil lui réchauffent le visage.

Lorsqu'elle atteint l'extrémité de la chaussée, elle est essoufflée. Elle grimpe péniblement la dernière côte. Depuis le parking du port, elle aperçoit alors Marguerite agenouillée dans le jardinet devant son cottage, occupée à tailler ses rosiers. La vieille femme chantonne doucement, et sursaute en voyant approcher Grace. Elle se redresse, lève une main pour se protéger du soleil et sourit.

« Ah, *madame le médecin*[1] ! Vous m'apportez mon traitement ? »

Au fil des années, Marguerite a perdu ses marques avec le présent et elle ne parvient plus à replacer les gens dans un autre contexte que celui dans lequel elle les a rencontrés. Ainsi, régulièrement, Grace redevient son médecin, celle qui lui apporte ses médicaments.

« Non, non, pas aujourd'hui, répond Grace. Je voulais juste venir te dire bonjour.

1. En français dans le texte original.

– Entrez, entrez, s'exclame Marguerite en lui prenant la main – la sienne est glacée, aussi froide que la terre. Vous prendrez bien un thé ? »

Grace la suit jusqu'à la cuisine, à l'arrière de la maison. Pendant que Marguerite remplit la bouilloire, elle sort deux tasses du placard. La vieille femme les a rangées sans les laver et de la moisissure verte s'étale désormais au fond.

« Je vais juste les passer sous l'eau, d'accord ? »

Marguerite acquiesce avec un sourire timide. Alors que son hôtesse attrape la boîte à thé sur une étagère en hauteur, Grace remarque un gros bleu sous son avant-bras dont le centre violet foncé vire au verdâtre sur les côtés.

« Aïe ! commente Grace en désignant l'hématome. Ça a dû faire mal !

– Aïe, *oui*, approuve gravement Marguerite. Je suis tombée, tu comprends ? Je ne mens pas. Vraiment, je jure, *c'est vrai*[1]. »

Ça aussi, c'est un vestige du passé, une survivance de l'époque où Marguerite venait voir Grace avec une blessure et une excuse quelconque – elle avait glissé sur une plaque de verglas, elle s'était cogné le front à une porte de placard. Et quand Grace l'interrogeait, cherchant avec douceur à lui soutirer la vérité, Marguerite se braquait : « Je ne mens pas, *c'est vrai*[2]. » Aujourd'hui, c'est très probablement vrai. Grace la croit, elle le lui dit, et le visage de la vieille femme s'éclaire comme celui d'une enfant qu'on vient de féliciter.

Dans le salon, pourtant, Marguerite semble inquiète. Elle ne cesse de se lever pour se poster à la fenêtre et surveiller la route derrière le parking.

« Je pense qu'il va bientôt revenir, marmonne-t-elle en serrant ses mains osseuses aux doigts déformés par le temps et les nombreuses fractures.

1. En français dans le texte original.
2. En français dans le texte original.

– Non, Marguerite, tu n'as plus à t'en faire, dit fermement Grace. Il ne reviendra pas.

– Non ? souffle la vieille femme, entre l'espoir et la méfiance.

– Viens t'asseoir, ordonne Grace. Assieds-toi et bois ton thé. Raconte-moi plutôt comment tu t'es fait mal au bras ? Tu es tombée ? C'était dans la maison ou dehors ? »

Marguerite réfléchit un instant puis secoue lentement la tête et porte un index tordu à ses lèvres.

« Tu fais quelque chose pour moi, je fais quelque chose pour toi.

– D'accord, répond Grace, en s'interrogeant sur le tour que prend la conversation. Qu'est-ce que tu veux que je fasse pour toi ? »

Mais Marguerite se contente d'applaudir en gloussant et Grace entraperçoit la jeune fille qu'elle a dû être autrefois, jolie, coquette et insouciante. Elle était femme de chambre dans un petit hôtel miteux de Lille quand elle a rencontré Stuart, un chauffeur routier, colosse aux mains immenses et au sourire irrésistible. Il l'a convaincue de tout abandonner pour le suivre de l'autre côté de la Manche. La pire décision de sa vie.

Marguerite est arrivée à Eris en 1992 ; Grace l'a rencontrée l'année suivante, l'année des tempêtes, l'année où Nick Riley a débarqué sans prévenir au cabinet de Grace – dire qu'elle a été surprise serait un euphémisme. On pourrait plutôt parler d'état de choc. De stupéfaction. De sidération.

Il n'empêche que Grace continue de se reprocher de n'avoir pas été suffisamment attentive la première fois que Marguerite est venue la consulter. Elle voulait des antidouleurs après un accident, une grosse chute à vélo. Avec le recul, Grace sait bien qu'elle aurait dû en faire plus pour sa patiente. Elle aurait dû insister, elle aurait dû poser plus de questions, elle n'aurait pas dû laisser Marguerite la persuader qu'il n'y avait rien de bizarre là-dedans, et qu'il n'était vraiment pas nécessaire de contacter la police. Pourquoi faire une chose pareille ? Elle était simplement tombée. « Je ne mens pas, *c'est vrai*[1]. »

Grace était distraite, elle a accepté l'excuse de Marguerite, tout en se faisant la réflexion que si cette histoire de chute pouvait expliquer une côte fêlée, voire une fracture de la pommette et une dent cassée, elle ne collait pas avec les nombreux bleus violacés en forme de traces de doigts que Marguerite arborait au cou, aux bras et aux cuisses.

Marguerite est de nouveau à la fenêtre. Elle regarde au loin, vers la mer.

« *L'île ne se souvient pas*[2] », déclare-t-elle à Grace, qui hausse les épaules pour signifier qu'elle n'a pas compris.

La vieille femme répète alors sa phrase en anglais et Grace réprime un soupir. Elle a peu de patience pour ces discussions décousues qui ressemblent à des devinettes. Comme l'autre la dévisage dans l'attente d'une réponse, Grace secoue la tête et Marguerite se détourne.

« Je pense qu'il va bientôt revenir », souffle-t-elle tout bas.

Le plus triste, songe Grace, le plus cruel dans tout cela, c'est que si Marguerite se souvient de Stuart, elle semble avoir oublié son autre compagnon, celui dont elle est tombée amoureuse après que son mari a été envoyé en prison. Cet homme est mort, désormais, mais ils ont vécu plusieurs années de bonheur ensemble. Hélas, au lieu de se remémorer avec tendresse le fermier doux et galant qui l'a tant aimée, elle reste devant la fenêtre, terrifiée, pétrie d'angoisse, à attendre éternellement le retour de son bourreau.

Lorsque Grace s'en va, Marguerite la raccompagne jusqu'à la porte et lui prend la main sur le seuil.

« Où est passé ton ami ? demande-t-elle, perplexe. Qu'est-ce qui lui est arrivé ?

1. En français dans le texte original.
2. En français dans le texte original.

– Il n'est rien arrivé, Marguerite, répond Grace en se dégageant doucement. Tu n'as plus à t'en faire, à présent. Tout va bien. »

Le soleil brille d'une lueur pâle, bas dans le ciel, et Grace doit marcher avec un bras en l'air pour ne pas être aveuglée. À l'arrière de son crâne, elle sent une migraine arriver, elle a l'impression qu'on lui a tiré les cheveux. Elle avance d'un pas lourd, épuisé – elle commence à ressentir les effets de ses excès de la veille.

Elle a dit à Marguerite que tout allait bien, ce qui est évidemment faux. La vieille femme ne s'en sort plus toute seule. Elle pourrait faire une mauvaise chute, oublier d'éteindre le gaz et déclencher un incendie, ou encore se rendre malade à force de manger dans de la vaisselle sale. Grace devrait téléphoner au cabinet médical lundi pour demander qu'on envoie quelqu'un évaluer la situation. Ce serait le plus raisonnable, non ? Mais ce serait aussi odieux : on expulserait la pauvre Marguerite de son petit cottage pour l'enfermer dans un horrible foyer pour personnes âgées. Hors de question. Grace préfère que Marguerite reste ici, sur le port, afin de pouvoir veiller sur elle.

Sur la chaussée abritée du vent par l'île qui se dresse devant elle, l'air est froid et humide. Quelque chose remue dans le sable sur la droite de Grace et elle sursaute, son cœur s'emballe, mais il n'y a rien. Ce n'est que la lumière rasante qui transforme les ombres en monstres éphémères. Grace accélère le pas en levant la tête vers la maison. De là où elle est, on ne voit que l'avancée étroite de la cuisine. La bâtisse paraît toute petite et sans défense, on pourrait croire qu'il suffirait d'une forte marée ou d'un violent orage pour l'emporter dans les flots.

L'année où Grace a rencontré Marguerite, il y a eu deux tempêtes particulièrement dévastatrices. La maison a survécu aux deux, bien qu'une des granges ait perdu son toit dans la bataille. La première tempête a eu raison du plus vieux sapin du bois ; ses immenses racines ont laissé derrière elles un trou béant dans la terre. La seconde a arraché trois autres arbres et avalé une partie de la chaussée. Des mois plus tard, cette dernière a enfin été réparée mais, dans la forêt, il a fallu d'interminables années pour que les cadavres des colosses reviennent à la terre.

Vanessa n'avait pas connu l'île avant les tempêtes, mais Grace, si. Grace se souvient d'Eris avant la chute des arbres et après, avant l'effondrement de la chaussée et après sa réfection ; elle voit ses cicatrices, et elle est peut-être la seule.

Les gens aussi portent ce genre de cicatrices, non ? À la surface ou en profondeur, il demeure toujours quelque chose, une marque à l'endroit où notre chemin a bifurqué, où notre vie a irrémédiablement changé. Pour Marguerite, c'est le moment où elle a quitté son pays natal pour s'installer en Écosse puis, plus tard, l'emprisonnement de Stuart qui lui a rendu sa liberté. Pour Vanessa, c'est son arrivée sur Eris, la disparition de Julian, et tout ce qui s'est ensuivi.

Journal de Vanessa Chapman

Il y a un vide dans cette maison qui me paraît terriblement triste. Je me rends à l'atelier dans le noir et j'en ressors dans le noir, je tourne et retourne tout dans ma tête, je croque, j'écoute, je regarde, j'attends. Rien ne vient. Personne ne vient. Tout est immobile.

À part la marée.

29

Lorsque Grace atteint le haut des marches, elle s'arrête un instant pour reprendre son souffle puis, au lieu d'aller dans la maison, elle grimpe la colline, contourne l'atelier et se dirige vers le bois.

La lumière du jour décline rapidement, les ombres se rassemblent et s'épaississent. Marguerite lui a appris une expression française pour ce moment si particulier : « *l'heure entre chien et loup*[1] ». L'intervalle durant lequel une chose peut en sembler une autre, une silhouette inoffensive peut paraître menaçante, un ennemi peut prendre l'apparence d'un ami.

Quand elle était toute petite, trois ou quatre ans au plus, Grace s'est coincé la main droite dans une porte (qui l'avait claquée ? le vent ? sa mère ?) et la dernière phalange de son majeur a été coupée nette. On les a emmenés en urgence à l'hôpital, son bout de doigt et elle, pour qu'un chirurgien le lui recouse.

Grace n'a presque aucun souvenir de cet épisode ; on le lui a relaté plus tard, probablement quand elle a voulu savoir pourquoi son majeur droit était un peu tordu et légèrement plus court que le gauche.

Elle sait aussi qu'elle a dû passer une nuit à l'hôpital – plus tard, elle se demandera pourquoi on avait tenu à la garder pour une blessure aussi bénigne – et surtout, elle se rappelle une chose : le lendemain matin, lorsque ses parents sont venus la chercher, elle a été submergée par une violente terreur. Elle a refusé de les

1. En français dans le texte original.

suivre, s'est accrochée à l'infirmière et s'est mise à hurler, car elle était certaine que ces gens n'étaient pas ses parents, que ses véritables parents l'avaient abandonnée, qu'ils ne voulaient plus d'elle, et que des imposteurs avaient pris leur place. Des ennemis déguisés en amis, des loups déguisés en agneaux.

Cette peur n'a pas duré longtemps, mais elle est revenue régulièrement par la suite. Il arrivait à Grace de se réveiller en sueur dans des draps glacés, certaine d'avoir été victime d'une erreur de l'univers : elle n'était pas là où elle aurait dû être. Grace ne comprenait pas d'où lui venait cette impression. Son enfance n'avait été ni heureuse, ni malheureuse. Ses parents n'étaient pas démonstratifs mais ils n'étaient certainement pas maltraitants, ni même absents. Elle suppose qu'ils l'aimaient ; simplement, ils ne semblaient pas venir du même monde. Arrivée à l'adolescence, elle les considérait comme des étrangers, et vice versa.

S'ils n'avaient plus abordé le sujet avec elle par la suite, Grace était certaine que ses parents ne lui avaient jamais totalement pardonné ce scandale à l'hôpital. Pourquoi un enfant penserait-il une telle chose ? devaient-ils songer. Et on pouvait les comprendre : oui, pourquoi ? Pourquoi une fillette irait-elle s'imaginer que ses parents l'avaient abandonnée ? Qu'est-ce qui n'allait pas, chez elle ?

Depuis qu'elle est adulte – et médecin –, Grace repense régulièrement à cette question. Elle a lu les écrits des chercheurs en psychologie, elle sait que les premières années de vie sont cruciales pour modeler les capacités d'attachement de l'enfant ; un nourrisson a besoin d'être entouré d'une présence constante et rassurante, un ou plusieurs adultes qui s'occupent de lui et se montrent attentifs et disponibles. Peut-être n'a-t-elle pas bénéficié d'une telle présence ? Est-ce pour cela qu'elle ne ressent pas les choses de la même façon que les autres gens ? Qu'elle voit parfois de l'affection là où il n'y a que de la politesse ? Qu'elle est incapable de concevoir un toucher comme autre chose qu'une caresse ou une agression, car l'entre-deux lui est inconnu ?

Elle poursuit sa progression dans le bois. Ici, il est encore plus facile de s'inventer des silhouettes entre les troncs, des ombres qui, dans le crépuscule, se métamorphosent en bêtes sauvages, en hommes, en monstres, avant de se dissiper. Quelque part dans le cœur de la forêt, une chouette hulule ; soudain, Grace a la chair de poule, son pouls s'accélère et le sang cogne à ses tempes et dans sa poitrine. Elle continue pourtant d'avancer dans le noir, jusqu'à la clairière où sont tombés les arbres, lors des grandes tempêtes.

Les bifurcations dans le chemin de Grace ont souvent été provoquées par un abandon – à commencer, au fond, par ce premier abandon imaginaire, quand elle a cru que ses parents n'étaient plus ses parents. Puis il y a eu Nick et Audrey, et après ça Vanessa, d'une certaine manière. Plus que quiconque, Vanessa a changé sa vie ; la rencontrer a irrémédiablement transformé le cours de son existence. Vanessa était la réponse à une question que Grace se posait sans même le savoir.

Après la mort de Vanessa, Grace a dû renvoyer les équipements et les médicaments qui avaient servi à soulager son amie dans les semaines qui avaient précédé la fin. Cependant, elle a pris des libertés dans ses comptes-rendus pharmaceutiques et a pu conserver un unique flacon de morphine, caché au fond du tiroir de la coiffeuse de Vanessa.

Le jour où l'ambulance est venue emporter le corps de Vanessa, Grace a regardé le véhicule repartir vers le continent par la fenêtre de la cuisine dans un silence assourdissant. Appréhendant la tombée de la nuit, elle a prié pour que la marée monte plus vite, afin d'être à nouveau tranquille et en sécurité.

Elle est allée se promener : elle a traversé ce même bois, elle a marché jusqu'au rocher et a fait demi-tour. Ce soir-là aussi, elle a entendu la chouette.

Le matin suivant, elle s'est dirigée vers la chambre de Vanessa mais, devant la porte fermée, elle a hésité. Elle s'est rendu compte qu'elle ne voulait pas mourir avant d'avoir nagé une dernière fois dans la mer, elle voulait connaître encore le choc du froid, la douleur puis le soulagement de son corps, elle voulait le goût du sel sur ses lèvres, la sensation de ses orteils s'enfouissant dans le sable, elle voulait mettre la tête sous l'eau pour écouter le rugissement des brisants.

Une dernière fois. Alors elle a récupéré son maillot de bain accroché à la patère de la salle de bains et elle est descendue sur la plage.

Le lendemain, elle s'est de nouveau postée devant cette porte. Elle n'est pas entrée. Ce jour-là, elle a fait une balade sur la plage ; le suivant, elle s'est rendue au sommet du rocher. Elle a continué comme ça, trouvant chaque jour une petite chose à faire, une occupation, une raison de résister à l'appel du flacon au fond du tiroir.

Quelques semaines plus tard, la gérante de son ancien cabinet médical de Carrachan lui a téléphoné, catastrophée : un des deux généralistes avait quitté son poste sans prévenir et l'autre était débordé. Accepterait-elle de revenir travailler, ne serait-ce qu'à temps partiel ?

Ainsi, un nouveau chapitre a débuté. Vanessa n'était plus là, mais d'autres gens avaient encore besoin de Grace. La fiole de morphine est restée au fond du tiroir.

Quand elle quitte le bois, il fait noir. Grace marche précautionneusement, en prenant soin de ne pas s'éloigner du sentier pour ne pas trébucher. Après avoir contourné l'atelier, elle aperçoit la maison plongée dans l'obscurité et se laisse aller à imaginer qu'elle n'est pas seule, que quelqu'un l'attend à l'intérieur, qu'elle n'a qu'à ouvrir la porte et allumer les lumières pour que la vie reprenne son cours. Elle entrera dans une cuisine qui embaume les oignons en train de frire dans la poêle, il y aura de la musique à la radio, une bouteille de vin ouverte sur la table.

Elle ouvre la porte. Allume les lumières. Il règne un silence de plomb. Grace verrouille derrière elle et rejoint la cuisine, où elle trouve la boîte à chaussures pleine de courrier posée sur la table. La lettre du dessus de la pile attire son attention. Celle-là, elle ne la lui a pas montrée, elle en est certaine. Il y en avait une autre par-dessus.

Cette lettre, elle la connaît, elle l'exècre. Cette lettre représente les pires travers de Vanessa, sa prétention, sa méchanceté. Grace ne veut pas la regarder mais elle n'en a pas besoin. Elle l'a tant lue et relue que ses passages les plus cruels sont gravés au scalpel sur les murs de son cœur.

Ma chère Fran,

Merci beaucoup de m'avoir envoyé ce livre de nouvelles de Ted Chiang. Je l'adore, il dégage une étrange mélancolie qui trouve un écho particulier en moi, surtout en ce moment.

Je suis perdue, immobile, incapable de travailler. Mes mouvements n'ont plus aucun but.

Je m'efforce de me vider l'esprit afin de laisser mes mains, la peinture ou l'argile me guider, mais je ne parviens jamais à chasser mes pensées et, trop vite, je me retrouve figée, à la fois piégée et à la dérive.

Grace est omniprésente, elle se montre soucieuse et attentionnée. Quand elle est dans la pièce, je n'arrive plus à respirer. Sa prévenance est étouffante, elle ne se rend pas compte de l'ampleur de ma peine. Certaines émotions trop intenses lui échappent totalement. Elle ignore ce que c'est que d'éprouver un amour aussi charnel que celui qui m'unissait à Julian. Je sais que ce n'est pas sa faute, qu'elle est faite ainsi, et pourtant son incapacité à comprendre me met en rage.

Je l'aime, et j'ai pitié d'elle. Si seulement elle pouvait être moins collante ! Depuis quelque temps, j'imagine qu'elle n'est plus là. J'imagine la liberté et l'angoisse que m'apporterait une vie sans elle.

Je sais que tu m'en veux de ne pas être venue à ton exposition à Bristol, je sais que depuis deux ans, je ne suis pas une très bonne amie; je suis encore plus égocentrique que d'habitude.

Pardonne-moi, je t'en prie. Tu me manques tellement.

Est-ce que je peux venir te voir? Si je pouvais m'échapper quelque temps de cet endroit, je crois que je commencerais à redevenir moi-même.

Je t'embrasse,
Vanessa

Frances n'a pas répondu, et Vanessa en a été profondément blessée. Un peu plus d'un an plus tard, elles ont eu l'occasion de discuter et Frances a expliqué à Vanessa qu'elle n'avait jamais reçu sa lettre. Malgré cela, leur amitié ne s'en est jamais tout à fait remise.

Les larmes troublent la vision de Grace et elle cligne des paupières. Même après toutes ces années, ces phrases la font encore souffrir. Non, les « émotions trop intenses » ne lui « échappent » pas ! C'est même tout le contraire : souvent, ses émotions sont trop intenses, disproportionnées.

Et parfois, ses actes s'en ressentent.

Frances n'a pas menti : elle n'a jamais reçu ce courrier. Au cours des semaines et des mois qui ont suivi la disparition de Julian, Grace avait pris l'habitude de surveiller comme elle le pouvait l'état d'esprit de Vanessa. De temps en temps, elle lisait la correspondance que son amie lui confiait pour qu'elle la dépose à la poste. Heurtée par les mots de Vanessa, elle a choisi de faire preuve de cruauté, elle aussi : elle a conservé la lettre et a laissé Vanessa croire que sa plus vieille amie l'avait abandonnée.

En amour comme à la guerre, tous les coups sont permis. L'amitié est une forme d'amour, non ? Et parfois une forme de guerre, aussi.

30

Lorsqu'il entre dans la chambre d'hôpital et qu'il les voit – Helena étendue sur le lit et Sebastian à son chevet, qui lui tient la main –, Becker a le sentiment d'avoir atterri dans une autre dimension. Dans cette nouvelle réalité, les choses sont revenues dans l'ordre : la sublime aristocrate Helena Fitzgerald est mariée au beau et riche Sebastian Lennox ; elle coule des jours heureux dans l'opulence du manoir Fairburn et n'est plus confinée au minable logis du garde-chasse. Dans cette nouvelle réalité, James Becker ne s'est pas immiscé dans un monde qui n'est pas le sien ; il n'a pas arraché Helena à la vie à laquelle elle était destinée et il n'a pas brisé le cœur de Sebastian au passage. Il est seul, malheureux, et il épie de l'extérieur, le nez collé à la vitre.

Comme il le mérite.

Becker a froid, il a l'estomac sens dessus dessous ; le sol s'est ouvert sous ses pieds, il chute dans le néant, et c'est entièrement sa faute. C'est sa faute car il n'a pas été présent quand Helena avait besoin de lui. C'est sa faute car, même si cela n'a duré qu'une fraction de seconde, il a envisagé de choisir Vanessa plutôt qu'Helena. Et c'est sa faute car il a refusé d'écouter la petite voix dans sa tête qui n'arrêtait pas de lui répéter qu'une catastrophe était sur le point de se produire.

Il en est là de ses réflexions quand Helena tourne la tête vers lui.

« Beck ! » s'exclame-t-elle, la voix brisée par l'émotion, et elle retire sa main de celle de Sebastian pour la tendre vers lui.

En un instant, il est à ses côtés. Il l'embrasse.

« Enfin, tu es là ! souffle Helena. J'ai cru que tu n'arriverais jamais. »

Il la serre contre lui au moment où un sanglot enfle dans sa poitrine.

« Tu ne vas quand même pas te mettre à pleurer, espèce de gros bébé ! le taquine gentiment Helena en lui caressant les cheveux. Je vais bien. On va bien tous les deux. Ne t'inquiète pas. »

Quand il relâche enfin son étreinte, Becker se rend compte qu'ils sont seuls. Sebastian est parti. Tout va bien, donc. Helena est en bonne santé, le bébé aussi. C'était un saignement bénin. Un peu abondant, certes, mais pas inquiétant pour autant. En tout cas, les médecins n'ont rien trouvé d'anormal.

« Il faudrait savoir : ce n'est rien ou vous n'avez rien trouvé ? lance Becker au docteur, furieux. Ce n'est pas pareil !

– Laisse-le tranquille, Beck, lui murmure Helena. Je vais bien. »

Et c'est vrai : malgré ses traits tirés, ses lèvres gercées et ses grands yeux scintillants de fatigue, elle semble en forme. Son teint est plus pâle que d'habitude, mais deux petites taches de couleur se sont frayé un chemin jusqu'à ses pommettes. Elle serre tellement fort la main de Becker que celui-ci ne peut réprimer une grimace de douleur.

Cinq jours se sont écoulés depuis que Becker a quitté Eris, trois depuis qu'Helena est de retour à la maison. Becker a pris une semaine de congés et tous les deux vivent cloîtrés dans une espèce de confinement volontaire : ils ne quittent le logis qu'à l'occasion de rares promenades, ils lisent au coin du feu, regardent la télévision, font l'amour en prenant mille précautions. Ils mangent équilibré, évitent l'alcool. Becker n'a pas fumé une seule cigarette depuis soixante-douze heures.

Et il n'en peut plus.

Ce matin, un technicien d'un laboratoire indépendant de Londres a ouvert la boîte en verre de *Division II* et a détaché l'os du filament en or auquel il était suspendu. Becker n'était pas présent. Il a préféré rester à Fairburn avec sa femme, à faire les cent pas dans le couloir étroit entre le salon et la cuisine, en attendant l'appel du spécialiste. Celui-ci lui a annoncé qu'à première vue, il s'agissait bien d'un os d'origine humaine, et qu'il allait en prélever un échantillon. Selon lui, l'analyse de ce fragment devrait permettre de dater l'os à quelques années près, mais aussi de déterminer le sexe et l'âge de la personne auquel il appartenait. Les résultats devraient être disponibles dans la semaine – sous quinze jours au maximum.

En milieu d'après-midi, quand Becker a enfin raccroché le téléphone après s'être entretenu successivement avec le technicien, Sebastian et le conservateur de la Tate Modern, Helena, qui a passé la majeure partie de la journée sur le canapé à essayer de lire, est à bout.

« Pour l'amour de Dieu, Beck, sors de la maison et va voir le feu de joie, tu me rends dingue. »

C'est le 5 novembre et, à l'occasion de la Guy Fawkes Night, une grande fête est organisée au manoir pour les familles des employés de Fairburn et pour les voisins.

« Tu es sûre que ça va aller ? demande Becker, et Helena grimace.

– Moi, oui. Mais continue à me surveiller comme le lait sur le feu et je te garantis que c'est toi qui ne passeras pas la nuit. Allez, fiche le camp ! »

Becker obéit.

Depuis la passerelle, on voit la foule amassée devant la façade ouest du manoir, là où on a dressé le bûcher. On entend aussi les rires et les cris des enfants qui jouent sur la pelouse. Becker se rend compte qu'il pourrait s'autoriser une cigarette – la fumée du feu de joie à venir masquera l'odeur.

Il se penche au-dessus du garde-corps. Malgré la pénombre, il constate que le ruisseau est entièrement gelé, et il prend une profonde inspiration qui fait frémir ses poumons d'impatience.

La démangeaison dans sa poitrine lui fait l'effet d'un signe du destin. La tentation est trop forte. Becker fouille ses poches à la recherche de son paquet de feuilles à rouler, mais ses doigts se referment sur quelque chose d'autre. La lettre qu'il a récupérée dans la cuisine de Grace. Il en avait complètement oublié l'existence.

Par chance, il reste juste assez de lumière pour la lire.

Février 2003

Chère Grace,

Désolée de n'avoir pas répondu à ta dernière lettre mais, entre les problèmes juridiques et la fuite du toit, je n'ai pas eu beaucoup de temps pour moi. Heureusement, je crois que les avocats ont enfin trouvé un accord avec Douglas – j'ai hâte d'être débarrassée de cette histoire qui me pèse et m'empêche de me concentrer. Je devrai me serrer encore plus la ceinture mais ces temps-ci, je ne sors pas et je ne dépense rien, alors ça devrait aller.

J'ai reçu un message d'Isobel. Elle reste très fâchée contre moi. En dépit de la lettre que je lui ai écrite, elle continue de s'accrocher à l'idée que je ne lui aurais envoyé aucun témoignage de ma sympathie… En ce moment, elle est en France – apparemment, on aurait aperçu un homme correspondant à la description de Julian sur la Côte d'Azur. Je doute qu'elle soit aussi prompte à suivre une piste le jour où quelqu'un croira le reconnaître à Coventry ou en Côte d'Ivoire… Quoi qu'il en soit, c'est une perte de temps, bien sûr.

Je réussis enfin à travailler. En cela, la solitude m'aide. J'ai toujours été plus créative une fois livrée à moi-même – je suis l'emploi du temps qui me plaît sans avoir à m'inquiéter de qui que ce soit ou quoi que ce soit d'autre. Je ne peins plus beaucoup mais j'ai commencé à créer une nouvelle série de sculptures que j'ai intitulée Division, j'y intègre des objets trouvés en plus de la céramique. C'est une nouvelle direction pour moi, et elle me semble prometteuse.

Je ne sais pas comment répondre à ta lettre. Tout ce que je peux dire, c'est que je ne veux pas que tu reviennes sur Eris. Tu sais trop de choses et ça ne me plaît pas. Je crois que je serais mal à l'aise en ta compagnie. J'espère que tu comprends ce que je veux dire.

Nous devons arrêter d'être enchaînées l'une à l'autre, désormais.

Bises,
Vanessa

Une bourrasque soudaine menace d'arracher la feuille des mains de Becker. Les battements de son cœur s'accélèrent. Derrière lui, une clameur enfle, tandis que les premiers crépitements du feu montent dans la nuit sous les hourras aigus des enfants.

Nous devons arrêter d'être enchaînées l'une à l'autre : presque mot pour mot l'expression que Vanessa a utilisée dans le message qu'elle a laissé à Julian. Dans ses carnets, elle évoque tout le temps sa liberté – une notion qui revient aussi beaucoup dans ses interviews. De toute évidence, il s'agit à ses yeux d'une aspiration beaucoup plus forte que l'amour ou même l'amitié. Jusqu'où Vanessa aurait-elle été prête à aller pour son indépendance ? Et que sous-entend-elle quand elle écrit que Grace sait trop de choses ? Que sait-elle, au juste ? Le sentiment d'effroi qu'il pensait avoir laissé à l'hôpital est de retour et l'enveloppe telle une cape.

De l'autre côté du bûcher, un groupe d'enfants surexcités tourne autour de Sebastian, qui leur distribue des friandises. *Le seigneur local qui prodigue ses largesses*, songe Becker. Lorsqu'il l'aperçoit, Sebastian agite joyeusement la main, et le conservateur s'en veut aussitôt de sa mesquinerie.

« Te voilà ! s'exclame Sebastian. Bon, comment vas-tu ? Et comment va notre chère Lena ? »

Le sourire de Becker vacille un instant.

« Elle va bien. Beaucoup mieux. Pour tout te dire, elle m'a mis à la porte – apparemment, je la rends dingue.

– Sur ce point, je dois pouvoir vous aider : j'ai une mission à te confier qui risque de te prendre un jour ou deux. Est-ce que tu voudrais bien retourner à Eris, d'ici la semaine prochaine ?

– Franchement, ce n'est pas le meilleur moment, hésite Becker avec une grimace. Pourquoi tu veux que j'aille là-bas ? »

Sebastian s'apprête à répondre quand un vieil homme s'approche, un enfant à ses côtés. Graham Bryant, le garde-chasse. Ou plutôt, « le porteur du chapeau », comme le surnomme désormais Becker en son for intérieur. Bryant salue Sebastian, lui présente son petit-fils et demande des nouvelles d'Emmeline.

« Elle ne devrait pas tarder, lui assure Sebastian en ébouriffant les cheveux de l'enfant. Restez dans le coin, elle voudra vous dire bonsoir. »

Bryant et son petit-fils s'éloignent, et Sebastian se retourne vers Becker. Son sourire a disparu.

« Je suis très inquiet, concède-t-il. Si l'analyse ADN détermine que l'os appartient à Julian, sa sœur en sera la première informée et toute cette histoire va nous échapper. Peut-être qu'elle ne se précipitera pas sur les micros des journalistes, mais...

– ... Vu ce que j'ai lu sur Isobel, l'interrompt Becker, c'est quand même très probable. »

Sebastian acquiesce.

« Il y aurait un battage médiatique autour d'Eris – l'île, la maison, l'endroit où l'os a été retrouvé...

– Et Grace risque de paniquer », conclut Becker, qui a compris où Sebastian voulait en venir.

Qui sait ce dont elle serait capable ? Irait-elle jusqu'à détruire des documents qu'elle estime trop sensibles ou trop personnels ?

Sebastian passe un bras autour des épaules de Becker.

« Je comprends que tu ne veuilles pas laisser Lena seule à la maison. À ta place, ça ne me plairait pas non plus. Mais elle va mieux, tu l'as dit toi-même. Et je serai là pour veiller sur elle. »

Becker laisse Sebastian auprès du feu de joie et se rend au manoir. Dans son bureau, il commence à rédiger un bref e-mail à Grace, afin de lui expliquer pourquoi il est parti en coup de vent et de lui demander s'il pourra repasser dans les jours qui viennent afin de récupérer le reste des documents. Finalement, il se ravise : il ferait mieux de lui téléphoner. Ce serait plus... sympa. Il efface le message et éteint son ordinateur. Lorsqu'il quitte le bureau, il remarque un rai de lumière qui s'échappe par la porte entrouverte du grand hall.

À l'exception des spots qui illuminent les œuvres, la galerie est plongée dans le noir. Becker entre, s'avance à pas lents, s'arrête devant *Noir I – L'obscurité ne nous dérange pas*. Le premier tableau que Vanessa a fait de la mer. Le vert des algues et les éclaboussures de rouge foncé absorbent l'éclat des projecteurs, donnant l'impression d'un tourbillon sur la toile.

« Ignoble, n'est-ce pas ? »

Becker sursaute. Emmeline est juste derrière lui, il ne l'a pas entendue arriver. Dans la pénombre, elle a l'air pâle et minuscule, presque translucide – un spectre.

« Si cela ne tenait qu'à moi, ajoute la maîtresse des lieux en examinant le tableau, je décrocherais cette horreur et je la jetterais sur le bûcher, là dehors. Ignoble, vraiment », répète-t-elle.

Sur ce, elle entame un lent tour de la galerie dans le sens inverse des aiguilles d'une montre, pour s'arrêter devant le mur nord, où sont exposées d'autres marines.

« Vous savez, si elle lui a légué l'intégralité de ses œuvres, c'était uniquement dans l'idée de me faire du mal », déclare-t-elle, et Becker laisse échapper un ricanement.

Lady Emmeline fait volte-face. Elle a troqué ses éternels talons contre des ballerines, c'est pour cela qu'elle ne fait aucun bruit quand elle marche et qu'elle lui a paru si petite ! Peut-être qu'elle se ressent encore de sa chute de l'autre jour, quand elle a trébuché sur un de ses chiens ? Becker aurait presque pitié d'elle, mais il croise son regard chargé de dédain et ne peut s'empêcher de frissonner.

« Ce… C'est vraiment ce que vous croyez ? parvient-il à bredouiller. Vous croyez que pendant que Vanessa était en train de mourir, elle pensait à vous ? »

Il la rejoint et passe avec elle devant *Monotonie*, qui représente les sables d'Eris au clair de lune, devant *Naufrage*, *Renouveau* et *Pour moi c'est une louve*. Enfin, Lady Emmeline s'arrête devant *L'espoir est violence*.

« Celui-là, il me plaît, déclare-t-elle. Le travail du pinceau est différent, presque forcé. On perçoit la souffrance de Chapman. Et ce ciel, cette ligne couleur sang à l'horizon… Elle avait conscience que la fin était proche, ça se sent. »

Avec un sourire mauvais, elle reprend :

« Toutes ces foutaises que Douglas a racontées aux journalistes à la suite de cette histoire d'héritage, vous vous souvenez ? La preuve de leur soi-disant intimité, leur lien jamais rompu… Qu'est-ce qu'il pouvait être naïf. »

Emmeline se remet à marcher. Dehors, le joyeux brouhaha autour du bûcher se poursuit. À la lueur des flammes qui s'élèvent toujours plus haut dans la nuit, leurs deux ombres – la sienne et celle de Lady Emmeline – paraissent sauter d'un mur à l'autre. Perturbant.

Ils ont presque fini leur tour de la galerie quand Emmeline s'arrête à nouveau, cette fois devant *Noir V – La Forêt derrière l'arbre*. Elle secoue la tête avec un *tut-tut* désapprobateur.

« Parfois, il est nécessaire de reculer d'un pas afin de comprendre ce qu'on a sous les yeux, intervient Becker. Si vous vous tenez juste là, par exemple, vous verrez que…

– Croyez-vous vraiment que j'aie besoin d'une leçon d'appréciation artistique, monsieur Becker ? le coupe Emmeline. Non seulement je ne pense pas que vous ayez quoi que ce soit d'intéressant à m'apprendre, mais surtout je doute que vous soyez le mieux placé pour m'expliquer "ce que j'ai sous les yeux". »

Cette fois, quand elle repart, Becker ne la suit pas. Planté au centre du grand hall, il essaie de s'imaginer que cette petite silhouette voûtée qui s'éloigne d'un pas lent est une gentille vieille dame qui erre dans un musée à la recherche des natures mortes.

Au bout d'une éternité, Emmeline atteint la porte de la salle.

« Je voudrais que vous fassiez quelque chose pour moi », lance-t-elle alors à Becker.

Les flammes du bûcher éclairent à présent son profil, donnant à son visage une apparence terrifiante de masque mortuaire. Déterminé à ne rien laisser paraître de son appréhension, Becker se hâte de la rejoindre et, le plus poliment possible, lui demande :

« De quoi s'agit-il, Lady Emmeline ?

– Quand vous aurez réglé cette affaire sur l'île d'Eris avec l'exécutrice testamentaire, je veux que vous remettiez votre démission et que vous disparaissiez, vous et votre femme.

– Il en est hors de question et vous le savez pertinemment », rétorque Becker en secouant la tête.

Avec un long soupir, Lady Emmeline lève les yeux au plafond et passe un index noueux sur ses lèvres exsangues.

« Monsieur Becker, ce serait pourtant dans notre intérêt à tous les deux. Sans vous, l'éminent spécialiste de Chapman, mon fils se lassera vite de tout cela. »

D'un geste vague, elle désigne les tableaux qui les entourent.

« Il a simplement besoin d'un petit coup de pouce pour passer à autre chose. Sebastian a beaucoup de mal à tourner la page, vous n'êtes pas d'accord ?

– Pas du tout, réplique Becker, glacial, et Emmeline esquisse un sourire qui ressemble à un rictus.

– Vous me disiez il y a quelques instants qu'il faut parfois reculer d'un pas pour comprendre ce que nous avons sous les yeux. Eh bien, je suis sûre qu'avec un peu de recul, vous verriez que...

– Écoutez, l'interrompt Becker – et Lady Emmeline a l'air tellement estomaquée par son effronterie qu'il doit se retenir pour ne pas éclater de rire. Je comprends pourquoi Vanessa Chapman n'est pas votre artiste préférée, mais je ne vais pas démissionner simplement parce que vous me le demandez.

– Dans ce cas, faites-le parce que c'est dans votre intérêt. Cela ne vous dérange pas que mon fils s'empresse d'aller rejoindre votre épouse chaque fois que vous mettez un pied hors du domaine ? Dès que votre voiture a franchi le portail, il se précipite au logis du garde-chasse pour s'occuper d'elle. »

Elle part d'un rire grave et rocailleux.

« Ce n'est pas quelque chose qui vous interpelle, monsieur Becker ? Pourtant, vous connaissez votre femme. Vous êtes bien placé pour savoir...

– Effectivement, je connais ma femme, la coupe à nouveau Becker. En revanche, vous semblez oublier que Sebastian aussi. Votre fils est peut-être toujours amoureux d'Helena, mais il respecte la décision qu'elle a prise, parce qu'il la respecte, elle. Et qu'il me respecte, moi, par ailleurs. Je ne pense donc pas avoir à m'inquiéter sous prétexte qu'ils aiment passer du temps ensemble – je vous rappelle qu'ils se sont rencontrés à l'adolescence et que leur amitié précède de longtemps leur histoire d'amour. »

Emmeline laisse échapper un nouveau rire méprisant.

« Vous êtes un grand naïf, dit-elle. Vous êtes exactement comme Douglas. Aveugle. »

Becker en a assez entendu. Il se dirige vers la porte. Lorsqu'il passe devant *Noir II*, un frisson lui parcourt la colonne vertébrale : dans la pénombre, le sourire de la silhouette au centre du tableau semble scintiller.

« Elle en est à combien ? lance Emmeline dans son dos. Huit mois, si je ne m'abuse ? Ce qui nous donnerait une date de conception autour de... Attendez que je calcule : fin février, début mars ? La fin de notre... quoi, troisième confinement, c'est ça ? Soit le moment où vous êtes allé à Hambourg vous renseigner sur les

Hockney. Tout le monde était tellement fébrile, à cette période, vous vous souvenez ? Après ces longues semaines d'enfermement, les gens avaient besoin de... relâcher la pression. »

Becker se retourne vers la vieille dame. L'espace de quelques instants, il a envie de la frapper, il l'imagine déjà se recroqueviller de terreur lorsqu'il brandira le poing. Il prend une grande inspiration.

« Je devrais éprouver de la pitié pour vous, déclare-t-il. C'est vrai. Vous êtes vieille, aigrie, vous vous sentez seule, sûrement. Peut-être même que votre mari vous manque. Je devrais éprouver de la pitié pour vous, et pourtant, je ne ressens que du mépris. Vous voulez que je vous dise pourquoi ? Parce que je pense que vous êtes quelqu'un de foncièrement mauvais. Continuez à distiller votre poison si ça vous chante, persistez avec vos insinuations perfides, le fait est que je vous survivrai. Quand vous serez morte, je serai toujours là, à Fairburn. Avec Helena, et notre enfant. »

Alors qu'il s'éloigne, il jette un dernier coup d'œil à *L'espoir est violence* et il pense à sa mère, si frêle dans son lit d'hôpital, regardant son petit tableau accroché au mur. Sur le seuil, Becker ne peut pas s'en empêcher : il se retourne vers Lady Emmeline. Elle n'a pas bougé. Elle est toujours plantée là, voûtée et pitoyable, les poings serrés le long du corps.

« Ma mère a laissé derrière elle un fils qui l'aimait, conclut Becker d'une voix posée. Vous pensez que ce sera votre cas ? »

Sans un mot, elle fait volte-face, et Becker croit voir ses mains se mettre à trembler.

31

Quelqu'un s'étouffe et elle ne peut pas le sauver. Un garçon, en général, un jeune homme ou un adolescent qui s'étouffe, et Grace n'est pas assez forte ou pas assez rapide; soit elle arrive trop tard, soit ses efforts sont vains. Ce n'est pas un rêve, c'est une pensée qu'elle ne cesse d'avoir, un scénario qu'elle imagine sans le vouloir.

Le phénomène s'est manifesté pour la première fois quelques jours plus tôt, après la visite de Becker. Au début, c'était seulement au réveil – pourtant, ce n'est pas un cauchemar, c'est plus compliqué que ça. Mais depuis quelque temps, la scène s'impose à Grace de plus en plus souvent, quand elle marche ou qu'elle se fait un café, quand elle lit ou qu'elle écoute la radio. Malgré elle, elle se représente cet homme agonisant.

Grace a déjà vécu ça, elle sait ce dont il s'agit : une pensée intrusive, rien de plus. Ni un souvenir, ni une prémonition, simplement une image désagréable que son subconscient persiste à générer, comme un chat qui essaie de recracher une boule de poils. Il faut qu'elle s'en débarrasse mais de manière tranquille, qu'elle l'ignore sans en avoir l'intention. Pour cela, elle doit faire un peu plus attention à elle. Se promener, manger correctement, limiter la caféine, mieux dormir.

À force de vivre au rythme de la lune et des marées, Grace s'est laissée aller. Elle a pris de mauvaises habitudes qu'elle doit maintenant perdre. Elle se rend à Carrachan pour demander des somnifères à son médecin traitant et établit un rituel matinal strict : elle règle son réveil à 6 heures, se force à sortir du lit et à aller se dégourdir les jambes dehors, puis mange un bol de porridge et boit son seul café de la journée. Elle se sent rapidement mieux.

Hélas, le docteur ne lui a prescrit que dix jours de somnifères. À présent, elle n'en a plus et reste éveillée des heures entières. Cette nuit, elle ne s'est pas endormie avant 3 heures du matin alors, en entendant son réveil à 6 heures ce matin-là, elle l'attrape et le jette par terre.

Quand elle rouvre les paupières, il est de nouveau là. Pas un garçon, cette fois, mais un homme. Cette fois, ce n'est pas une pensée intrusive mais un intrus, un vrai : un homme à la fenêtre, les mains de chaque côté du visage pour épier dans la chambre. Grace pousse un cri. Elle se redresse en sursaut et les draps glissent du lit, révélant sa poitrine nue. L'homme dehors bondit en arrière tel un cheval qui se cabre, en criant : « Désolé, désolé ! »

Grace enfile une robe de chambre et se précipite dans l'entrée, où elle s'empare du fusil avant d'ouvrir la porte pour sortir en furie dans le soleil éblouissant.

L'homme recule, les mains en l'air. Il porte des vêtements de marche et un sac à dos – un randonneur. Ses compagnons, deux hommes d'une vingtaine d'années, à première vue, se tiennent plus bas sur le chemin.

« Qu'est-ce que vous fichez là, au juste ? aboie Grace.

– Je suis désolé ! répète l'autre en baissant les bras. Je voulais juste... Je pensais que c'était abandonné, je voulais juste regarder à l'intérieur...

– Abandonné ? Il y a une voiture garée devant ! Vous êtes sur une propriété privée, ajoute-t-elle, et l'homme lève les sourcils.

– Il y a un sentier juste là, fait-il remarquer avec un geste pardessus son épaule. Et puis, en Écosse, la nature appartient à tout le monde, alors...

– La nature, peut-être, mais pas la fenêtre de ma chambre. Qu'est-ce qui ne va pas, chez vous ? »

L'homme se retourne en continuant de marmonner des excuses mais ses amis affichent un sourire narquois.

« Dégagez d'ici ! » s'écrie encore Grace.

Puis elle serre les pans de sa robe de chambre autour d'elle et rentre. Alors qu'ils s'éloignent sur le sentier en direction du rocher, elle les entend ricaner.

Elle se sent idiote. Il n'y avait aucune raison de s'énerver ainsi ; elle n'aurait même pas dû sortir, d'ailleurs. Elle songe qu'ils doivent être en train de se moquer d'elle, elle essaie de deviner ce qu'ils vont dire de sa nudité, les plaisanteries qu'ils vont faire au sujet de son corps repoussant, de sa peau flasque et de ses seins tombants, de sa misérable solitude.

Elle repose le fusil dans l'entrée et verrouille la porte. Il est déjà presque midi, elle a dormi beaucoup trop tard. Désormais, elle est certaine qu'elle ne fermera pas l'œil de la nuit et que, dès demain, elle sera de retour à la case départ. Et bien sûr, quasi instantanément, l'image revient : le garçon qui se tient désespérément la gorge.

Grace se force à accomplir des tâches pratiques. Elle passe le balai dans la cuisine, nettoie la cabine de douche, sort jeter ses déchets alimentaires sur la pile de compost. Elle voudrait payer ses factures mais elle n'a plus Internet depuis quatre jours déjà. Comme il n'y a pas de réseau sur l'île, dès qu'elle a constaté la panne, elle s'est forcée à aller jusqu'au village pour téléphoner à l'opérateur, et son interlocuteur de la centrale d'appels s'est montré rassurant. Cependant, sa connexion n'est toujours pas rétablie. Elle n'a aucun moyen de savoir pourquoi, ni combien de temps cela va encore durer ; pour faire avancer les choses, elle n'a plus qu'à tout recommencer : retourner au village, rappeler l'opérateur, et attendre une éternité que quelqu'un décroche. Le simple fait d'y penser l'épuise mais elle n'a pas le choix. Becker a peut-être essayé de la contacter. Après tout, il a bien dit qu'il lui écrirait un e-mail pour expliquer son départ précipité.

Elle se douche, s'habille, ferme la maison et prend sa voiture pour se diriger lentement vers la chaussée submersible sous un ciel bleu azur. Sur l'étendue de sable au pied de la maison, deux bébés phoque pâles et grassouillets se prélassent au soleil. Lorsqu'elle passe à proximité, ils lèvent la tête pour l'observer. « Regarde, Vanessa ! a-t-elle envie de s'exclamer. Tu as vu ? »

Les jours comme celui-ci, l'absence de Vanessa lui fait l'effet d'un poignard plongé entre ses côtes.

Le village est étrangement silencieux. Ce n'est qu'après s'être garée devant l'épicerie qu'elle se rend compte que celle-ci est fermée, et que c'est dimanche. Ni café ni pain frais, donc. La déception est si vive que Grace est à deux doigts de fondre en larmes.

Est-ce que les gens d'Internet travaillent le dimanche, au moins ? Il s'avère que oui. Après une demi-heure d'attente, quelqu'un décroche. Il y a bien un problème sur votre ligne, lui confirme son interlocuteur.

« Merci, mais je suis au courant, répond Grace. Ça fait quatre jours que mon Internet ne fonctionne pas. »

La personne au bout du fil se confond en excuses, lui promet qu'elle va se renseigner et la rappeler d'ici la fin de la journée. Est-ce qu'il y a un horaire qui l'arrangerait ?

Non, aucun horaire ne l'arrange : d'ici la fin de la journée, ce sera marée haute, elle doit rentrer avant. Mais comment expliquer cela à quelqu'un qui travaille dans une centrale d'appels en banlieue de Newcastle, si ce n'est au fin fond de l'Inde ? Lasse, elle se contente de rire et conclut :

« Dès que vous le pourrez. Rappelez-moi dès que vous le pourrez. »

Alors qu'elle redescend la colline en direction du port au volant de sa voiture, elle aperçoit du coin de l'œil une pointe de jaune à l'autre bout du parking et décide de se garer près du remblai.

Vêtue de son gilet jaune fluo, Marguerite fume une cigarette sur le banc devant son cottage. Grace la rejoint et la salue d'un geste.

« Je t'ai vue, s'empresse de dire Marguerite. *À l'heure bleue*[1], ajoute-t-elle. Avant le lever du soleil.

– Ça m'étonnerait, répond Grace en secouant la tête. Je me suis réveillée très tard, aujourd'hui. »

Contrariée, Marguerite se met à bouder. Grace lui sourit.

« Comment vas-tu ? Comment va ton bras ? demande-t-elle, et Marguerite la dévisage sans comprendre. Ton bras, Marguerite… Tu t'étais fait mal, tu te souviens ?

– Ah, *ça va*[2] », affirme la vieille femme en agitant la main pour dissuader Grace d'insister.

Celle-ci désigne la cigarette en secouant la tête et Marguerite fronce les sourcils. Lentement, délibérément, elle la porte à ses lèvres et tire une longue bouffée, puis éclate de rire, malicieuse. Soudain, on dirait que quelque chose lui revient et elle retrouve son sérieux.

« Est-ce que ton ami va revenir ? »

Le sourire de Grace se fige. Elle n'a pas la force pour ces choses-là, aujourd'hui.

« Peut-être, dit-elle en tournant les talons. Prends soin de toi, Marguerite, ajoute-t-elle par-dessus son épaule. Ne fume pas trop, d'accord ? »

Alors qu'elle s'éloigne, elle se demande pourquoi elle perd son temps ainsi. Marguerite ne va pas suivre ses conseils, et elle a bien raison : il ne lui reste probablement plus très longtemps à vivre, pourquoi se priverait-elle de ses derniers petits plaisirs ?

Arrivée chez elle, Grace découvre que, miracle ! Internet est revenu. Son enthousiasme retombe vite lorsqu'elle se rend compte qu'elle n'a ni message sur WhatsApp, ni e-mails, en dehors de quelques spams et une alerte Google, qu'elle a créée avec le nom de Vanessa il y a des années.

---

1. En français dans le texte original.
2. En français dans le texte original.

L'alerte contient un lien vers une interview de Sebastian Lennox dans un hebdomadaire. « HÉRITAGE ARTISTIQUE », proclame fièrement le titre au-dessus d'une photo de Lennox, l'allure distinguée, les traits fins. Il tient de sa mère – Douglas Lennox, lui, ressemblait plutôt à un gangster de Glasgow. L'héritier prend la pose sur la pelouse de son manoir, à côté d'un bronze de Barbara Hepworth ; d'autres œuvres d'art illustrent le reste du papier : une peinture d'Iona par Francis Cadell, une très belle nature morte de Samuel Peploe, et *L'espoir est violence* de Vanessa.

L'article en lui-même n'est pas passionnant : il s'agit d'un reportage assez conventionnel et bourré de clichés. On y découvre la « demeure ancestrale » de Sebastian Lennox, « fidèlement restaurée » ; on y raconte la « mort prématurée » de son père, Douglas, « redoutable patriarche » victime d'un « tragique accident de chasse », puis vient le portrait de Lady Emmeline, femme « à la santé fragile », mais qui était une « beauté aristocratique » dans sa jeunesse. L'auteur ne manque évidemment pas de relater en détail le litige qui a opposé Vanessa et Douglas ainsi que le coup de théâtre du testament de l'artiste.

> *« Naturellement, nous avons été très surpris, commente Lennox au sujet de ce legs inattendu. Car si mon père et Vanessa étaient autrefois des amis proches, leurs différends avaient depuis pris des proportions spectaculaires. »*
>
> *Néanmoins, Lennox estime qu'en dépit de cette rancune entre son père et Chapman, cette dernière estimait que Fairburn serait l'endroit idéal pour héberger son œuvre. « J'aime à penser que Vanessa savait que nous prendrions soin de ses créations et ferions honneur à son héritage artistique », conclut-il. Bien sûr, il existe peut-être une explication plus prosaïque : Chapman n'avait pas d'enfant et, au moment de son décès, pas de famille proche. À qui d'autre aurait-elle pu léguer son patrimoine ?*

Grace cligne des yeux. Elle relit le paragraphe, puis fait défiler la page jusqu'à ce qu'elle aperçoive le nom de James Becker, conservateur de Fairburn, nommé à ce poste par Lennox en raison de sa connaissance de l'œuvre de Chapman. « *Pour moi, ce rôle de protecteur d'une telle collection est un rêve devenu réalité* », commente-t-il.

Malgré elle, Grace sourit à la description que propose l'auteur de Becker : un jeune homme sérieux aux airs d'étudiant. *Issu de l'école publique, il se distingue à l'université d'Oxford.* Elle poursuit sa lecture, une main contre la poitrine, emplie d'une émotion qui doit s'apparenter à de la fierté maternelle.

Becker parle de l'exposition que l'équipe de Fairburn compte organiser l'année suivante : le but est de rassembler pour la première fois plus de soixante pièces de Chapman – tableaux, dessins, sculptures et céramiques – dont la majorité n'a encore jamais été présentée au public.

> *« Je suis convaincu que l'examen de l'ensemble de ces œuvres va permettre de réévaluer l'importance de Chapman, afin qu'elle soit enfin reconnue comme une figure majeure de l'expressionnisme abstrait en Grande-Bretagne, déclare Becker. Jusqu'à présent, les critiques ont surtout fermé les yeux sur sa contribution – d'une, parce que c'est une femme, de deux, parce qu'au début de sa carrière, elle était en décalage avec les artistes conceptuels du mouvement des Young British Artists, très à la mode à l'époque. »*

Un autre expert, un homme dont Grace n'a jamais entendu parler, affirme lui que si les critiques ont ignoré le travail de Vanessa, celle-ci ne pouvait s'en prendre qu'à elle-même – c'est elle qui avait choisi de se retirer de la scène artistique et de garder ses créations secrètes. Sans surprise, cette observation marque le coup d'envoi d'une série de commentaires dignes des tabloïds : les allégations portant sur cette « superbe artiste torturée » et ses

« nombreux amants », son « mariage tumultueux » et, par-dessus tout, la mystérieuse disparition de Julian après sa visite sur l'île d'Eris.

« *Je me suis rendu sur Eris*, raconte Becker, et le cœur de Grace bondit de joie. *J'ai visité la maison de Vanessa ainsi que son atelier, ces lieux où elle vivait et travaillait, l'île qu'elle aimait, les paysages qui l'inspiraient. J'ai eu le plaisir de lire certains de ses carnets et de ses lettres, et j'ai hâte de les partager avec le reste du monde afin de faire découvrir son œuvre à un tout nouveau public.* »

Grace voudrait tourner la page, ou faire défiler l'article jusqu'au passage où Becker mentionne les moments passés avec elle à la table de la cuisine, à parcourir les écrits de Vanessa et à discuter de son travail, elle voudrait lire le passage où Becker explique combien Grace était importante pour Vanessa et combien elle lui était dévouée. Mais il n'y a pas de page à tourner, et elle est arrivée en bas de l'article. Le nom de Grace n'y apparaît pas une seule fois.

Entre ses côtes, la lame du poignard pivote d'un quart de tour.

Marguerite a le tabac. Mais Grace, quels plaisirs lui reste-t-il ? Elle peut encore nager dans la mer froide et se promener sur l'île, mais à présent, elle se sent seule sur la plage et elle est devenue craintive dans les bois. Elle repense aux hommes de ce matin, à leurs rires moqueurs ; elle visualise leurs visages et l'un d'eux se transforme, il passe du rire à la panique et devient le garçon en train de s'étouffer. Elle ferme les yeux. Sont-ils repartis, ces intrus ? Ou sont-ils toujours là, sur son île ? C'est marée haute, et elle ne les a pas vus repasser. Est-ce qu'ils attendent la tombée de la nuit ? Et après, que comptent-ils lui faire ?

Les mains tremblantes, Grace retourne devant la porte d'entrée mais, au moment de tirer le verrou, elle hésite. Elle pourrait sortir, scruter la colline, le sentier qui mène à l'atelier et à la forêt...

Non, c'est inutile : rien ne l'assurerait que ces hommes ont bien quitté les lieux. Elle ne va tout de même pas passer la nuit entière dehors à attendre de les voir rejoindre la chaussée submersible !

Mieux vaut laisser la porte fermée, tourner les talons et se persuader qu'ils sont partis. Elle ne doit pas céder à la folie, elle doit rester rationnelle et se tenir occupée. Cuisiner, manger, lire un livre, aller se coucher.

Hélas, elle est incapable de bouger, de se résoudre à faire comme si de rien n'était et de reprendre ses petites habitudes et ses petites corvées, sachant que demain, elle devra recommencer, ainsi que le jour suivant… et tous les autres jours, jusqu'au dernier.

On ne peut pas vraiment dire que ce soit une révélation et pourtant, devant cette porte, la main sur ce verrou, c'est l'impression que cela lui donne. Avant, il y avait son travail, puis il y a eu Vanessa, puis la pandémie, c'est-à-dire de nouveau le travail – un travail éprouvant, éreintant et parfois insupportable, que Grace a néanmoins fini par prendre comme une bénédiction. Car elle n'était plus seulement nécessaire, elle était « essentielle ». Quelle est sa raison d'être, désormais ? Son fantasme ne deviendra pas réalité : Becker ne viendra pas lui rendre visite avec sa famille, il ne lui proposera pas un rôle au sein de la fondation Fairburn. Grace va disparaître, seule et oubliée de tous. Quelque part, c'est déjà fait.

Après un moment qui lui paraît durer des heures, Grace finit par arracher ses doigts gelés au verrou et s'éloigner. Dans le débarras caché derrière la toile, elle récupère trois tableaux : d'abord le petit portrait, puis *Totem*, et enfin le plus grand, celui qui est là depuis bien avant la mort de Vanessa. Sa dernière peinture noire.

Elle emporte les trois dans la chambre de Vanessa et les installe contre le mur, face au lit. Elle se tiendra compagnie elle-même.

Grace retourne dans la cuisine et fouille le carton de papiers qu'elle s'est mis de côté. Curieusement, pour quelqu'un de si vaniteux, Vanessa n'aimait pas être prise en photo. Il existe très peu de clichés d'elle, et aucun d'elle avec Grace. Au fond de la boîte, cette dernière trouve deux photos de Vanessa avec Frances sur la plage de Porthmeor, en Cornouailles, et celle d'elle-même avec ce pauvre Nick Riley dont l'artiste a gratté le visage. Elle revient dans la chambre et les pose sur le fauteuil à côté du lit, en pliant chacune des images pour cacher Frances d'un côté et Nick de l'autre. Il ne reste plus que Vanessa et Grace.

Voilà qui est mieux.

Elle ouvre la fenêtre. Dehors, il fait froid, sans un souffle de vent. Dans la nuit qui tombe rapidement, la mer est placide, l'air est bleu et tranquille. Les goélands silencieux planent tels des spectres le long de la côte.

En frissonnant, Grace se dirige à pas feutrés vers la coiffeuse de Vanessa, ouvre le tiroir et en tire une seringue et un flacon de trois cents millilitres de sulfate de morphine 10 g/5 ml, qu'elle pose tous les deux sur la table de chevet. Après réflexion, elle va à la cuisine chercher un verre à whisky et une bouteille de Lagavulin.

Puis elle s'enferme dans la chambre de Vanessa.

Elle aimerait tant qu'il y ait une tempête. La nuit de la mort de Vanessa, les vagues se fracassaient contre les rochers, la pluie et l'écume tambourinaient contre les vitres, mais elles étaient à l'abri des rafales de vent et de la mer vorace; elles étaient ensemble, au sec, hors de portée, hors de danger. Grace aimerait s'éteindre au cours d'une nuit comme celle-là.

Elle se sert une double dose de whisky et lève son verre à la santé de son propre portrait. Enfin, elle s'emmitoufle dans une couverture, s'appuie contre la tête de lit, et capitule : elle se laisse envahir par la chaleur de l'alcool, par l'image du jeune homme en train d'étouffer, par les larmes qui se sont accumulées telle une masse de nuages noirs derrière ses yeux.

32

Pour ne pas perdre la tête, il faut savoir duper son cerveau. Il est important de s'accrocher de toutes ses forces à sa raison, car il suffit de relâcher sa garde un peu trop longtemps, de laisser ses pensées vagabonder jusqu'aux endroits que l'esprit redoute – ou ceux qu'il désire – pour sombrer dans la folie. Il existe certaines choses qu'on ne doit pas se remémorer, au risque d'y laisser sa santé mentale.

Grace se souvient de cet après-midi dans l'atelier, de la terreur et de l'ivresse. Son excitation lorsqu'elle a passé le fil à couper l'argile autour du cou de l'homme et qu'elle a tiré. Les sons fascinants qu'il a émis alors : son exclamation de surprise, son rugissement de colère, puis le bruit de suffocation tandis qu'elle resserrait sa prise. Elle se souvient de l'euphorie qui s'est emparée d'elle quand il est tombé à genoux, le sentiment de puissance qu'elle a éprouvé en tirant encore plus fort – le fil a cisaillé la peau de l'agresseur, le sang a perlé au col de son bleu de travail. Elle se souvient de ce désir presque irrépressible de ne plus s'arrêter, au moment où Vanessa les a laissés seuls pour aller appeler la police. Grace aurait voulu le punir comme il le méritait. Mais elle s'est retenue. Non par clémence, mais par peur – la peur de ce que Vanessa allait penser d'elle, la peur de laisser entrevoir son vrai visage.

Grace se souvient des jours, des semaines et des mois qui ont suivi la disparition de Julian. Vanessa s'est braquée, elle est devenue irrationnelle, cachotière, étrange. Silencieuse. Elle continuait de mentir à la police, refusait d'expliquer à Douglas comme à la presse les raisons pour lesquelles elle s'était retirée de l'exposition, elle ne travaillait pas et ne sortait jamais, ni pour se promener, ni pour aller nager. Elle restait assise dans la cuisine, voûtée au-dessus d'un cendrier, fumant cigarette sur cigarette en écoutant le téléphone sonner sans discontinuer, jusqu'au jour où elle s'est levée pour l'arracher du mur et le jeter par la fenêtre.

Grace lui apportait des provisions. Elle lui préparait des repas auxquels l'artiste ne touchait pas, elle faisait du rangement, du ménage, elle triait le courrier. Elle aussi mentait scrupuleusement à la police et à quiconque l'interrogeait – elle s'en tenait à la version de Vanessa.

La première semaine de la nouvelle année, six mois après la visite de Julian, Grace est allée acheter un nouveau téléphone à Carrachan. Alors qu'elle se chargeait des branchements dans la cuisine, Vanessa s'est détournée de la fenêtre pour la regarder comme elle ne l'avait pas fait depuis des mois.

« Pourquoi est-ce que tu es tout le temps là ? a-t-elle dit sèchement. Chaque fois que je lève la tête, tu es là, à me servir tes bols de soupe et tes platitudes. Je ne veux pas de toi chez moi, a-t-elle ajouté, et Grace a senti quelque chose se ratatiner en elle. Je n'ai jamais voulu de toi chez moi.

– Ce n'est pas vrai, a répondu Grace en se redressant, la voix égale. Vanessa, tu sais que ce n'est pas vrai. »

Vanessa a écrasé sa cigarette pour en rallumer aussitôt une autre.

« Non, tu as raison, a-t-elle admis avec un soupir tout en triturant les peaux séchées de ses mains. Ce n'est pas vrai. Je voulais que tu viennes. »

Elle a cillé, lentement, et a dévisagé Grace avec des yeux plus froids que la mer en ce mois de janvier.

« Et maintenant, je veux que tu t'en ailles. »

Grace se souvient d'une fois où elle était assise sur le vieux fauteuil orange au chevet de Vanessa. Il était midi mais, dans la pièce, il faisait sombre : elle avait tiré les rideaux pour empêcher la lumière d'entrer. Vanessa délirait, elle maudissait le bruit du ressac.

« Je n'en peux plus, je n'en peux plus ! gémissait-elle. Ça me rend folle, je n'arrive pas à l'ignorer ! »

Grace, elle, était à bout. Elle n'avait pas dormi depuis deux jours.

« Je ne peux rien faire contre la marée, Vanessa. Mets les boules Quies que je t'ai achetées, tiens…

– Arrête ! » a sifflé Vanessa en lui giflant la main.

À moitié folle de douleur, elle en devenait agressive, cruelle, et du poison s'échappait de ses lèvres.

« Fous-moi la paix, vieille conne ! Pourquoi tu ne me fous pas la paix, espèce de mocheté ? *Boule de suif, boule de suif*[1] ! Il avait raison, depuis le début, tu me tires vers le bas, tu me retiens contre ma volonté, tu m'as emprisonnée ici avec toi ! Tu ne veux pas me laisser partir ! Laisse-moi partir ! »

Pour ne pas perdre la tête, il faut savoir duper son cerveau.

Mais quand Grace laisse ses pensées dériver, elle se demande parfois si elle a injecté cette dernière dose de morphine à Vanessa parce qu'elle n'en pouvait plus de la voir souffrir, ou parce qu'elle n'en pouvait plus de l'entendre.

1. En français dans le texte original.

33

Quand elle se réveille, elle est frigorifiée, la fenêtre est toujours ouverte et la bouteille de whisky à moitié vide sur la table de nuit, mais l'opercule du flacon de morphine est intact.

Elle a un message vocal de M. Becker : « *Il faut que je vous parle. Je préférerais le faire en personne plutôt qu'au téléphone. Puis-je venir vous voir cette semaine ?* »

Grace va sur Internet, consulte la météo et les horaires des marées, et rédige un e-mail :

Plutôt ce week-end. On annonce une tempête dans la semaine. Venez samedi, à partir de 10h30. La marée basse sera à 13h30.

Elle se lève, ferme la fenêtre et se réfugie dans le lit de Vanessa. Rapidement, elle s'endort en rêvant de Becker, Nick Riley, Vanessa et elle, ensemble dans cette maison, pendant que le ciel se déverse dans la mer. Un feu dans le poêle à bois, un repas sur la table, et tous réunis, à l'abri des orages et des tempêtes.

Journal de Vanessa Chapman

Les femmes ne sont pas censées regarder, n'est-ce pas ? Ce sont elles qu'on regarde.

Si elles voient quelque chose de violent, de laid ou d'effrayant, elles sont censées se cacher les yeux et défaillir, elles sont censées reculer. Elles sont censées détourner la tête.

Elles ne sont pas censées s'approcher, plisser les paupières pour mieux voir, examiner et observer, jauger.

Elles ne sont pas censées s'approprier l'horreur.

34

Sous le ciel gris ardoise, les sapins qui bordent la route tremblent dans le vent. On annonce une tempête – d'après Grace, elle devrait frapper la côte ouest dimanche soir, ce qui laisse quarante-huit heures à Becker pour remplir sa mission, même s'il a bon espoir d'être reparti dès ce soir. Demain matin au plus tard.

À la radio, il est question de *Ne vous retournez pas*. Encore Du Maurier ! L'adaptation en film de sa nouvelle célébrera bientôt ses cinquante ans, et on parle d'une ressortie en salles pour l'occasion. Après avoir évoqué l'horreur hypnotique qui caractérise ce long métrage, le journaliste aborde les divers pièges qu'est capable de tendre un esprit torturé, et les motifs récurrents qui rappellent au spectateur que certains deuils sont insurmontables, certains destins inévitables.

Becker éteint la radio.

Peu avant d'atteindre la route côtière, il s'arrête pour faire le plein. À la caisse de la station essence, il pose son téléphone portable sur le terminal bancaire que lui tend l'employé et attend le vrombissement lui annonçant que la transaction est effectuée. Quelques secondes après, alors qu'il regagne sa voiture, il sent à nouveau la vibration dans sa poche : un message d'Helena.

Est-ce que tu pourrais passer ? Il faut qu'on parle. Bise

Il s'arrête, les yeux rivés sur le smartphone. *Est-ce que je pourrais passer ?*

Un coup de klaxon l'arrache à ses pensées – le conducteur d'un break Volvo voudrait reprendre la route, mais Becker est planté au milieu du passage. Il s'écarte, revient à l'écran.

Ce message a été supprimé.

Becker sort ses clés, déverrouille sa voiture et s'installe au volant. *Mon fils s'empresse d'aller rejoindre votre épouse chaque fois que vous mettez un pied hors du domaine.* Lorsqu'il appuie sur le bouton de démarrage, il a les mains qui tremblent légèrement. *Ne t'en fais pas pour Lena, je serai là pour veiller sur elle.* Il enclenche la première et quitte la station. *Ça te laisserait le temps d'aller rencontrer Grace Haswell, tu meurs d'envie d'aller à Eris.*

Helena a été la première à lui suggérer de se rendre sur l'île. Ce jour-là, ils étaient tous les trois dans le bureau de Becker, et ils venaient d'apprendre la présence potentielle d'un os humain dans une des sculptures de Chapman. Becker a le cœur qui bat la chamade, la tête qui tourne. Après avoir vérifié dans son rétroviseur qu'il n'y a personne derrière lui, il attrape son portable. Il pourrait appeler Helena. Oui, mais pour lui dire quoi ? Il pourrait aussi prendre à gauche au prochain embranchement et retourner à Fairburn sans prévenir. Il s'imagine, ouvrant discrètement la porte du logis et montant l'escalier sur la pointe des pieds.

Il repose le téléphone sur le siège passager et tourne à droite, en direction d'Eris.

Grace l'attend en bas du chemin, devant la chaîne, les bras croisés.

« Est-ce que je monte garer la voiture ? s'enquiert Becker en ouvrant sa portière, et elle secoue la tête.

– Non, ce ne sera pas nécessaire. Vous vouliez me demander quelque chose ? »

Becker soupire. Qu'est-ce qu'elle a, cette fois ?

« Oui, Grace, nous avons plusieurs sujets à aborder. Je ne peux pas continuer à faire des allers et retours ici pour régler cette histoire d'héritage, alors il serait temps qu'on trouve une solution, parce que…

– Je vois, l'interrompt-elle. Moi qui croyais que vous étiez venu vous excuser. Ou au moins me rendre la lettre que vous avez volée. »

Pris au dépourvu, le conservateur commence à bredouiller des excuses. Grace s'éloigne déjà – non pas en direction de la maison, mais de la plage – et il lui emboîte le pas.

Becker plonge les mains dans les poches de son manteau et plisse les yeux pour se protéger de la lumière et du sable qui tourbillonne. Grace n'a que quelques mètres d'avance sur lui mais, à cause du vent, il a du mal à entendre ce qu'elle dit.

« Vous avez trahi ma confiance ! s'exclame-t-elle. Vous m'aviez promis que nous travaillerions ensemble, et ensuite vous avez pris cette lettre et vous êtes parti sans un mot, sans même…

– Vous avez raison, concède-t-il à contrecœur. Je n'aurais pas dû faire ça. J'ai aperçu le mot *Division* et ça a été plus fort que moi… J'étais dans un tel état, je n'ai pas réfléchi…

– Ça, c'est le moins qu'on puisse dire. Vous n'avez pas pensé à moi une seule seconde, pas plus que vous n'avez pensé à ce que je ressentirais en découvrant votre trahison. Je vous avais pourtant expliqué que ces lettres étaient personnelles. Et sinon, j'ai lu l'article qui vient de paraître. Je ne suis mentionnée nulle part. Vous êtes comme les autres, en fait. Pour vous, je ne suis qu'un obstacle. Un désagrément.

– Mais pas du tout, proteste Becker en se mettant à trottiner pour tenter de la rattraper, et il se sent à la fois ridicule et pitoyable. Vous ne devez pas croire une chose pareille, Grace ! Je n'ai jamais voulu vous blesser, jamais. J'ai conscience que la perte des œuvres de Vanessa a été une épreuve très difficile.

– Quelle perte ? rétorque Grace en se retournant soudain, le visage rouge et les joues inondées de larmes. Je n'ai rien perdu, moi. Vanessa a décidé de léguer l'intégralité de son travail à une fondation, c'est son choix. Comme vous l'avez dit dans le journal, elle n'avait personne d'autre à qui en faire don, pas vrai ? Elle n'avait absolument personne dans sa vie.

– C'est le journaliste qui a dit ça, pas moi, proteste Becker. Et il a eu tort. Si j'avais pu lire son article avant publication, je vous assure que j'aurais exigé une rectification. »

Mais il repense alors à la remarque de Sebastian. L'héritier a souligné que Grace, supposément si proche de Vanessa, n'avait hérité de quasiment rien à la mort de l'artiste. *Pourquoi, à ton avis ?*

La mer est particulièrement agitée. De là où il se trouve, Becker voit l'écume d'un jaune bilieux qui coiffe la crête des vagues.

« Vous aviez quitté Eris, n'est-ce pas ? demande-t-il. Au moment où Vanessa vous a envoyé cette lettre, vous viviez ailleurs. Quelque part en Angleterre, d'après…

– À Carlisle.

– Voilà. Et dans cette lettre, Vanessa vous a écrit que… »

Une cacophonie de cris stridents l'interrompt – des goélands qui jouent dans le vent, plongeant en piqué et tourbillonnant comme des avions de chasse en plein combat aérien.

Grace croise les bras et, le regard tourné vers le large, elle confirme :

« Elle écrit qu'elle ne veut plus me voir. Après ce qui s'est passé avec Julian, elle a… Elle a beaucoup changé. »

Grace se remet à marcher et Becker reste à ses côtés. Il s'efforce de ne pas se coller à elle mais il ne veut surtout pas rater la moindre bribe de phrase.

« Petit à petit, elle est devenue plus… sauvage. Toujours sur ses gardes. Comme quelqu'un atteint d'un syndrome de stress post-traumatique. Vous voyez ce que je veux dire ? Elle avait peur de tout, elle se méfiait de tout le monde, elle se mettait en colère pour un rien… Quand je lui ai suggéré de se faire aider, de consulter un psychologue, elle a piqué une crise de nerfs. »

Becker est frappé par la similitude avec la situation de Lady Emmeline – elle aussi soupçonnée de souffrir du même mal, elle aussi complètement réticente à l'idée de se faire accompagner –, mais il s'empresse de chasser de son esprit l'idée d'un parallèle entre une artiste qu'il admire et une vieille femme qu'il abhorre.

« Est-ce qu'elle avait d'autres gens, à part vous ? demande-t-il. Quelqu'un qui vous aurait prêté main-forte ? Dans ses derniers carnets, Vanessa ne parle quasiment de personne, c'est à peine si elle mentionne Frances ou…

– Elle a coupé les ponts avec tout le monde. Elle refusait toute visite. Pendant des mois, j'ai marché sur des œufs. Et puis, juste après Noël, six mois environ après la disparition de Julian, elle m'a demandé de m'en aller. De façon… plutôt cruelle », conclut-elle avec un long soupir.

Elle se tourne vers Becker et se force à sourire.

« J'étais bouleversée, mais j'ai obéi. J'ai dégoté un remplacement dans un cabinet en Angleterre et je suis partie. J'ai cru… Je me disais qu'elle avait besoin de faire son deuil, d'être seule, de gérer la… la culpabilité qu'elle ressentait. »

Becker la dévisage, surpris par cette révélation à mots couverts, mais Grace poursuit :

« Je lui ai souvent écrit mais, pendant des mois, elle ne m'a pas répondu. Un jour, j'ai reçu cette lettre. Celle que vous avez prise.

– Quand vous dites qu'elle avait besoin de gérer sa culpabilité, est-ce que vous sous-entendez que… ? Qu'est-ce que vous sous-entendez, précisément ? la presse-t-il, mais elle ignore sa question.

– On devrait rentrer, annonce-t-elle en mettant une main en visière pour scruter le large. La mer a commencé à monter, il ne faut pas traîner. »

Quand le conservateur lui fait remarquer que l'eau est encore loin et qu'ils semblent avoir de la marge, Grace a un petit ricanement.

« Vous seriez surpris par la rapidité de la marée et par la puissance du courant, dit-elle. Même dans quelques centimètres d'eau, on peut facilement perdre pied. »

Ils rebroussent donc chemin. Devant eux, les moutons d'écume qui roulent sur la plage évoquent des oiseaux effarouchés. Le ciel est particulièrement menaçant, on sent que la pluie n'est pas loin mais, au moins, avec le vent désormais dans leur dos, il leur est plus facile de discuter. Becker décide de revenir à la charge.

« Vous disiez que Vanessa se sentait coupable ?

– Oui. Par rapport à Julian.

– Julian ?

– Oui, Julian, répète Grace, agacée. Elle devait estimer qu'elle aurait pu en faire plus pour lui.

– C'est-à-dire ?

– Lui accorder plus de temps, lui donner plus d'argent... Celui-là, de toute façon, il n'y avait que l'argent qui l'intéressait. Cependant, on n'a jamais vraiment abordé le sujet. Et après mon départ, il n'a quasiment plus été question de Julian.

– Mais vous avez fini par revenir ? poursuit-il – et, devant l'air de Grace, il reformule : Je sais bien que vous êtes revenue, mais dans quelles circonstances ? Vanessa avait changé d'avis ?

– Elle avait découvert une grosseur. Elle était terrifiée, alors elle m'a demandé de rentrer. Suppliée, plutôt. »

Ils pressent le pas et marchent en silence vers la maison en regardant le sable gris sous leurs pieds.

Alors qu'ils approchent de l'escalier, Grace trébuche et tombe lourdement sur son genou gauche. Becker s'empresse de lui venir en aide, mais elle le congédie d'un geste d'humeur et se relève seule, le visage rosi par l'effort et le souffle court.

« Qu'est-ce que vous avez d'autre à vous reprocher ? s'agace-t-elle soudain.

– Pardon ?

– Depuis que vous êtes arrivé, vous n'arrêtez pas de me regarder avec des yeux de chien battu. Vous avez reconnu que vous aviez volé la lettre, nous avons parlé de l'article de journal, alors qu'est-ce qu'il y a d'autre ? »

Pour quelqu'un de si peu sociable, Grace est une femme perspicace, songe Becker. Car effectivement, il est préoccupé : tout le temps qu'a duré leur conversation, il n'a pas arrêté de repenser à ce message qu'Helena s'est empressée d'effacer, et les différents scénarios qu'il a échafaudés sont tous plus alarmants les uns que les autres. Mais ce n'est évidemment pas un sujet dont il a l'intention de parler à Grace.

À la place, il lui avoue que le laboratoire chargé d'analyser *Division II* a fini par ouvrir la boîte en verre. Avant que Grace ait pu réagir, il poursuit :

« Les tests n'ont pas encore été effectués, mais on nous a déjà confirmé qu'il s'agissait d'un os d'origine humaine. »

Grace époussette le sable sur ses genoux et ses cuisses et se met à gravir les marches, la main crispée sur la rambarde rouillée.

« Est-ce que je vous ai déjà parlé des loups ? dit-elle sans le regarder.

– Des loups ?

– Pendant des siècles, cette île a fait office de cimetière. Les habitants de la côte venaient inhumer leurs morts ici, pour ne pas que les loups risquent de les déterrer. »

Journal de Vanessa Chapman

Pour qui est-ce que j'écris tout cela ? Pas pour moi-même, j'imagine, ni pour mes souvenirs car, dans ce cas-là, j'écrirais tout, non ? Je ne laisserais rien de côté.

Je pense beaucoup à Douglas, depuis ma rechute. J'ai souvent envie de lui écrire pour tout lui expliquer, mais j'ai l'impression qu'il est trop tard. Pourquoi n'ai-je pas dit la vérité sur le moment ? Comme je n'arrivais pas à m'en souvenir, je me suis replongée dans mes carnets mais je n'ai rien trouvé. Ils ne m'ont été d'aucune aide. Si j'avais la réponse à l'époque (mais l'ai-je jamais eue ?), je l'ai gardée pour moi.

(pourtant dans un sens, ces carnets, c'est moi, non ?)

Ma mémoire n'est pas fiable. Ce n'est pas nouveau – je crois qu'elle n'a jamais été très bonne. Du moins, pas aussi bonne que j'en aurais besoin aujourd'hui. Je ne me souviens pas précisément des événements, de leur enchaînement, de qui a dit quoi à qui et quand.

Des images me reviennent. Je revois mes mains en sang, les éclats de porcelaine blanche éparpillés sur le sol de l'atelier. Les tableaux détruits. Je revois le visage des policiers, ceux qui m'ont dévisagée avec leur air suspicieux et leur moue dubitative, comme s'ils savaient que je leur mentais.

Voilà ce que je pense à présent : avant même que je commence à mentir, il était déjà trop tard pour dire la vérité.

Il était déjà trop tard : il n'y avait plus de sang, il ne restait plus aucune preuve. Alors comment aurais-je pu leur dire à tous (à la police, ou à qui que ce soit), regardez ce qu'il m'a fait ! Il a essayé de me tuer ! (Car je suis bien obligée de croire que c'est ce que Julian a voulu faire. Il devait savoir qu'en voyant ce désastre, je n'aurais d'autre désir que de m'allonger parmi les décombres et me laisser mourir.)

Le temps que je comprenne, il était déjà trop tard. J'étais partie en guerre contre Douglas, contre moi-même, contre Grace aussi, même si elle ne semblait pas s'en rendre compte.

Je ne me souviens pas du moment où j'ai commencé à assembler les pièces du puzzle, du moment où j'ai pris assez de recul pour que tout soit enfin clair, que l'arbre cesse de cacher la forêt, que la peau d'agneau tombe pour révéler le loup. Au fond, peut-être que je l'avais reconnu dès le départ, mais que j'étais trop effrayée pour l'accepter. Trop effrayée ou trop aveuglée par mon amour. Je crois qu'à l'époque, je ne savais pas encore que l'amour pouvait être assassin.

Tout ce que je sais, c'est qu'il était déjà trop tard.
Et à présent, il est trop tard pour en parler.

Comment pourrais-je expliquer à Douglas, aujourd'hui ? J'arrive à peine à me l'expliquer à moi-même.

Je me suis approprié l'horreur et j'ai créé à partir d'elle : j'ai peint. Et désormais, j'ai quelque chose à offrir. Je peux me montrer tendre. Je peux me montrer généreuse. Je peux faire amende honorable auprès de Douglas ; impossible de lui donner les œuvres que je lui avais promises à l'époque, mais je peux lui donner tout ce que j'ai fait depuis. Quant à Grace… je peux me montrer clémente à son égard.

35

Au moment où Grace pénètre dans le couloir de l'entrée, ils l'entendent : un bruit sourd, suivi d'un cri de douleur. Il y a quelqu'un à l'intérieur.

« Mais la porte était fermée à clé ! » s'écrie Grace, et elle fait volte-face, se heurtant à Becker au passage.

Celui-ci, dégoûté par le contact de ce ventre et de ces seins flasques contre son corps, se plaque contre le mur pour la laisser passer.

En panique, Grace se précipite hors de la maison et s'arrête quelques mètres plus loin, au milieu de la pelouse, visiblement terrifiée. Sans un mot, Becker ramasse le fusil et, le brandissant comme une batte, s'avance jusqu'à la cuisine. Personne. Il reste immobile, l'oreille tendue et se retient d'éclater de rire – il doit avoir l'air tellement ridicule ! Il finit par poser l'arme contre une chaise, retire son manteau et le jette sur la table quand soudain... Là ! Il n'a pas rêvé. Il y a bien quelqu'un dans la maison. Il perçoit un frottement étouffé, à présent, trop discret pour des pas ; on dirait qu'on traîne un objet sur le sol.

« Hé, ho ? appelle-t-il en se saisissant à nouveau du fusil. Il y a quelqu'un ? »

Il traverse le salon, jette un œil dans la chambre du fond, mais les deux pièces sont vides. Dans le couloir, il s'immobilise et retient son souffle. Le silence est oppressant. Soudain, un bruit derrière lui le fait sursauter, mais ce n'est que Grace qui vient d'entrer et de refermer la porte. Une fois de plus, il réprime un ricanement : il a l'impression d'être un enfant devant un film d'horreur, il sait qu'il va bientôt sursauter et il est partagé entre l'excitation et l'angoisse.

Grace s'approche et le dévisage, les yeux écarquillés, le teint blême. Becker hausse les épaules et commence à secouer la tête quand un hurlement terrifiant en provenance de la chambre de Vanessa les fait bondir tous les deux. Grace a à peine le temps d'étouffer un cri que Becker se précipite déjà en brandissant le fusil.

Le cœur battant, il ouvre la porte et découvre alors un goéland qui se cogne aux murs en tentant de s'échapper. Son plumage est encore moucheté de brun, signe qu'il s'agit d'un juvénile.

« C'est un oiseau, Grace, appelle Becker en posant le fusil par terre. Juste un oiseau pris au piège. »

Grace passe la tête par l'encadrement de la porte. En voyant la scène, elle pousse un soupir de soulagement et retrouve aussitôt son sang-froid. Il ne lui faut que quelques instants pour sortir un vieux drap du placard, le déployer comme un filet de pêche et le jeter sur l'animal. Becker s'avance pour capturer le volatile mais, surpris par l'énergie avec laquelle la pauvre bête se débat, il relâche aussitôt sa prise.

Grace, elle, se montre moins timide. Elle ramasse le ballot et le plaque contre sa poitrine. Le goéland émet des hurlements à glacer le sang et s'agite dans sa prison de tissu, mais Grace ne se laisse pas émouvoir : elle s'avance vers la fenêtre, se penche à l'extérieur et, écartant les bras tout en tenant fermement un bord du drap, elle libère l'oiseau apeuré.

L'espace de quelques secondes, le goéland titube sur le sol en battant maladroitement des ailes et en glapissant, puis l'instinct reprend le dessus et il finit par s'envoler pour disparaître au-dessus de la maison.

Becker aide Grace à replier le drap. Lorsque leurs regards se croisent, ils éclatent de rire, soulagés. La tension entre eux s'est enfin dissipée.

Grace attrape alors la main de Becker et l'étreint. Surpris, ce dernier résiste de justesse au réflexe de se dégager. Mais lorsqu'il se tourne vers la porte de la chambre, il remarque une toile appuyée contre le mur et se sent envahi par une joie extraordinaire, celle qu'on éprouve lorsqu'on pose pour la première fois les yeux sur quelque chose de beau.

Une brusque inspiration, et il se dégage. Ce qu'il voit est à la fois familier et inconnu. Il est tellement frappé par l'image – le portrait d'une femme tenant une statuette d'oiseau – qu'il lui faut plusieurs secondes pour réaliser ce qui se trouve devant lui.

Grace avec un oiseau.

« *Totem*, finit-il par murmurer.

– Effectivement », acquiesce Grace.

Elle sort de la chambre, le drap à la main. Alors qu'elle s'éloigne, Becker aperçoit à côté du premier tableau un second portrait plus petit, de Grace également. Et derrière, à moitié cachée par la porte, une troisième toile, plus grande et plus sombre. Le cœur battant, il s'avance à pas lents. S'accroupit.

Une peinture noire qu'il n'avait encore jamais vue. Une épaisse couche sombre, sur laquelle on a appliqué au couteau à palette des touches de gris et de violet, ainsi que quelques éclats d'or et de rouge sang. Le centre de la toile baigne dans un cercle lumineux, comme si l'artiste avait voulu braquer une lampe torche sur les personnages. Une première silhouette est prostrée au sol, la tête renversée en arrière ; une seconde est agenouillée auprès de la première et semble lui toucher le cou ; une troisième, en retrait, observe la scène – un soupçon de blanc pour figurer les dents, la suggestion d'un rictus, ou d'un sourire.

En entendant des pas dans le couloir, Becker se redresse et recule. Grace entre dans la pièce et, les lèvres pincées, regarde tour à tour Becker et les trois tableaux alignés contre le mur.

« Bon, commence le conservateur, les bras croisés – et il désigne du menton la première toile. On a donc ici *Totem*. Mais ce petit portrait, comment s'appelle-t-il ?

– *Grace*. Il s'appelle simplement *Grace*. C'est le premier qu'elle a fait de moi. Vous trouverez la date au dos, 1998.

– Est-ce qu'il y en a d'autres ?

– Non, répond Grace en se plaçant à côté de lui. Ces trois tableaux sont tout ce qui reste.

– Je croyais que Julian avait détruit *Totem*, fait remarquer Becker.

– Eh bien… »

Grace le toise avec un air de défi.

« … J'ai menti. Vanessa m'a offert ces portraits, il y a des années. Malheureusement, je n'ai aucune preuve écrite. Je savais que votre fondation ferait tout pour les récupérer, alors j'ai gardé le silence.

– Vous parlez de portraits, mais ce tableau n'en est pas un, observe Becker en désignant la dernière toile.

– C'est pourtant moi, rétorque Grace avec un haussement d'épaules. Moi et, allongé par terre, Stuart.

– Stuart ?

– Le mari de Marguerite. L'homme qui a agressé Vanessa. D'ailleurs c'est elle qu'on voit, en retrait derrière nous. Je comprends que ce n'est pas un portrait au sens formel du terme, mais ça reste une peinture de moi. »

36

Eris, 2009

« Tu as recommencé à peindre ? »

En entrant dans la cuisine ce soir-là, Grace était tombée sur Vanessa, debout devant le fourneau, vêtue d'un jean et d'une chemise constellés de taches de peinture. L'artiste possédait cinq ou six chemises d'homme dans lesquelles elle travaillait, toutes bien trop grandes pour elle mais, à présent, elle nageait complètement dans celle-ci. Grace sentit son cœur se serrer dans sa poitrine : Vanessa ressemblait à une enfant qui joue à se déguiser.

« Oui ! s'exclama gaiement Vanessa. J'ai recommencé ! »

Elle avait une mine épouvantable : les yeux enfoncés, les lèvres trop fines laissant apparaître ses gencives, le teint blafard, presque verdâtre. Cela ne faisait que quelques jours qu'elle était revenue sur Eris, après six semaines de chimiothérapie à Glasgow.

« J'espère que tu n'en fais pas trop, la sermonna Grace.

– Mais non, Gracie, je suis en pleine forme », assura Vanessa en ouvrant les bras.

Grace accepta et son mensonge, et son étreinte. Pourtant, elle tressaillit en touchant les omoplates saillantes de son amie sous sa chemise, comme deux ailes repliées dans son dos. Vanessa posa doucement la tête sur son épaule.

« Tu m'as manqué, murmura-t-elle avant de se redresser. Je n'ai pas la force de manipuler l'argile, mais je suis capable de dessiner et de peindre. Et j'en ai envie.

– Du moment que tu te laisses assez de temps pour te reposer…

– Ça me fait du bien, en plus. Tu sais que je peux devenir très désagréable quand je ne travaille pas, ajouta l'artiste avec un clin d'œil. D'ailleurs, j'ai démarré un projet assez important, quelque chose de très ambitieux. Non, non, tu ne peux pas le voir ! » ajouta-t-elle tandis que Grace levait les sourcils.

Vanessa s'approcha de son amie et, de ses lèvres gercées, lui posa un rapide baiser sur la joue.

« Ce ne sera pas prêt avant au moins quelques semaines. »

Dix-huit mois plus tard, elle emmenait Grace à l'atelier pour lui montrer son œuvre. Sa progression avait été entravée par une grippe qui avait dégénéré en pneumonie, puis par une cheville foulée qui l'avait empêchée de se rendre dans la grange, mais surtout par son état d'esprit, qui passait de jour en jour d'un extrême à l'autre, de l'optimisme délirant au désespoir le plus total.

Ce matin-là, elles se mirent donc à gravir tranquillement la colline. Grace se réjouissait de la bonne humeur de Vanessa, de l'excitation qui émanait d'elle dans ces moments-là, quand elle avait achevé un projet et qu'elle pouvait enfin le dévoiler.

Alors qu'elles atteignaient le haut de la colline, Vanessa agrippa la main de Grace. Elle respirait fort, et Grace entendit un sifflement dans sa poitrine.

« Vanessa ? Tout va bien ? » s'inquiéta-t-elle, mais celle-ci acquiesça en souriant.

Elles entrèrent dans l'atelier d'un même pas.

En apercevant la toile sur le chevalet, Grace eut le souffle coupé. Elle lâcha la main de Vanessa comme si elle venait de se brûler ; elle avait tout de suite compris ce qu'elle avait devant les yeux. Sous une arche au centre du tableau, elle se vit, à genoux, le fil entre les doigts, concentrée sur sa tâche. Elle le vit, lui, qui se débattait, un bras dans son dos pour tenter de la repousser. Et elle vit une silhouette sur le seuil, en arrière-plan, qui observait la scène.

« C'est toi », dit Vanessa.

Grace la dévisagea, horrifiée, rouge de honte, mais son amie souriait.

« C'est nous ! insista-t-elle. Toi, moi, et lui. Ça ne te plaît pas ? »

Elle parlait d'une voix aiguë et légère qui faisait penser à un miaulement de chaton – elle était nerveuse.

Grace s'approcha de la peinture. Les larmes lui piquèrent les yeux et sa vision se brouilla. Soudain, elle se rendit compte que, ce jour-là, Vanessa avait vu son vrai visage, et qu'elle avait compris. Pour autant, elle n'avait pas cessé de l'aimer. Cela faisait si longtemps que Grace craignait que Vanessa découvre un jour les écailles sous sa peau et la prenne pour un monstre, qu'elle la rejette, mais au contraire : Vanessa avait découvert ses écailles et l'avait aimée plus encore.

« On aurait pu le tuer, murmura langoureusement Vanessa. N'est-ce pas ? Depuis un certain temps, j'y pense souvent, tu sais. On aurait pu le tuer, le découper en morceaux et le brûler dans le four à céramique, et personne n'en aurait jamais rien su. »

Elle reprit la main de Grace, et cette dernière sut qu'il y avait là plus que de l'amour : Vanessa et elle étaient très différentes – diamétralement opposées sur certains points –, et pourtant, elles étaient deux âmes sœurs.

« Parfois, reprit Vanessa, je rêve que je fouille dans un tas de cendres, je fouille et fouille et j'y trouve des ossements. »

Enfin, Grace put parler.

« Si tu fais des cauchemars, je peux te donner quelque chose qui les calmera, dit-elle, la voix enrouée par les larmes. Ça t'aidera à dormir.

– Ma Grace, esprit pratique envers et contre tout, s'esclaffa doucement Vanessa. Ma Grace… »

Elle porta la main de son amie à ses lèvres et lui embrassa le bout des doigts un par un.

« Tu veux savoir comment je l'ai appelé ? » demanda-t-elle en attirant Grace vers elle.

Et ensemble, elles firent le tour du chevalet pour que Grace puisse lire le mot écrit à l'arrière du tableau : *Amour.*

37

Lorsqu'il observe à nouveau la peinture noire, *Amour*, Becker y voit *Judith décapitant Holopherne*. Les rouges sont ceux de la cape d'Holopherne et du sang qui jaillit de sa gorge sectionnée. Le doré est celui de la robe de Judith. Une femme s'active, la seconde observe, pendant que la brute meurt. Sauf que Stuart n'est pas mort, lui. À moins que…

« Je refuse de les rendre », dit Grace.

Dans la pénombre du crépuscule, son visage tout en rondeur s'est figé en un masque inflexible.

« Ces trois peintures sont tout ce qui me reste de la vie qu'on a passée ensemble », ajoute-t-elle.

Les mains sur les hanches, Becker pousse un soupir de frustration. Il regarde le tableau – les deux silhouettes au sol, engagées dans une lutte sans merci au milieu de l'obscurité. Il est épuisé. Épuisé et triste. Ces dernières semaines ont été éprouvantes : le passage d'Helena aux urgences, la conversation abominable avec Emmeline, l'interminable trajet en voiture jusqu'à Eris, le message envoyé puis aussitôt effacé par Helena, la promenade face au vent sur la plage, le goéland apeuré, et maintenant… les mensonges de Grace, son entêtement, son désespoir. Becker est à bout de nerfs.

« Une vie qui n'était pas parfaite, peut-être, reprend Grace dans un murmure, mais c'était la nôtre. Ce que Vanessa et moi avons partagé était aussi riche et complexe qu'une histoire d'amour, alors vous aurez beau essayer d'en nier la…

– Je me suis plié en quatre pour vous aider ! » éclate soudain Becker.

Grace a un léger sursaut, mais elle se ressaisit vite.

« Si vous m'aviez parlé de ces "cadeaux" dès le début, on aurait pu éviter le conflit, s'exclame le conservateur. J'aurais pu tenter de convaincre Sebastian de ne pas impliquer ses avocats. Mais maintenant, c'est trop tard, Grace ! Sebastian va engager des poursuites pour récupérer non seulement ces tableaux, mais aussi tous les écrits de Vanessa, même ceux qui n'ont rien à voir avec son patrimoine artistique. Je ne pourrai rien faire pour l'en empêcher, et ce sera votre faute.

– Très bien, rétorque Grace avec défiance. Mais prévenez-le que ce ne sera pas sans conséquences – pour lui comme pour sa mère, d'ailleurs. Si je m'y mets, j'ai de quoi rendre la vie de ces gens infernale, vous pouvez me croire. »

Becker secoue la tête et se poste sur le seuil de la chambre.

« Est-ce qu'il y a autre chose que vous avez à m'avouer avant que je reparte pour Fairburn ? demande-t-il d'un ton las. D'autres "cadeaux" que vous m'auriez cachés, peut-être ?

– Vous me prenez pour une menteuse ! » aboie Grace, et Becker ne peut s'empêcher de ricaner.

Il pivote pour s'éloigner vers le salon, mais il n'a pas fait un pas que Grace lui attrape l'avant-bras.

« Je vous interdis de vous moquer de moi ! s'exclame-t-elle, tremblante de rage, et elle resserre sa prise. Je vous l'interdis !

– Je ne me moque pas de vous, Grace, dit Becker d'une voix douce – avec elle, il a parfois l'impression de s'adresser à un enfant. Mais vous venez de reconnaître que vous m'aviez menti, alors vous ne pouvez pas m'en vouloir d'avoir des doutes sur le reste de nos échanges. »

À contrecœur, Grace le lâche.

« Le véritable totem de Vanessa, c'était moi, déclare-t-elle d'une voix noyée par les larmes. Sans moi, elle aurait couru à la catastrophe. Stuart Cummins l'aurait tuée. Et Julian aurait détruit sa vie, il l'aurait entraînée dans son tourbillon de dettes et de débauche – croyez-moi, il a essayé ! Non, si Vanessa s'en est sortie, c'est uniquement grâce à moi. Je l'ai sauvée, je l'ai protégée, je me suis occupée d'elle, j'ai pris tous les risques pour elle – j'aurais pu être radiée, jetée en prison ! Vous pouvez essayer tant que vous voudrez de m'effacer de son histoire, vous n'y arriverez pas. J'en ferai toujours partie. Je sais des choses au sujet de Vanessa que vous ne comprendrez jamais. Vous n'avez aucun droit sur elle ! Elle était à moi. »

38

La tempête s'est levée plus tôt que prévu ; d'après Grace, elle ne devait atteindre les côtes que dans la nuit de dimanche à lundi, voire lundi dans la matinée, pourtant ce samedi soir, une pluie torrentielle crépite déjà contre les carreaux. Le vent impétueux hurle dans les arbres. Malgré la distance, Becker peut entendre les vagues se briser contre le mur du port dans un fracas digne d'un bombardement.

Grace s'est enfermée dans la chambre de Vanessa avec les tableaux. Becker a brièvement essayé de la raisonner, mais elle a refusé de lui parler et, après quelques minutes, il l'a entendue discuter au téléphone. Avec son avocat, peut-être ?

À présent, il se remplit un verre d'eau au robinet de la cuisine et consulte le calendrier des marées punaisé au mur. Normalement, il devrait pouvoir regagner le continent vers 22 h 30 mais, avec ce déluge, qui sait ? Va-t-il devoir passer la nuit ici ? L'idée le terrifie.

Il porte le verre à ses lèvres ; l'eau a un goût saumâtre. Peut-être est-ce dû au contact du sel, mais il a une soudaine envie de sucré. Il se prépare donc un thé et verse plusieurs généreuses cuillerées de sucre brun dans la tasse. Sur le plan de travail, il déniche une boîte contenant des biscuits ; il en prend un et s'approche de la fenêtre. Dehors, l'obscurité est totale – on ne voit même pas les lumières du village – et les mugissements de la mer sont assourdissants.

On ne voit pas toujours ce qu'on a sous les yeux.

Il se remémore sa conversation avec Lady Emmeline. Il pense à Sebastian, à son sourire charmeur. *Comment va notre chère Lena ?* Notre Lena. Se pourrait-il qu'Emmeline ait raison ? Se pourrait-il qu'aveuglé par l'amour et par la culpabilité qu'il éprouve vis-à-vis du début de leur histoire, Becker n'ait pas vu ce qui se jouait sous son nez ? Si ça se trouve, il s'est complètement trompé sur le compte de Sebastian. Ce qu'il a pris pour du stoïcisme, pour du flegme, n'était peut-être qu'un leurre destiné à mieux le piéger sur le long terme.

Mais qu'en est-il d'Helena ? Il ne peut pas s'être trompé sur son compte à elle, si ? Becker sent son cœur s'emballer une fois de plus et il consulte son téléphone – aucun appel en absence, aucun nouveau message. Il hésite, tergiverse, puis finit par l'appeler. À chaque sonnerie, le nœud dans son estomac se resserre un peu plus. Il s'inflige cette torture pendant une longue minute avant de raccrocher.

Il lui faut absolument une cigarette. Il s'en roule une, puis une seconde, au cas où. Au moment de sortir de la cuisine, il note que la clé du cadenas de l'atelier est pendue à un crochet à côté de la porte. Il la glisse dans sa poche. Dehors, il se réfugie dans un coin de la cour pour allumer sa cigarette mais, même à cet endroit qui est probablement le plus abrité de toute l'île, le vent est trop fort. Après quelques essais infructueux, il finit par abandonner, retraverse la cour et, la tête rentrée dans les épaules, gravit le sentier qui mène à l'atelier.

À l'intérieur, presque tout a été débarrassé, à l'exception de quelques cartons sur la table à tréteaux et d'un petit couteau de sculpteur sur une étagère, au fond de la pièce. Il glisse l'outil dans sa poche et ramasse les cartons pour les descendre à la maison. Il espère que Grace est en train de l'observer par la fenêtre – il est dans un tel état de frustration qu'il rêve d'une confrontation. De toute façon, elle ne pourra pas l'empêcher de prendre ce qu'il veut, elle n'a pas la force qu'il faudrait pour s'opposer à lui – bien que Becker ait toujours mal à l'avant-bras, là où Grace l'a attrapé un peu plus tôt dans la soirée. Pour une femme qui n'est à l'évidence pas au sommet de sa forme, elle a une sacrée poigne.

De retour dans la cuisine, il dépose son butin sur la table et s'immobilise quelques instants, l'oreille tendue. Il n'y a rien d'autre que le bruit du vent, les cris des goélands, et le fracas des vagues contre les rochers. Il essaie à nouveau d'appeler Helena, mais le WiFi ne semble plus fonctionner – la faute à la tempête, peut-être ? Peu importe, songe-t-il, il sera sur la route d'ici quelques heures. Une projection optimiste, vu la météo, mais il est déterminé. De toute façon, ce n'est plus le moment de tergiverser : il va charger la voiture afin d'être prêt à partir dès qu'il sera possible de traverser. Il se rappelle alors qu'il s'est garé au niveau de la chaîne. Hors de question de descendre l'escalier avec les cartons par un temps pareil, il va devoir remonter la voiture jusqu'à la cour. Mais, lorsqu'il fouille les poches de son manteau à la recherche de ses clés, il se rend compte qu'elles n'y sont pas.

Qu'a-t-il bien pu en faire ?

39

La tempête s'est levée pile au moment prévu.

Grace n'a pas été très honnête sur la météo parce qu'elle savait que Becker ne voudrait pas se retrouver coincé ici, mais elle tenait à ce qu'il soit là pour la tempête, elle voulait qu'il voie l'île d'Eris dans son élément, à son plus grandiose : les bourrasques qui inondent les vitres de pluie et d'écume, les rafales qui menacent d'arracher les arbres, la maison entière qui s'accroche à la terre en gémissant.

Elle s'imaginait qu'ils traverseraient cette terrible nuit ensemble – c'est le genre d'épreuve qui crée des liens. Hélas, le destin en a décidé autrement.

Elle n'aurait pas dû le laisser voir les tableaux. Cela faisait un certain temps qu'elle voulait les lui montrer, car ils sont le symbole éclatant de la profondeur de sa relation avec Vanessa, la preuve irréfutable qu'elle n'a été ni une figurante, ni un second rôle dans la vie de l'artiste. Pour qui souhaite comprendre Vanessa, il est nécessaire de tenir compte de Grace.

Mais elle aurait dû mieux baliser le terrain, elle aurait dû préparer Becker à l'éventualité qu'elle détienne encore quelques œuvres. Au final, elle a été dépassée par les événements – elle n'aurait pas pu anticiper le goéland, elle n'aurait pas pu deviner que Becker ferait ainsi irruption dans la chambre de Vanessa.

À présent, elle s'approche de la porte et y appuie la joue. La maison émet des grognements et des craquements face au vent, mais Grace parvient à entendre Becker qui s'agite dans la pièce voisine. Un coup d'œil vers la table de nuit – quand elle a emporté le drap souillé par l'oiseau dans la cuisine pour le mettre à la machine, elle en a profité pour subtiliser les clés de voiture du conservateur, et les a glissées dans le tiroir de la table de chevet. Dès le moment où il a vu les peintures, elle s'est douté qu'une dispute risquait d'éclater entre eux, et elle ne voulait pas lui laisser l'option de s'en aller sans avoir d'abord résolu le problème. Et maintenant qu'elle en a fini avec le coup de téléphone qu'elle devait passer, elle débranche la box Internet.

Lumières éteintes, elle se réfugie dans le lit de Vanessa et remonte les couvertures sous son menton. Elle se délecte des sons de la tempête qui enfle peu à peu, et du réconfort de se savoir à l'abri, au chaud, au sec. Et, surtout, du réconfort de n'être pas seule.

Dans l'obscurité, elle distingue la silhouette pâle de son propre corps dans *Totem*, la forme de ses épaules, sa main en coupe. Qu'est-il advenu du petit oiseau ? Elle ne l'a pas vu depuis une éternité. Dans le débarras, peut-être ?

Quand Vanessa a réalisé *Totem*, elle était dans une phase de sculpture : elle taillait le bois, elle s'essayait à la pierre. Depuis la maison, on entendait le marteau chanter chaque fois qu'il frappait le burin, comme un son de cloche, régulier.

Le petit oiseau peut aussi être quelque part dans le salon, dans un des placards – ils sont remplis de bric-à-brac, de maquettes, de coquillages, de cailloux ramassés sur la plage, de cuillères en bois faites main, de babioles que Vanessa dénichait un peu partout.

Dans *Totem*, Grace retient le volatile dans sa main ; aujourd'hui, le goéland s'est débattu, a réclamé sa liberté : peut-être qu'il s'agit d'un bon présage. Non, ne dit-on pas qu'un oiseau dans la maison est annonciateur de mort ? Mais qui est ce « on », après tout ? Les faibles d'esprit, englués dans les superstitions ?

Il est vrai qu'il est troublant de voir une bête sauvage prise au piège chez soi. Et avec quelle férocité l'animal se démène pour s'échapper ! Quel formidable instinct de survie ! On peut trouver une violence similaire chez les gens désespérés.

40

Eris, été 2002

Il pleuvait depuis des semaines mais, ce matin-là, le soleil brillait.

Grace prenait son petit déjeuner dans la cuisine en lisant le journal quand Vanessa entra, toute rouge, un sourire timide aux lèvres.

« J'ai quelque chose à te montrer », annonça-t-elle avant de prendre la main de Grace entre ses doigts tremblants.

Contre un mur de l'atelier était appuyé le portrait de Grace tenant l'oiseau de bois. Vanessa y travaillait depuis qu'il avait commencé à pleuvoir.

« Je l'ai appelé *Totem*, déclara l'artiste, qui s'interrompit pour prendre une grande inspiration. Alors, qu'est-ce que tu en penses ? Il te plaît ? »

Grace déglutit. Elle se rendit compte avec embarras qu'elle était émue aux larmes.

« Oui, répondit-elle, et elle dut toussoter pour faire disparaître la boule dans sa gorge. Oui, beaucoup. »

Dans ce tableau, elle n'est pas belle – elle ne pourrait jamais l'être –, mais elle est majestueuse. Assise à la table de la cuisine, elle a reculé sa chaise juste assez pour qu'on puisse voir qu'elle tient une petite sculpture sur ses genoux. Derrière elle, dans la lumière douce et chaleureuse de l'après-midi, le mur a la couleur du papier jaunissant et, vêtue d'un chemisier bleu passé, Grace semble d'une noblesse infinie et d'une décontraction absolue. Elle ignorait qu'elle pouvait dégager une telle sérénité.

Vanessa glissa les bras autour de la taille de son amie et l'étreignit.

« Tant mieux. Je suis très satisfaite du résultat, mais je sais ce que c'est que de poser pour un portrait, de s'attendre à quelque chose de précis et de découvrir la toile terminée... Ce n'est pas simple du tout, comme exercice, conclut-elle avant de la serrer contre elle. Grace... Tu pleures ? Mais oui ! Oh, Grace... »

Ces derniers temps flottait entre elles une gêne tacite ; toutes deux en connaissaient l'origine, mais aucune n'osait aborder le sujet. Soudain, Vanessa se décida.

« Ça ne t'embête pas, j'espère ? reprit-elle. De ne pas venir au vernissage ? Ça me ferait vraiment plaisir que tu sois là mais... On vit dans deux mondes différents, n'est-ce pas ? Et ces mondanités sont toujours tellement stressantes. Je suis si nerveuse que j'ai l'impression de jouer un rôle, de ne pas être moi-même. Chaque fois, je passe la soirée à serrer des mains et à... à me vendre. Tu ne connaîtras personne, et je ne pourrai même pas m'occuper de toi. J'aurais trop peur que tu ne passes pas un bon moment...

– Ça ne m'embête pas », mentit Grace.

Elle n'en avait pas parlé à Vanessa parce qu'elle commençait à se douter qu'elle ne serait pas invitée, mais elle avait déjà choisi une tenue pour l'événement, elle s'était renseignée sur le prix des chambres dans les hôtels trois étoiles, elle avait même réfléchi aux endroits où elles pourraient aller dîner avant l'ouverture de l'exposition.

« Je comprends très bien, ajouta-t-elle. Je viendrai la semaine d'après, ce sera plus calme. On passera un bon moment et on en profitera pour aller au restaurant. »

Grace se tut, le temps de ravaler sa déception, de l'enfouir profondément. Elle était déterminée à ne pas gâcher ce moment entre elles.

« C'est tellement bizarre, lâcha-t-elle enfin, de se dire que ce portrait va être installé dans une galerie chic, que des gens vont venir l'admirer, et que quelqu'un pourra l'acheter pour l'accrocher chez lui. Ma tête va se retrouver sur le mur d'un inconnu !

– Et tu y seras magnifique ! » approuva Vanessa avec un grand sourire.

Elle lâcha Grace et recula d'un pas pour mieux examiner son œuvre.

« Ah, j'aimerais tant pouvoir le garder à la maison... Et pouvoir te l'offrir. Malheureusement, on a besoin d'argent, s'esclaffa-t-elle. Tu sais quoi ? Je ne peux peut-être pas te donner ton portrait, mais je peux te donner... ceci. »

Vanessa se retourna pour attraper le petit oiseau de bois sur la table à tréteaux, et le lui présenta comme une offrande.

« Ouh là, s'exclama Grace avec une moue taquine, quel honneur vous me faites ! J'ai soudain l'impression d'être quelqu'un d'important ! »

Et elle pressa la sculpture contre sa poitrine. Puis brusquement, elle rougit.

« C'est un lien entre nous, non ? Ce tableau ? Il nous unit.

– Exactement, confirma Vanessa en lui reprenant la main. Quoi qu'il arrive, il nous restera toujours ce moment, celui où j'ai pris mon pinceau pour t'immortaliser sur la toile. Toujours. »

Julian arriva le lendemain.

La semaine suivante, le jeudi – après la dispute entre Vanessa et Julian, après sa traversée du village en voiture alors qu'elle était ivre, après sa dispute avec Grace –, Vanessa quitta la maison de Grace tôt le matin pour retourner sur l'île récupérer les plus petits tableaux, et elle prit la route de Glasgow. Un peu plus tard, quand Grace arriva à son cabinet, elle trouva la salle d'attente pleine à craquer. Un virus circulait dans la région et la moitié des enfants du village l'avaient contracté. Bref, ce ne fut qu'à 14 h 30 qu'elle put enfin s'éclipser pour prendre sa pause-déjeuner. Fidèle à son habitude, elle se réfugia sur le banc qui surplombait le port. De là, elle vit bientôt la voiture rouge de Julian remonter à toute allure la chaussée submersible en direction du continent, faisant voler l'écume sur son passage. Le véhicule s'engagea sur la colline, traversa le village sans ralentir et Grace songea : « Enfin, il s'en va ! »

Ce soir-là, ses consultations terminées, elle se rendit sur l'île. Elle sortit une paire de gants en caoutchouc et des produits ménagers de sous l'évier et s'attela à récurer la maison du sol au plafond afin de faire disparaître toute trace de lui. Méthodique, elle passa de pièce en pièce : d'abord la cuisine, qui était dans un état déplorable (des assiettes et des verres sales partout, des cendriers débordant sur le plan de travail, des poêles encore tachées de nourriture séchée), puis le salon et la salle de bains, pour finir par la chambre de Vanessa. Elle défit le lit, réprimant un frisson de dégoût en y trouvant un préservatif usagé. Elle lança une machine et s'apprêtait à remettre des draps propres quand elle aperçut le petit mot de Vanessa, tombé entre le lit et la table de chevet.

J, ça ne peut pas continuer comme ça, on tourne en rond, toi et moi !

Je serai de retour ce week-end, il faudra que tu sois parti. Je n'ai plus d'économies, je n'ai plus rien.

On s'est aimés, on s'est haïs, et maintenant, on a le droit d'être libres. De ne plus être enchaînés l'un à l'autre.

N'est-ce pas merveilleux ?

À présent, tu dois trouver ta voie.

Avec tout mon amour,
Nessa

Au fil de sa lecture, Grace sentit un sourire s'étaler sur son visage. *On a le droit de ne plus être enchaînés l'un à l'autre.* Alléluia ! Elle aurait voulu sauter de joie. Vanessa l'avait chassé. Il ne reviendrait plus dans sa vie, ni dans celle de Grace. Il était banni.

Sur le tabouret devant la coiffeuse, elle aperçut alors un portefeuille noir. Elle en examina le contenu : quatre cartes de crédit (pas étonnant que cet homme soit criblé de dettes), cinquante livres en liquide et une photographie de Julian en compagnie d'une femme qui n'était pas Vanessa. Celia Gray, peut-être ? Sur le cliché, il avait l'air très heureux. Grace glissa l'objet dans le tiroir de la table de chevet – il faudrait qu'elle dise à Vanessa de le renvoyer à son propriétaire – puis se ravisa. Pourquoi se donner du mal pour un con pareil ? Elle reprit le portefeuille, empocha les billets, traversa la pièce et le lança par la fenêtre aussi loin qu'elle le put. Il plongea dans la mer.

Il devait être près de 20 heures quand Grace acheva son grand ménage. Elle attrapa la clé de l'atelier dans la cuisine et sortit. C'était une soirée magnifique. Des nuages couleur pêche faisaient la course dans le ciel et l'air embaumait le parfum de noix de coco des ajoncs. En atteignant la grange, Grace aperçut un autre petit mot, coincé dans l'arceau du cadenas. Elle le récupéra et le glissa dans sa poche, avec les billets, puis elle ouvrit et poussa la cloison sur son rail pour laisser entrer la douce lumière du soir dans la bâtisse.

Tout semblait en ordre. Contre le mur côté sud reposaient plusieurs toiles assez volumineuses, et les poteries sélectionnées pour l'exposition étaient alignées sur la table à tréteaux au centre de la pièce, avec un énorme rouleau de papier bulles et deux rouleaux de Scotch, prêtes à être emballées.

Grace ressortit alors la missive trouvée dehors.

Allez, Nessa, tu as gagné, je te laisse tranquille.

Mais je m'inquiète pour toi. Je ne veux pas que tu restes enfermée ici, loin de tout. Tes œuvres sont magnifiques, mais toi aussi.

Eris est un refuge merveilleux, n'en fais pas ton univers. Reviens parmi les vivants ! Tu ne vas pas te cacher éternellement ici, à déprimer avec cette vieille Boule de suif, tu vas devenir folle !

J'étais sérieux pour le Maroc : Izzy loue un riad à Marrakech d'octobre à novembre, il y aura des tonnes de chambres et je promets de ne pas venir te déranger (sauf si tu insistes).

Personne ne te dérangera, d'ailleurs ! Tu pourras travailler, t'amuser, aller marcher dans le désert et regarder les étoiles.

Peindre les étoiles !

Réfléchis-y.

On se voit à ton vernissage !

Avec tout mon amour, pour toujours,

J

Avant même d'avoir conscience de son geste, Grace attrapa un vase au col évasé posé à sa droite et, une seconde plus tard, l'objet explosait contre le mur. Le son des éclats de fine porcelaine ruisselant au sol lui parut une douce musique.

Le vernissage... Julian était invité au vernissage ? Alors qu'elle-même avait la consigne de rester chez elle, sous prétexte qu'elle ne s'amuserait pas dans cet environnement, sous prétexte que Vanessa ne pourrait pas « s'occuper d'elle » ?

Et cette histoire de Maroc, avec Izzy ? Izzy ! Non, il faudrait lui passer sur le corps. Une assiette creuse, au poids idéal et au vernis bleu glace, s'envola à son tour.

« Mais qu'est-ce que vous foutez ? »

Grace poussa un cri d'effroi ; en se retournant, elle bouscula la table et une autre poterie se brisa au sol.

Julian se tenait sur le seuil, les bras croisés, un rictus aux lèvres.

« Boule de suif ? Qu'est-ce que vous fabriquez, au juste ? »

Le sol parut soudain instable sous les pieds de Grace.

« Qu'est-ce que vous faites là ? répondit-elle en se redressant. Vanessa vous a dit de partir.

– Je sais, et c'est ce que j'ai fait. Sauf qu'au niveau du Loch Ness, j'ai voulu prendre de l'essence à une station et je me suis rendu compte que j'avais laissé mon portefeuille ici. Mon téléphone n'avait plus de batterie et j'avais juste assez sur moi pour faire le plein, alors j'ai décidé de faire demi-tour. Mais j'ai aussi calculé que le temps d'arriver, ce serait marée haute et que je serais coincé au port. Quel endroit de merde ! s'esclaffa-t-il. Je ne sais pas comment vous supportez ça. Bref, j'ai fait une sieste dans ma voiture, puis je suis revenu jusqu'ici. Vous l'avez vu ? »

Il s'approcha d'elle, s'accroupit pour ramasser un éclat de porcelaine de la taille d'une soucoupe.

« Mon portefeuille ? précisa-t-il.

– Non, fit Grace. Et je viens de nettoyer toute la maison, alors vous avez dû l'oublier ailleurs. »

Julian posa le morceau de céramique sur la table.

« Non, je ne pense pas », dit-il doucement.

Il fit un pas de plus vers Grace et l'attrapa soudain par le poignet. Quand elle voulut se dégager, il la retint plus fermement.

« Alors, qu'est-ce qui se passe ici, Boule de suif ? Pourquoi vous vous amusez à bousiller les affaires de Nessa ? »

Le cœur de Grace tambourinait douloureusement dans sa poitrine. Elle essaya à nouveau de repousser Julian, en vain.

« Je n'ai rien bousillé, c'était un accident, vous l'avez bien vu ! Vous m'avez fait peur et j'ai bousculé la table…

– C'était peut-être un accident pour celle-là, répliqua Julian en continuant de lui écraser le poignet entre ses doigts, mais ce n'en était pas un la première fois. Et d'ailleurs… »

Ses yeux se posèrent sur les fragments de poterie au sol.

« … était-ce la première fois, ou la seconde ? Bon sang, mais combien de pièces vous avez fracassées, dites-moi ? »

Grace commençait à paniquer ; sa vision se rétrécissait, comme si elle entrait dans un tunnel.

« Je n'ai pas fait exprès… »

Horrifiée, elle sentit qu'elle allait se mettre à pleurer – elle ne pourrait pas supporter l'humiliation de fondre en larmes devant ce type.

« Qu'est-ce qui vous arrive ? demanda Julian, doucereux. Pourquoi vous avez piqué votre petite colère ? »

L'air interrogateur, il examina l'atelier jusqu'à tomber sur la feuille encore entre les mains de Grace.

« Ah, je comprends mieux... La pauvre Grace se sent délaissée, c'est ça ? railla-t-il en feignant une moue triste. Elle n'approuve pas mes projets de vacances ? Est-ce que Nessa vous a dit qu'elle m'accompagnait à Venise pour son anniversaire ? On s'est dit qu'on pourrait réserver une chambre au Cipriani, comme pour notre lune de miel. Cette fois, on essaiera peut-être de voir à quoi ressemble la ville... Ou alors on passera la journée à baiser à l'hôtel.

– Certainement pas, elle ne ferait pas une chose pareille, elle... Lâchez-moi ! s'écria-t-elle, mais Julian resserra sa prise.

– Vous voyez, il y a une chose à savoir au sujet de Nessa. Elle aura beau essayer, elle ne se résoudra jamais à se priver de ce plaisir... »

Il s'humecta les lèvres et regarda Grace, les yeux mi-clos.

« Quoi qu'il arrive, elle finit toujours par s'ouvrir à moi, conclut-il avant d'étouffer un rire. En parlant de ça, je nous ai réservé une chambre pour le soir du vernissage, histoire de fêter son succès comme il se doit. Quel dommage que vous ne veniez pas ! Je pense qu'elle s'en sent sincèrement coupable, d'ailleurs, mais elle ne pouvait pas se résoudre à vous voir débarquer dans son monde, mal attifée dans un tailleur-pantalon à vomir au milieu de cette galerie chic... Une faute de goût sur pattes. »

Les larmes se mirent à rouler sur les joues de Grace. C'était trop pour elle : l'odeur entêtante de l'après-rasage de Julian – le même qu'elle avait humé sur les draps de Vanessa –, son haleine qui empestait le tabac, son rictus moqueur. Elle réussit à le repousser brutalement et voulut s'enfuir, mais ses genoux tremblants la trahirent et elle dut se rattraper à une des grandes toiles appuyées contre le mur.

« Faites attention à ne pas causer plus de dégâts ! s'esclaffa Julian. Vous saviez qu'un jour, j'ai vendu une de ses œuvres sans son autorisation ? Elle vous en a parlé ? J'étais complètement fauché et j'avais besoin d'argent très vite, alors j'ai refourgué une de ses peintures. Et j'en ai tiré un bon prix, hein, mais après ça, elle ne m'a pas adressé la parole pendant des mois ! »

Sans plus la regarder, il se dirigea lentement vers la sortie.

« Je n'ose même pas imaginer sa réaction quand elle découvrira ce chantier. À mon avis, ça signera la fin de votre petite idylle. Vous pouvez dire adieu au paradis. »

Il y eut alors un moment où tout se figea. Les mouettes se turent, le vent tomba, et Julian s'immobilisa sur le seuil, sa silhouette se découpant sur un horizon de mer scintillante. Puis le soleil se glissa derrière un nuage et les couleurs disparurent, laissant derrière elles un monde en nuances de gris ; Grace avait dû faire un bruit – peut-être qu'elle avait respiré un peu fort ou marché sur un fragment de céramique – car Julian tourna légèrement la tête, juste assez pour qu'elle voie la stupeur s'afficher sur son visage au moment où elle brandissait le marteau de sculpteur pour l'abattre sur sa tempe.

41

Becker est debout avant le lever du soleil. Il se sert un café et sort de la maison avec sa tasse, pour découvrir un monde limpide, parfaitement nettoyé. La tempête est finie ; l'air est frais, chargé de sel. Becker s'installe sur le banc en bois qui fait face au continent et là, pendant une demi-heure, il admire en silence le ciel au-dessus des collines à l'est qui passe d'un orange flamboyant à un jaune foncé. À un moment, il se retourne et constate que la maison semble briller de mille feux – les rayons du soleil matinal se reflètent sur les fenêtres de la cuisine. C'est marée haute, la surface de l'eau s'est parée de lueurs dorées mais, peu à peu, les couleurs s'estompent et les derniers nuages se désagrègent, laissant place à un ciel d'un bleu azur.

Il a tout juste terminé son café quand il entend la porte d'entrée. Quelques instants plus tard, Grace apparaît, la cafetière à la main. Elle s'approche et, sans un mot, remplit sa tasse avant de s'asseoir à côté de lui.

« Sacrée tempête, commente-t-elle enfin, et elle lui jette un rapide coup d'œil avant de se concentrer sur la mer. Vous avez réussi à fermer l'œil, cette nuit ?

– J'ai bien dormi, merci, répond-il un peu sèchement, avant d'ajouter, sans la regarder : Vous n'auriez pas vu mes clés de voiture, par hasard ? Je ne sais pas ce que j'en ai fait.

– Non, ça ne me dit rien… Elles sont peut-être tombées dans la chambre de Vanessa quand on a capturé le goéland. J'irai vérifier tout à l'heure, peut-être qu'elles ont glissé sous le lit. »

Elle marque une pause et Becker sent qu'elle lui lance des regards à la dérobée.

« Est-ce que ça vous dirait de monter au rocher, aujourd'hui ? finit-elle par demander.

– Je n'aurai pas le temps. Il faut encore que je charge la voiture, et je…

– Oh, c'est dommage, l'interrompt-elle. Pour une fois que la météo s'y prête… »

Becker consulte sa montre.

« Vous ne pourrez pas traverser avant plusieurs heures, ajoute Grace. J'ai l'impression que l'Internet n'est toujours pas rétabli, mais si vous voulez passer un coup de téléphone, vous trouverez peut-être un peu de réseau en allant du côté de la forêt. Souvent, ça capte, là-haut… »

Becker grimace. Il répugne à le reconnaître, mais Grace a raison : il est coincé sur l'île pendant encore un bout de temps, et il y a de grandes chances qu'il n'ait pas l'occasion d'y revenir de sitôt. Et puis, il a très envie de prendre en photo les endroits où Vanessa aimait poser son chevalet. Et il a aussi très envie de parler à Helena.

Il se tourne vers Grace, qui lui sourit timidement en attendant sa décision. L'espace d'un instant, il la revoit telle que la première fois qu'il l'a rencontrée : une vieille femme, seule et effrayée. Il pense à l'acharnement dont il a fait preuve pour retrouver le petit tableau auquel sa mère tenait tant et il se radoucit – qu'a-t-il à reprocher à Grace, au juste ? Comme lui, elle refuse simplement d'abandonner les rares souvenirs qui lui restent d'une personne qu'elle aimait plus que tout.

« Je ne serais pas contre admirer la vue depuis le sommet du rocher, cède-t-il.

– Ah, parfait ! s'exclame Grace, soulagée. On peut faire une petite promenade, si vous voulez. Passer par la falaise, ajoute-t-elle en désignant un point sur la côte sud de l'île, légèrement à l'ouest de la maison. C'est là-bas que Vanessa a peint *Sud* et *Obscurité*. Vous verrez, le panorama est extraordinaire ! »

Après une tasse de café supplémentaire et quelques tranches de pain grillé, ils entament leur promenade. Ils marchent d'un pas tranquille, Grace s'arrêtant régulièrement pour jouer les guides touristiques : voici la crique où Vanessa adorait prendre le soleil, voilà l'endroit où Douglas Lennox s'est battu un jour avec un des amants de Vanessa, et tenez, ici, ce sont les vestiges d'une ancienne habitation…

L'ascension est raide, mais régulière. Soudain, au détour d'un fourré d'ajoncs, Becker découvre une clairière qui semble avoir été conçue pour accueillir un chevalet : un sol plan, un espace protégé du vent par des buissons, et une vue à cent quatre-vingts degrés sur la mer et les îles au sud d'Eris.

Grace a pris un peu de retard dans la montée, si bien que Becker dispose de quelques instants pour profiter seul du lieu. Et là, bercé par le cri des mouettes et le bruit des vagues qui se brisent sur les rochers en contrebas, il retrouve la même sensation que la veille au soir, lorsqu'il a aperçu par hasard *Totem* dans la chambre de Vanessa : il est euphorique, il est heureux, et il a l'impression de découvrir quelque chose qu'il a toujours connu. Il n'a jamais mis les pieds dans cet endroit, et pourtant il l'a déjà vu des centaines de fois, au lever et au coucher du soleil, en été et en hiver, sous un ciel bleu comme aujourd'hui et sous un ciel gris et lourd de menaces.

« Ne vous approchez pas du bord, surtout », l'avertit Grace, qui vient de le rejoindre.

Elle a du mal à reprendre son souffle et son visage rougi par l'effort est luisant de transpiration. Pendant quelques minutes, elle regarde Becker prendre des photos et, même si elle ne dit rien, il perçoit la tension qu'elle irradie tandis qu'elle scrute ses moindres mouvements.

Lorsque Becker a terminé d'immortaliser la clairière sous tous les angles possibles, ils redescendent du promontoire avant d'emprunter sur la gauche un chemin creux qui grimpe de manière régulière entre un talus assez raide d'un côté et la lisière de la forêt de l'autre.

« Certains des sapins ici ont plus de deux cents ans, lui apprend Grace. Il en reste peut-être même d'encore plus vieux, mais la majorité d'entre eux est tombée lors des grandes tempêtes qu'on a eues dans les années 1990. »

Au bout d'environ un quart d'heure d'ascension, le portable de Becker se met à vibrer de manière répétée. Du réseau, enfin ! Il a reçu des messages, raté plusieurs appels. Il se retourne et, constatant qu'il a deux ou trois cents mètres d'avance sur Grace, décide d'en profiter pour appeler Helena. Il prend une profonde inspiration, compose le numéro et… pousse un juron de frustration lorsqu'il tombe directement sur le répondeur. Il raccroche et consulte ses messages vocaux.

Le premier remonte à la veille au soir.

« *Beck, mon chéri*, commence Helena d'une voix légèrement tremblante, *il faut vraiment que je te parle. Est-ce que tu peux me rappeler ?* »

La gorge nouée, Becker essaie à nouveau d'appeler sa femme, sans plus de succès – soit elle est déjà en communication, soit son téléphone est éteint.

Il écoute le message suivant, reçu quelques heures plus tôt, au petit matin.

« *Coucou…* »

La voix d'Helena est douce, à présent, presque un murmure – la même voix qu'elle utilise quand elle doit annoncer une mauvaise nouvelle à sa sœur ou lui dire quelque chose qu'elle n'a pas envie d'entendre.

« *… j'ai essayé de t'appeler par WhatsApp mais je n'arrive pas à te joindre et j'ai l'impression que tu n'as pas non plus reçu les messages que je t'ai envoyés. Écoute, il s'est passé quelque chose…* »

Le cœur de Becker se fige.

« *… Je te rassure, je vais bien, le bébé va bien. Non, c'est Emmeline.* »

Pas de quoi paniquer, donc.

«… Elle est tombée, on ne sait pas encore précisément ce qui s'est passé – peut-être un AVC, ou bien une crise cardiaque…»

La bonne nouvelle!

«… Sebastian n'était pas sur place quand c'est arrivé, il était… On était ensemble à la maison, il était venu discuter…»

L'enthousiasme retombe.

«… On est à l'hôpital de Berwick. Les médecins pensent que l'élément déclencheur a été une visite de la police. Des inspecteurs se sont présentés dans la soirée au domaine pour poser des questions à Emmeline au sujet de Douglas. Apparemment, ils ont reçu un appel anonyme leur assurant que ce n'était pas Graham Bryant qui avait tiré. Seb a l'air de penser que la police ne prend pas cette allégation au sérieux, mais bon… Appelle-moi dès que tu auras ce message, d'accord? Sans faute?»

Rares sont ceux à Fairburn qui connaissent la vérité sur la mort de Douglas; ils se comptent même sur les doigts d'une main. Cependant, aux yeux de Becker, il n'y a qu'une seule personne qui peut être l'autrice de cet appel anonyme, et elle se trouve à quelques dizaines de mètres derrière lui, progressant difficilement sur le sentier.

J'ai de quoi rendre la vie de ces gens infernale, a-t-elle dit la veille.

«Vous avez téléphoné à la police! s'écrie-t-il lorsque Grace arrive à portée de voix, et la résidente de l'île s'arrête sur le bord du sentier, les mains sur les genoux, essoufflée. C'est ça que vous faisiez hier soir dans la chambre de Vanessa, pas vrai? Vous avez appelé les enquêteurs pour leur parler d'Emmeline Lennox?»

Grace se redresse. Elle a les joues rouges, mais c'est uniquement à cause de l'effort; l'expression qu'elle arbore n'est que pure insolence.

«Je vous l'ai dit, je ne crois pas à la thèse de l'accident, lâche-t-elle.

– Bon Dieu! s'exclame Becker, les poings serrés. Vous vous rendez compte de ce que vous avez fait?

– Ce que vous n'avez pas eu le cran de faire, rétorque-t-elle, le menton relevé en signe de défi. Douglas était une crapule, ce n'est pas pour autant qu'il méritait d'être assassiné. »

Trop en colère pour répondre, Becker repart.

« Je vous ai rendu service, insiste Grace en lui emboîtant le pas. Vous m'avez confié qu'Emmeline s'évertuait à vous causer du tort, à vous et à votre femme… Beck, l'implore-t-elle, et Becker a un frémissement de dégoût en l'entendant utiliser son surnom. Nous sommes du même côté, vous et moi. Nous voulons les mêmes choses. »

Il finit par se retourner et, avec tout le sang-froid qu'il est capable de rassembler, réplique :

« Ça m'étonnerait, Grace. Et si ça ne vous dérange pas, je préfère terminer cette promenade seul. »

Il se remet en marche d'un pas rapide en direction du sommet. Il est furieux. Furieux contre lui-même, en premier lieu. Car c'est lui qui a laissé échapper qu'Emmeline avait tiré le coup fatal, lui qui a mis si longtemps à comprendre que le manque d'affection dont souffre Grace relève de la pathologie, et que la solitude qu'elle éprouve a déformé sa perception de leurs interactions, la façon dont elle les voit, tous les deux. Comme s'il pouvait y avoir un « tous les deux », songe-t-il avec répulsion.

Après un début d'ascension en pente douce, le sentier devient plus raide, jusqu'à se perdre dans un pierrier assez impressionnant où il faut mettre les mains, si bien que lorsque Becker atteint enfin le sommet, il est en nage et à bout de souffle. Devant lui s'étend une grande dalle de granit plate qui surplombe la mer d'Irlande, plusieurs dizaines de mètres en contrebas. Becker inspire une grande bouffée d'air iodé avant de s'avancer à pas prudents vers le bord du précipice. Le vent est froid, le ciel parfaitement dégagé. À mi-distance, il distingue de petites îles à la forme familière ; au loin, l'horizon forme une ligne bien définie qui semble tracée à l'encre de Chine. Son visage s'illumine peu à peu d'un grand sourire et, le cœur léger, il oublie un instant tout le reste pour se concentrer sur cette vue à couper le souffle, cet endroit grandiose qui a façonné le style de Vanessa. Car c'est ici qu'elle s'est confrontée à l'impossibilité de peindre la mer, ici qu'elle a enfin fait corps avec sa fibre expressionniste ! À présent qu'il se trouve au sommet du rocher d'Eris, Becker comprend enfin pourquoi la plupart des marines de Vanessa sont si petites : escalader ce promontoire avec un chevalet et une toile de grande dimension aurait été d'autant plus périlleux que le vent qui souffle au sommet n'aurait pas manqué de tout emporter, à commencer par Vanessa elle-même. Alors elle a choisi de peindre de petits aperçus, des instantanés, denses et riches, remplis d'amour, de désir et de terreur.

Becker s'approche un peu plus du bord. Avec mille précautions, il s'assoit, les pieds dans le vide. Il sort alors son portable et compose à nouveau le numéro d'Helena. Elle décroche à la deuxième sonnerie.

« Je suis désolée, marmonne-t-elle, mal réveillée. Je vois que tu as essayé de m'appeler ?

– Oui, mais ne t'en fais pas, répond-il avec douceur – à présent qu'il entend le son de sa voix, il se sent rassuré. Comment ça va ?

– Ça va. J'ai encore un peu de mal à réaliser, mais ça va. Finalement, je n'ai pu rentrer à la maison qu'à 4 heures du matin, donc je suis encore au lit. Et toi, tu en es où ? Sur le chemin du retour ?

– Pas encore. Je suis assis sur le rebord d'une falaise, pour ne rien te cacher. Au sommet du rocher d'Eris. Et je regarde la mer.

– Oh, génial ! »

Becker peut presque entendre le sourire dans la voix de sa femme.

« Fais attention à ne pas tomber, hein ? ajoute-t-elle, et Becker éclate de rire.

– Et donc, reprend-il après une courte pause, qu'est-ce qui s'est passé avec Emmeline ? Tu disais qu'elle était seule chez elle quand c'est arrivé ? »

Une nouvelle pause. Il entend Helena prendre une grande inspiration.

« J'avais demandé à Seb de venir à la maison, lâche-t-elle. Mais ça aussi, je te l'ai dit dans le message, non ? »

Becker ne répond pas.

« Je lui avais demandé de venir parce que j'estimais qu'il était temps qu'on discute de notre situation.

– Comment ça ?

– Ça ne marche plus, Beck.

– Non, Helena, murmure-t-il – il a presque envie de basculer vers l'avant, de se jeter dans le vide. Je t'en prie, ne dis pas…

– Je parle du fait qu'on habite à Fairburn, pas de nous deux, enfin ! D'ailleurs, tu vois, c'est l'illustration parfaite du problème : tu n'as pas confiance en moi ! Et je veux que tu me fasses confiance, j'en ai besoin. Mais entre Seb qui est tout le temps dans nos pattes et Emmeline qui s'escrime à vouloir tout saboter, tu te méfies, et je ne peux pas t'en vouloir. C'était une belle idée, de vivre ensemble tous les trois de manière civilisée et adulte, mais je crois que c'est quelque chose qui ne fonctionne que dans les films français. Dans la réalité, c'est trop dur… »

Becker s'allonge sur le dos, les yeux plissés pour se protéger de la luminosité. Le soleil lui réchauffe les joues, il a le goût du sel sur les lèvres.

« D'accord, dit-il. Alors partons.

– On n'est pas non plus obligés de tirer un trait sur tout, tu pourras continuer à travailler à Fairburn. On s'est mis d'accord avec Seb et…

– Vous vous êtes mis d'accord ?

– Je préférais voir les choses avec lui avant de t'en parler. »

Becker laisse échapper un nouvel éclat de rire.

« Tu es vraiment la reine des conspiratrices », s'esclaffe-t-il.

Pendant quelques secondes, il écoute la respiration de sa femme et le bruit de la mer.

« Rentre, s'il te plaît, finit par dire Helena. J'ai besoin de toi. On a besoin de toi. »

Lorsqu'il se relève, il se sent tellement léger qu'il a le sentiment qu'il lui suffirait de sauter à pieds joints pour que le vent l'emporte comme une feuille morte. Un goéland passe en rase-mottes au-dessus de sa tête. Becker se baisse, rit, et regrette qu'Helena ne soit pas là pour voir ça, pour le voir lui, sur l'île de Vanessa, sur son rocher sacré. Même s'il a conscience qu'elles ne rendront jamais grâce à la majesté du lieu, il se remet à prendre des photos par dizaines, avant de se rappeler qu'il n'a pas fini d'écouter ses messages. Il joint à nouveau son répondeur.

« *Becker…* »

Cette fois, il s'agit de Sebastian. Un appel très tôt dans la matinée. Il a l'air préoccupé et un peu essoufflé.

« *Bon, écoute… J'imagine que Lena t'a tenu au courant, mais on a eu un week-end assez chargé, ici, avec Emmeline qui s'est retrouvée aux urgences – j'ai l'impression qu'elle se remet doucement, mais… elle nous a fait très peur. Là, je suis encore à l'hôpital, j'attends de voir le médecin, mais je voulais t'avoir au téléphone, parce que le labo m'a envoyé un e-mail vendredi. Avec tout ce qui s'est passé hier, j'étais passé à côté… Je vais te le transférer dans un instant, mais en gros, l'os – c'est bien une côte – provient d'un homme dont l'âge se situerait entre vingt-cinq et trente ans. Apparemment, il y a une marge d'erreur de sept ou huit ans, mais bref…* »

Une pause. Becker entend Sebastian discuter avec quelqu'un, puis il perçoit un autre bruit, près de lui. Il se retourne. Grace qui, dans un ultime effort, se hisse sur le rocher. Il recule d'un pas.

Au téléphone, Sebastian termine sa conversation et reprend :

« *Donc, oui, désolé, je disais… les gars du labo ont aussi déterminé qu'il s'agissait d'un os plutôt récent – ils n'ont pas encore réalisé tous les tests, mais apparemment, c'est quelque chose qu'ils arrivent à voir à partir de la "minéralisation", ou un truc comme ça... Peu importe le terme, ils estiment que cet os n'a pas passé plusieurs siècles enfoui sous la terre mais beaucoup moins, peut-être même pas dix ans... Ils vont effectuer une datation au carbone 14, ce qui nous donnera une estimation plus précise de la date de décès, et ils vont aussi prélever un échantillon d'ADN pour le comparer à celui que leur a fourni la sœur de Chapman. Voilà où on en est. Bref, tu auras compris qu'il y a de grandes chances qu'il s'agisse bien de Julian Chapman. Dès que ce sera confirmé, et ça risque d'arriver assez rapidement, ça va être une véritable tempête médiatique, donc il faut qu'on s'y prépare, et vite. Rappelle-moi dès que tu auras un moment, d'accord ?* »

Becker rempoche son portable. Il se tient au milieu de la dalle, à un mètre environ du précipice et deux du côté opposé, par lequel Grace vient d'arriver.

« Je ne pouvais pas vous laisser monter seul jusqu'ici, dit-elle, le souffle court, en essuyant la sueur sur son visage cramoisi. S'il vous arrivait quelque chose, je ne me le pardonnerais jamais. »

S'il m'arrivait quelque chose ? s'étonne Becker. Le pire qui pourrait lui arriver serait de faire un faux pas et de tomber de la falaise, mais il ne voit pas en quoi la présence de Grace changerait quoi que ce soit à ce scénario catastrophe.

Au contraire, loin de lui être d'une aide quelconque, elle lui bloque désormais le seul accès au sentier qui permet de redescendre du rocher en toute sécurité.

« Tout va bien ? lui demande-t-elle en le fixant du regard avec intensité. Vous n'êtes pas encore fâché à cause d'Emmeline, j'espère ? Je vous l'ai dit, je l'ai fait pour vous et pour Helena. »

Becker ne répond pas, mais elle a dû lire quelque chose dans ses yeux, ou peut-être a-t-elle remarqué qu'il était soudain très pâle, car son expression change du tout au tout. Elle a compris.

« Oh, fait-elle. C'est l'os, alors ?

– Oui.

– Ce n'est pas Julian, affirme-t-elle, et Becker ne peut s'empêcher de soupirer.

– Si, Grace. Il n'y a pas encore de résultats ADN, mais les gens du laboratoire sont formels : cette côte provient d'un homme jeune, entre vingt-cinq et trente ans. »

À cet instant, il voit – ou croit voir – quelque chose traverser le visage de Grace : un soupçon de peur.

« Et sa mort ne remonte pas à plusieurs siècles, reprend-il, mais à une trentaine d'années au maximum, donc il y a de grandes chances qu'il s'agisse bien de Julian Chapman. »

Grace porte une main devant sa bouche.

« Maintenant, il faut que j'y aille, ajoute-t-il en lui faisant signe de s'écarter. Il faut que je rentre à Fairburn, les prochains jours s'annoncent chargés. Dès que le laboratoire aura les résultats de la comparaison ADN, la police sera informée, puis ce sera le tour de la sœur de Chapman, et ensuite… Qui sait ce qui se passera ensuite ?

– Ce n'est pas Julian », répète Grace.

Elle n'a plus l'air effrayée. Simplement triste. Résignée, presque. Défaite.

« La comparaison ADN ne donnera rien, ajoute-t-elle dans un murmure, et elle fait un pas vers lui, puis un second.

– Vous ne pouvez pas en être sûre », objecte-t-il en jetant un coup d'œil par-dessus son épaule avant de reculer prudemment.

Elle est trop proche de lui, beaucoup trop proche, et elle continue d'avancer.

« Si », insiste-t-elle, et elle lève les deux mains en même temps, comme si elle s'apprêtait à le pousser dans le vide.

Qu'est-ce qu'elle fabrique ? songe Becker en se recroquevillant sur lui-même, mais Grace finit par joindre les mains en prière et ajoute :

« J'en suis même certaine parce que, voyez-vous, je sais où est Julian. Et ce n'est pas dans la forêt. »

42

Eris, été 2002

Devant la porte de l'atelier, Grace s'approcha à quatre pattes du corps de Julian. Tout en s'efforçant de ne pas le regarder, elle posa l'index et le majeur sur sa gorge pour prendre son pouls. Il avait la moitié du crâne enfoncée donc il y avait peu de chances qu'elle trouve un signe de vie, mais on n'est jamais trop prudent.

Ses doigts ne perçurent rien et, pourtant, ainsi agenouillée dans l'herbe, elle eut l'impression de sentir les palpitations du cœur de Julian jusque dans le sol, le sang qui s'échappait en pulsations fébriles, imbibant la terre. Les yeux fermés, Grace inhala la riche odeur métallique – elle inspira et expira calmement, en attendant que ses propres battements ralentissent.

Quand elle rouvrit les paupières, quand elle sentit que ses jambes avaient à nouveau la force de la porter, elle se leva et s'aperçut que la marée avait commencé à monter. Il était déjà presque trop tard pour traverser. Elle s'autorisa un instant de soulagement : personne n'allait venir, personne n'allait la surprendre avec du sang sur les mains. À présent, elle avait du temps devant elle, six heures. Et après cela, ce serait le milieu de la nuit.

Elle le toucha. Tapota le flanc le plus proche, la poche de son pantalon, puis se pencha pour fouiller l'autre poche et trouva les clés de la voiture. Il avait dû la laisser en bas du sentier, il fallait vite qu'elle la déplace.

Sur le chemin de la maison, elle éprouva soudain une joie immense : les collines en face d'elle étaient d'un vert luxuriant, comme du velours, les ajoncs brûlés par le soleil avaient revêtu une teinte dorée, la mer scintillait de toute sa gloire et Julian était mort. Elle avait envie de chanter, de crier victoire, de s'époumoner : « Regardez ! Regardez ce que j'ai fait ! »

Cela dura un instant, puis l'euphorie se dissipa et Grace recouvra ses esprits – il y avait encore plusieurs aspects pratiques à résoudre. Elle déverrouilla la décapotable et, après un mouvement de recul face à la chaleur et à l'horrible odeur de tabac froid qui s'échappèrent de l'habitacle, elle s'installa au volant et alla garer le véhicule derrière la maison, là où il serait invisible du continent.

Elle rentra se laver les mains et s'asperger le visage d'eau froide, puis se servit un verre et se mit à réfléchir. Le plus raisonnable à présent aurait été de rester à l'intérieur en attendant la tombée de la nuit, mais Grace fut alors prise d'une peur irrationnelle : elle était persuadée que la prochaine fois qu'elle regarderait vers l'atelier, le corps aurait disparu ; ou pire, que la prochaine fois qu'elle jetterait un coup d'œil par la fenêtre, c'est lui qu'elle verrait, debout avec son crâne enfoncé et cet affreux rictus sur la figure.

Elle choisit donc de remonter s'asseoir en haut de la colline pour garder un œil sur lui. Pour regarder les nuages se teinter de rose, d'orange et enfin de rouge avant que toute couleur ne s'en échappe à la faveur du crépuscule, tout comme le sang de Julian qui continuait de s'écouler dans la terre. Elle attendit que le ciel se fasse aussi froid que sa peau. Et pendant cette heure bleue où la nuit empiétait peu à peu sur le jour, Grace pleura, effrayée par ce qu'elle avait fait et par ce qu'il lui restait à faire.

Cependant, une fois qu'il fit noir, elle cessa de s'apitoyer sur son sort et se mit au travail. Son projet consistait à tirer le corps jusqu'au pied de la colline, puis à le hisser sur le promontoire sud, où la falaise plongeait dans la mer : quand on retrouverait Julian (si on le retrouvait), il serait impossible de déterminer si sa blessure à la tête résultait d'un coup, d'une chute, ou du fait d'avoir été ballotté par les vagues contre les rochers.

Mais presque dès l'instant où elle lui prit les poignets, elle sut que même si elle disposait de la nuit entière, de la journée qui suivait et du lendemain, elle ne réussirait jamais à l'emmener jusqu'au promontoire. Julian mesurait plus d'un mètre quatre-vingts et il n'était pas menu. Au bout d'une demi-heure, elle dégoulinait de sueur et l'avait à peine déplacé d'un mètre – et cette partie du trajet était en pente ! Elle le lâcha, se laissa tomber au sol et poussa un cri. Elle avait atterri sur quelque chose de dur.

La fosse septique.

Il lui fallut un bon moment pour l'ouvrir. Pendant de longues minutes d'angoisse, elle crut qu'elle ne pourrait pas soulever le couvercle – un carré de béton de cinquante centimètres de côté, extrêmement lourd. Mais après beaucoup d'efforts et une bordée de jurons, après des haut-le-cœur devant la puanteur fétide qui s'échappait de la cuve, après avoir calé des burins dans les interstices en guise de leviers, elle parvint à faire basculer le battant et l'appuya contre une grosse pierre. Sous un ciel sans lune, elle remonta la colline, ramassa le caillou le plus lourd qu'elle trouva et le cala dans la ceinture de pantalon de Julian. Puis, avec un plaisir indéniable, elle s'employa à faire tomber Julian la tête la première dans la fosse immonde.

Alors qu'elle finissait de replacer le couvercle, elle se coinça le majeur dans l'ouverture. Avec un hurlement, elle réussit à se libérer et se releva en titubant, les yeux pleins de larmes, submergée par la fureur qui survient parfois dans les moments de stress et de douleur intenses, submergée par la rancœur d'être celle qui souffrait tant alors que tout était la faute de Vanessa, tout ! Si elle n'avait pas ouvert leur île, leur maison, son lit à cet intrus, si elle n'avait pas pactisé avec lui et promis de le rejoindre, rien de tout cela ne se serait produit.

Aveuglée par la rage, elle courut jusqu'à l'atelier où elle attrapa le bord de la table à tréteaux qu'elle renversa brutalement, envoyant s'écraser au sol l'ensemble des céramiques restantes. Puis elle s'empara d'un fragment de porcelaine et lacéra la toile la plus proche, *Nord*, elle lacéra *Le Rocher d'Eris*, elle lacéra *Hiver* ; dans une frénésie de violence, elle continua de déchirer et de taillader sans s'arrêter jusqu'à ce qu'elle se retrouve face à son propre regard solennel. Jusqu'à ce qu'elle se retrouve face à *Totem*.

43

Becker sent le vent dans son dos, il entend les vagues se fracasser sur les rochers au pied de la falaise.

« Comment ça, ce n'est pas dans la forêt ? Vous voulez dire que vous savez où se trouve son corps ? »

Il a l'impression que la dalle de granit sur laquelle ils se tiennent tous les deux s'est inclinée et menace à présent de les précipiter dans la mer. Il fait un pas de côté ; Grace l'imite, comme un miroir, avant de tendre les bras vers lui, suppliante. D'instinct, Becker esquisse un mouvement de recul, mais il sent qu'il est trop proche du bord et ses jambes se mettent à trembler violemment sous l'effet de l'adrénaline. C'est alors qu'une bourrasque lui fait perdre l'équilibre… Il vacille. En un instant, Grace se jette sur lui, lui agrippe les poignets et l'attire vers elle. Malgré le dégoût qu'elle lui inspire, Becker se laisse aller à cette étreinte bizarre. Il est en sécurité.

« C'était de la légitime défense », murmure Grace, son souffle tiède contre la gorge de Becker.

Sans lui lâcher les poignets, elle se met à lui raconter ce qui s'est passé : Vanessa qui, en revenant de Glasgow, découvre que Julian est toujours sur l'île. Il en était bien parti, ainsi que l'avait expliqué Grace à la police, mais il était revenu. Une histoire de portefeuille oublié. Sans surprise, une dispute éclate entre Vanessa et Julian. Ils se trouvent dans l'atelier, à ce moment-là, et Julian perd son sang-froid. La dispute s'envenime, Julian se met à casser tout ce qui lui tombe sous la main.

« Elle voulait seulement qu'il arrête, dit Grace. Ce n'est pas sa faute, elle n'y est pour rien… »

Elle ment, songe Becker. Cette histoire ne tient pas debout. Mais il a beaucoup de mal à se concentrer, parce qu'il n'a qu'une idée en tête : fuir. S'éloigner de ce rocher, s'éloigner d'elle. D'un geste, il se dégage, puis il attrape son hôtesse par les épaules et la pousse sans ménagement. Grace titube en arrière, bouche bée.

« Que… Qu'est-ce qui vous prend ? » balbutie-t-elle.

Becker ne répond pas. Profitant de l'effet de surprise, il contourne Grace et, avec un soupir de soulagement, descend du rocher.

« Il faut que vous m'écoutiez, lui lance-t-elle. Avant de rentrer à Fairburn, avant de nous condamner. Vous devez comprendre… Vanessa était dans un état quasi catatonique quand je l'ai retrouvée. Couverte de sang, des pieds à la tête. Elle ne voulait pas que j'appelle la police. Alors j'ai dû tout nettoyer. J'ai dû prendre les choses en main. »

Certains éléments de l'histoire de Grace sonnent juste, d'autres ressemblent à des mensonges ; Becker ne parvient pas à démêler le vrai du faux. Le sentier est là, devant lui, et il hésite à partir. Il se sent épuisé, démuni : à chaque nouvelle révélation, il a l'impression que Vanessa lui échappe un peu plus et qu'elle se transforme en inconnue, une femme violente et destructrice.

« Comment… ? commence-t-il en se retournant vers Grace. Comment l'a-t-elle… ?

– J'ai dû attendre plusieurs heures avant de pouvoir emprunter la chaussée submersible avec la voiture de Julian, le coupe-t-elle. C'était une nuit sans lune, mais je n'osais pas allumer les phares… et j'étais terrifiée à l'idée de me retrouver ensablée. »

Elle parle avec animation, à présent, comme un enfant qui raconte une histoire de fantômes.

« J'ai mis mon vélo dans le coffre et j'ai roulé vers le nord – il y a une carrière immergée à une quinzaine de kilomètres d'ici. Un lac extrêmement profond et terriblement dangereux. On entend tout un tas d'histoires plus sordides les unes que les autres : des enfants qui se noient, des suicides... Il y avait un cadenas sur le portail d'accès, mais j'avais pris une pince-monseigneur dans la remise avant de partir, au cas où. J'ai approché la voiture de la berge et après, ça n'a pas été très compliqué : j'ai juste eu à la pousser et elle s'est mise à dévaler la pente toute seule. Par contre, à vélo sur le chemin du retour, je n'étais vraiment pas rassurée. Je ne voulais pas allumer ma lumière et risquer d'attirer l'attention, vous voyez... Ces routes sont souvent désertes, surtout la nuit, mais il aurait suffi d'un camion, d'une voiture roulant un peu trop vite... Finalement, j'ai réussi à regagner l'île, même s'il commençait à faire jour quand j'ai retraversé. »

Elle se penche vers lui et ajoute, à peine plus haut qu'un murmure :

« Le temps que la police vienne poser des questions, j'avais trouvé un alibi : Marguerite. Ce soir-là, j'avais partagé une bonne soupe à l'oignon avec Marguerite ! Je savais qu'elle comprendrait si je lui racontais la vérité sur Julian – que c'était quelqu'un de méchant et de violent, comme son ex-mari Stuart. Et je savais qu'elle ne me dénoncerait pas. »

Becker se frictionne vigoureusement les bras ; entre l'histoire glaçante que Grace vient de lui raconter et le vent qui s'est levé, il a très froid.

« Donc il est là-dedans ? demande-t-il. C'est ça que vous êtes en train de me dire, que le corps de Julian repose au fond d'un lac ?

– Mais non, pas du tout, répond Grace avec un froncement de sourcils, comme si elle avait affaire à un idiot qui n'avait pas écouté un traître mot de son récit. Toute seule, je ne pouvais pas le traîner jusqu'à la voiture. Il était beaucoup trop lourd.

– Alors, où ?

– Je l'ai jeté dans la fosse septique. »

De plus en plus triste. Cette île qui était le sanctuaire de Vanessa, son havre de paix, son temple... Et finalement, non : c'est un lieu de désespoir, une scène d'horreur.

« Vous…, bredouille Becker, dont les dents se sont mises à claquer. Vous l'avez… ? »

Il n'a pas la force de répéter ce que vient de lui avouer Grace.

« Et Vanessa ? demande-t-il plutôt. Où était-elle à ce moment-là ?

– Vous ne devez en parler à personne, insiste Grace en éludant une fois de plus sa question. Je vous en prie, promettez-moi de n'en parler à personne. »

Becker la dévisage, hébété.

« D'accord, finit-il par accepter – que pourrait-il dire d'autre ? Je vous le promets. »

Grace scrute attentivement son visage ; il ne s'imagine pas une seconde l'avoir convaincue, mais elle hoche la tête.

« Merci, dit-elle en le dépassant pour emprunter le sentier. Il ne fait pas chaud, hein ? On ferait mieux de rentrer à la maison. »

Et elle se met à progresser dans le pierrier.

Becker reste un long moment immobile, à regarder Grace s'éloigner vers la forêt. Elle marche le dos bien droit, le menton relevé, comme si de rien n'était. Comme si elle ne venait pas de lâcher une bombe. Du pouce, Becker caresse dans sa poche la lame du couteau de sculpteur.

Que faire ? S'il contacte la police, l'île grouillera bientôt d'inspecteurs et d'experts. On videra la fosse septique. Grace sera à coup sûr poursuivie pour complicité de meurtre et recel de cadavre. Vanessa deviendra une meurtrière, c'est tout ce qui restera d'elle.

Et s'il choisit de garder le silence ? Que se passera-t-il alors ?

Il essaie de rappeler Helena, mais elle ne répond pas. Elle a dû mettre son téléphone sur silencieux et se rendormir. Il lui laisse un message.

« Je ne vais pas tarder à partir, dit-il en consultant sa montre. Je devrais être de retour d'ici… la fin d'après-midi, je pense. À dans quelques heures. Je t'aime. »

Il dévale rapidement le pierrier et rejoint le sentier que Grace a emprunté. Le plus direct pour regagner la maison, celui qui passe par le bois où Vanessa a trouvé l'os à l'origine de toute cette histoire.

Mais si cet os ne provient pas du corps de Julian, à qui appartient-il ?

Qui est enterré dans le bois ?

44

Grace descend du rocher, le pas lourd. Dès qu'elle rejoint un sol plus stable, elle s'efforce de se redresser, bombe le torse et garde la tête haute, mais elle accélère sur le sentier pour enfin quitter les rayons du soleil et entrer dans le bois.

Elle a joué et elle a perdu.

Là, parmi les arbres, elle sent son pouls battre dans sa gorge, le sang trop près de la surface de sa peau. C'est si fragile, un corps, songe-t-elle. Comme c'est absurde, d'être si fragile dans un monde si dangereux. Nous devrions ressembler aux loups, capables de se cacher dans les ombres, de courir des kilomètres et des kilomètres, de déchirer leurs proies avec leurs crocs.

Nous aussi, nous devrions pouvoir voir la nuit.

Un coup d'œil par-dessus son épaule. Becker ne l'a pas suivie. Peut-être qu'il a préféré contourner la forêt, ou peut-être qu'il est encore là-haut et qu'il téléphone à quelqu'un. Grace espérait que la dévotion du conservateur à l'égard de Vanessa l'inciterait à garder le silence, mais elle craint que son sens du devoir soit plus fort. C'est quelqu'un de bien, après tout.

Elle avance plus difficilement – après cette longue marche, elle a les jambes qui tremblent, elle a besoin de se reposer. Elle s'éloigne du sentier et s'accroupit dos à un arbre, le temps de se vider l'esprit ; inspire l'odeur de l'humus ; écoute les craquements des sapins sous les assauts du vent, le chant des oiseaux et les bruissements des minuscules mammifères qui s'agitent sous les feuilles.

Dans cette petite clairière, il y a plus de vie que dans tout le bois : c'est ici que des arbres ont été arrachés par la tempête, ici que leur tronc a pourri des années durant, nourrissant le sol, ici que la lumière pénètre. Grace connaît cet endroit mieux que nul autre. Elle y revient régulièrement quand elle cherche du sens au monde, ou à sa propre vie.

À cet instant, elle voudrait que cette terre noire et froide s'ouvre en deux pour l'engloutir. Elle n'en revient pas d'avoir ainsi rejeté toute la faute sur Vanessa ! Jamais elle ne se serait crue aussi déloyale, mais il y avait quelque chose dans l'expression de Becker qui l'a empêchée de lui avouer la vérité. Elle n'arrivait pas à trouver les mots. Elle n'a jamais eu à le faire : avec Vanessa, elles n'en avaient pas eu besoin pour se comprendre.

Vanessa savait que Grace était responsable de la mort de Julian, c'est ce qu'elle avait voulu dire en lui écrivant : *Tu sais trop de choses et ça ne me plaît pas.* Grace n'avait pas tout de suite saisi, mais l'artiste faisait référence au Maroc, à Venise. Comment Grace pouvait-elle être au courant de ces projets ? Les amants n'en avaient discuté qu'une fois seuls, après que la médecin était partie de l'île. Une conclusion s'imposait : Grace avait dû échanger avec Julian après le départ de Vanessa pour Glasgow. Une preuve assez mince, en soi, mais qui avait suffi à semer le doute dans l'esprit de Vanessa, ou peut-être à renforcer un soupçon préexistant.

Toutes deux savaient, aucune n'en parlait jamais, et cet accord tacite avait perduré jusqu'à la mort de Vanessa. Ç'avait d'abord été pénible et douloureux mais, lorsque Vanessa avait peint *Amour*, Grace avait fini par comprendre que son amie ne lui en voulait pas – ou, du moins, qu'elle ne lui en voulait plus. Par ce tableau, Vanessa lui signifiait qu'elle lui avait pardonné, qu'elle avait accepté que parfois, un acte de violence peut être une preuve de dévouement.

Si Grace lui raconte ce qui s'est passé, Becker pourra-t-il accepter cela, lui aussi ? Elle en doute. La confession serait cathartique mais le soulagement de courte durée, elle le sait. C'est une chose de prononcer les mots, c'en est une autre de devoir vivre avec. Car l'aveu est irrévocable : ensuite, on ne peut plus ignorer qu'on longe l'atelier où Julian est mort, ni qu'on passe devant la fosse septique où son corps s'est décomposé. On ne peut pas être la même personne qu'avant.

Elle tourne la tête en entendant une brindille craquer. Il est là, il s'avance lentement mais sûrement vers elle.

« Comment c'est arrivé ? demande-t-il en arrivant à son niveau. Comment Julian est-il mort ? »

Grace hésite. Quelque part, elle voudrait tellement tout lui expliquer, mais ce n'est pas le moment. Et puis, elle a beau se creuser les méninges, elle ne parvient pas à imaginer comment Vanessa aurait pu le tuer.

« Il ne faut pas penser à ça, déclare-t-elle en se relevant. C'est terrible, bien sûr que c'est terrible, mais vous ne devez pas avoir de peine pour Julian, ce n'était pas quelqu'un de bien, rien à voir avec vous. »

Elle fait mine de poser une main sur son bras mais Becker a un mouvement de recul exagéré, et un sentiment de déjà-vu frappe Grace comme un coup de poing dans le plexus solaire.

Becker la bouscule et s'éloigne à grands pas vers la sortie du bois, vers la lumière. Son désir de mettre de l'espace entre Grace et lui est presque palpable. Elle est alors submergée par un terrible mélange de chagrin et de déception, mais son esprit n'est plus vide, à présent. Elle voit très bien ce qu'elle a sous les yeux.

Grace a joué et Becker a perdu.

45

Où sont passées ces foutues clés ? La mer a commencé à descendre et, dans une demi-heure, il pourra traverser. Mais pour cela, il faudrait déjà qu'il retrouve ses clés de voiture. Après avoir fouillé la cuisine et le salon, il tâtonne à présent pour la troisième fois derrière les tableaux dans la chambre de Vanessa.

La porte d'entrée claque. Grace est de retour.

Becker croit pourtant se souvenir les avoir posées sur la table de la cuisine lorsqu'il est entré dans la maison et qu'ils ont découvert le jeune goéland pris au piège. Se peut-il que Grace les ait déplacées ? Alors qu'il examine la chambre, il aperçoit la table de chevet. Il s'apprête à ouvrir le tiroir quand Grace apparaît dans l'encadrement de la porte.

« Elles ne sont pas là, j'ai déjà cherché, dit-elle sèchement. Vous les avez peut-être perdues sur la plage ? »

Sans quitter Grace des yeux, Becker ouvre le tiroir. Il est vide. Grace soutient son regard et finit par s'éloigner vers la cuisine. Bon Dieu, songe-t-il, et il s'assoit lourdement sur le lit de Vanessa avant de se prendre la tête à deux mains. Si ça se trouve, elle a raison et il a perdu ses clés sur la plage… Auquel cas, elles ne doivent plus être très loin des côtes de l'Irlande du Nord, à l'heure qu'il est. Il va devoir traverser à pied et appeler quelqu'un pour qu'on vienne le récupérer. Peut-être que Sebastian lui proposera d'envoyer un employé avec le double des clés ?

Il se relève lentement, se met à quatre pattes par terre et, pour la énième fois, jette un œil sous le lit. Pas de clés. Pas de clés mais, sous la table de chevet, tout contre la plinthe, il y a la box Internet, et elle est éteinte. Débranchée.

On l'a débranchée.

Son estomac se serre. Il tend la main, rebranche l'appareil. La petite diode orange se met à clignoter.

« Vous les avez trouvées ? »

Vite, il se relève et se dépêche de sortir de la pièce, manquant bousculer Grace dans le couloir.

« Alors ?

– Non, répond-il. Vous avez raison, j'ai dû les perdre sur la plage.

– Bon, dans ce cas, je vais nous préparer du thé. Ensuite, on ira jeter un œil. »

Le cœur tambourinant dans sa cage thoracique, Becker attend plusieurs secondes avant de la rejoindre à la cuisine.

« Je ne suis pas sûr que ça serve à quelque chose après la tempête d'hier soir, objecte-t-il alors que Grace remplit la bouilloire. Je n'ai pas envie d'un thé, ajoute-t-il, et Grace le toise, blessée. Je vais traverser à pied et passer un coup de téléphone à Fairburn. Ils m'enverront quelqu'un avec le double. »

Grace hoche la tête. Elle sort deux verres du placard, les remplit au robinet, boit une gorgée dans le premier et tend l'autre à Becker. L'eau a toujours ce goût saumâtre. Saumâtre et amer.

Soudain, dans la poche intérieure de sa veste, le portable de Becker se met à vibrer. Un sourire satisfait aux lèvres, il se dirige vers la porte.

« Vous n'allez quand même pas partir maintenant ? s'exclame Grace. La mer n'est pas encore assez descendue, vous allez vous mouiller les pieds.

– Je sais, répond-il sans se retourner. Je vais seulement fumer une cigarette. »

Une fois à l'extérieur, il sort de sa poche une de celles qu'il a roulées la veille et l'allume, avant de marcher vers le banc d'où il a regardé le lever du soleil le matin même. En consultant son portable pour vérifier qu'il capte bien le WiFi, il voit qu'il a reçu un message de Sebastian.

APPELLE-MOI

Sebastian décroche à la première sonnerie.

« Ce n'est pas Julian Chapman, dit-il en guise de préambule.

– Euh… d'accord. »

Becker a le cœur qui bat trop vite, la tête qui tourne – un peu la même sensation que lorsqu'il était au sommet du rocher d'Eris. Il lâche sa cigarette à peine entamée et l'écrase avec le talon de sa chaussure.

« Tu n'as pas l'air surpris », fait remarquer Sebastian.

Le conservateur hésite, déconcerté. Elle disait donc la vérité.

« Si… Si. Je suis surpris. »

Grace disait la vérité.

« C'est plutôt une bonne nouvelle, non ? ajoute-t-il.

– Oui, concède Sebastian, mais il semble déçu – son musée ne fera pas la une des journaux. Les policiers ont trouvé une correspondance ADN dans leur base de données, un type qui a disparu dans les années 1990, un paumé avec des troubles mentaux et des problèmes de drogue. La dernière fois qu'on l'a vu vivant, c'était dans le Lake District. »

Une pause, puis :

« Est-ce que tu sais si Vanessa a déjà passé du temps là-bas ?

– Pas à ma connaissance, non », répond Becker.

Il entend un bruit derrière lui et se retourne. Grace sort de la maison avec quelque chose à la main. Elle le voit, s'arrête et lève l'autre main pour se protéger du soleil. Il ne peut pas distinguer son visage, mais son sang se glace.

« Comment va Emmeline, Seb ? Est-ce qu'elle va s'en tirer ?

– Oui, je pense. Elle est dans un état stable. En tout cas, c'est gentil de demander. Je te raconterai tout ça en détail quand tu seras rentré. Ce qu'il faut retenir de cette histoire d'os, c'est qu'on va devoir retirer *Division II* de notre collection permanente. Du moins, tant qu'on n'aura pas obtenu l'autorisation des Riley, et je doute qu'ils nous la donnent. »

Becker fait quelques pas vers le banc ; il voudrait s'asseoir, il ne se sent vraiment pas bien.

« Pardon, qui ça ? À qui il va falloir demander l'autorisation ?

– À la famille Riley, répond Sebastian. L'homme qui a disparu, le pauvre type dont la côte s'est retrouvée dans une sculpture, il s'appelait Nicholas Riley. »

Becker vomit sur ses chaussures.

46
Carrachan, 1993

La journée au cabinet médical de Carrachan n'avait pas été de tout repos : une vague de froid avait déclenché le début de la grippe saisonnière. Grace venait de traverser un après-midi éreintant et était en train d'éteindre son ordinateur pour partir quand l'infirmière passa la tête par la porte.

« Docteure Haswell, j'ai un jeune homme dans la salle d'attente qui prétend qu'il vous connaît. Il dit qu'il n'est pas malade, mais si vous voulez mon avis, il n'a pas l'air très en forme... Nick, de Londres ? »

À la façon dont elle avait prononcé « Londres », on aurait cru qu'il s'agissait d'une MST particulièrement répugnante.

Dans le couloir qui menait à la salle d'attente, Grace fouilla ses souvenirs à la recherche d'un autre Nick de Londres – car ça ne pouvait pas être ce Nick-là, tout de même ? Son Nick ? Impossible.

Et pourtant, il était là, assis sur une chaise en plastique jaune adossée au mur. Lorsqu'il se tourna vers elle, elle se figea et, incapable de le regarder en face, se contenta de fixer ses propres pieds. Les joues brûlantes, elle avait l'impression qu'il lui suffirait d'un pas de plus pour s'effondrer.

Quand, enfin, elle leva la tête, il était debout, les bras ouverts.

« Salut, Grace. »

S'il n'avait effectivement pas l'air en forme – maigre comme un clou, le teint grisâtre, son joli visage moucheté d'acné – elle retrouva sans difficulté le Nick qu'elle avait connu dix ans plus tôt : la douce lueur dans ses yeux noisette, la fossette du côté gauche de sa bouche. Elle ne le prit pas dans ses bras mais esquissa un sourire, et il lui sourit en retour. Et Grace ressentit alors… non pas du bonheur, car ç'aurait été une émotion moins compliquée, plus pure, mais de la fierté. L'absence totale de honte.

Alors c'est à ça que ça ressemble, la fin de la solitude, songea-t-elle. À l'arrêt des hostilités envers le monde, et envers elle-même. Au début des possibles. Les barricades de son univers commencèrent à se fissurer, les murailles qui la séparaient des autres gens commencèrent à s'effriter.

Nick s'installa chez Grace. Il dormait sur le canapé. Il était là quand elle partait au travail et quand elle rentrait, la couette remontée jusqu'au menton. Il mettait rarement le pied dehors. Il avait froid, toujours, et ne parvenait pas à se réchauffer alors qu'il allumait les radiateurs à fond toute la journée. Elle lui prépara de la soupe, s'évertua à le faire manger, à se laver et, peu à peu, à parler.

Il commença par s'excuser d'avoir ainsi fait irruption dans sa vie, il ne méritait pas tant de gentillesse. Il traversait une période difficile. Audrey et lui s'étaient attiré pas mal d'ennuis – d'abord des histoires de drogue, ensuite des histoires d'argent. Il n'avait nulle part où aller.

« Et où est Audrey ? demanda Grace. Tu le sais ? »

Il secoua la tête. Tous deux s'étaient installés quelque temps chez la sœur d'Audrey à Manchester, mais la cohabitation avait été compliquée et la sœur les avait mis à la porte. Nick avait ensuite squatté chez des copains, dormant chez l'un ou chez l'autre jusqu'à ce qu'on finisse là aussi par se lasser de sa présence. Quand Audrey avait fini par décrocher un boulot de serveuse à Kendal, dans le Lake District, il l'avait rejointe, mais elle s'était trouvé quelqu'un d'autre là-bas entre-temps, et une fois de plus, Nick s'était retrouvé sur le carreau.

« Elle a dû retourner à Manchester, soupira-t-il. Je pense que je l'ai perdue. Moi, j'ai jamais trop plongé dans la came, mais

Audrey y est jusqu'au cou. Je l'aime, ajouta-t-il tristement, mais à la fin, j'ai compris que si je restais avec elle, je ne pourrais pas arrêter. Alors j'ai décidé de décrocher pour de bon.

– Tu as toujours été malin », commenta Grace.

Depuis son nid sur le canapé, il la dévisagea, penaud. Il était tellement, tellement désolé d'avoir disparu de cette façon, à la fac. C'était cruel. À l'époque, il n'avait pas pensé que ce serait cruel, il n'avait rien pensé du tout : Audrey avait eu envie de partir et il l'avait suivie.

« C'était il y a longtemps », le rassura Grace. Pourtant, lorsqu'elle repensait à cet événement, la douleur était aussi vive que s'il s'était produit la veille. « C'est du passé, ajouta-t-elle avec un sourire. De l'eau a coulé sous les ponts. »

Elle lui assura qu'il pouvait rester tant qu'il le voulait. Ce serait comme au bon vieux temps.

Nick rit : Ah, oui. Comme avant.

Au contact de Nick, un besoin oublié refit surface en Grace – un besoin qu'elle identifiait mal. C'était le besoin d'avoir un ami, bien sûr, mais plus que cela, Grace avait besoin d'attention, d'affection. Elle n'arrêtait pas de repenser à ce séjour à Saint-Malo, les fois où elle avait vu Nick démêler les longs cheveux bruns d'Audrey au retour de la plage. C'était ça que Grace voulait, mais elle ne savait pas comment le demander – pire, l'idée de devoir le demander lui donnait envie de disparaître sous terre.

Alors elle se mit à s'occuper de Nick. Elle travaillait, cuisinait, réconfortait ; Nick se levait à peine du canapé. Bientôt, elle remarqua que, si elle laissait traîner de l'argent, elle ne le retrouvait pas ; que l'écrin à bijoux en cuir contenant un antique collier de perles que lui avait légué sa grand-mère avait disparu, lui aussi. Pourtant, il ne consommait pas, elle en était sûre. Elle était médecin, après tout. Elle l'aurait vu, non ?

Ce qu'elle voyait, en revanche, c'est qu'il était déprimé. Il fallait qu'il sorte plus. À l'époque, Grace vivait encore à Carrachan, dans une vilaine petite bicoque qui donnait sur la distillerie et où l'air empestait la levure et le vinaigre. Nick avait besoin d'air frais, de lumière et d'exercice.

« Ce week-end, lui annonça Grace un jour, si le temps se maintient, on pourrait aller sur Eris. C'est une presqu'île un peu plus au sud, très belle. On pourrait prendre le bus et aller s'y promener ? Avant, tu adorais la marche. Ce sera comme cet été en France, tu te souviens ? Comme au bon vieux temps. »

Hélas, la météo se dégrada. Dès le mercredi, les autorités déclarèrent une alerte orange, avec des bourrasques pouvant atteindre les cent quarante kilomètres-heure. Quand la tempête éclata, tôt le vendredi matin, elle s'avéra encore plus violente que prévu. Grace crut que le toit de sa maison allait s'envoler. Les trains ne roulaient plus, les routes étaient fermées. Le long de la côte, des centaines d'arbres furent arrachés par le vent.

Pourtant, le dimanche, le soleil fit son retour. On recommandait toujours d'éviter les déplacements hors urgence, mais Grace tenait à ce que Nick délaisse son canapé quelques heures pour prendre l'air, alors ils enfilèrent leur manteau et prirent le bus pour Eris.

Sur le parking du port, ils aperçurent quelqu'un sur un banc, qui pleurait à chaudes larmes. La silhouette était si menue qu'ils crurent d'abord avoir affaire à un enfant ayant perdu ses parents, mais, en s'approchant, ils virent qu'il s'agissait d'une belle femme au visage tuméfié. Elle cracha un mot incompréhensible qui ressemblait à une insulte.

« C'est glauque, ici, on se croirait dans *The Wicker Man* », marmonna Nick.

Avec son bonnet rouge et l'écharpe assortie qu'il avait empruntés à Grace, lui aussi ressemblait à un enfant.

Le vent était froid et vif et les vagues agitées, bien plus hautes qu'elles ne l'étaient d'habitude une demi-heure après la marée basse. L'île était déserte – personne d'autre n'avait eu l'imprudence de traverser – et d'une beauté immaculée : lavée à grande eau, Eris scintillait des dernières gouttes de pluie sur ses fougères dorées.

Ils remontèrent la piste qui menait à l'ancienne ferme délabrée et gravirent la colline pour contourner le bois.

« Je préfère ne pas le traverser, expliqua Grace. C'est un coup à prendre une branche sur la tête. »

Nick n'était pas très bavard mais il suivait sans discuter, frissonnant dans son manteau trop fin. Il avait tiré les manches sur ses mains et rentré la tête dans le col, comme une tortue.

« Ça appartient à qui ? » s'enquit-il en désignant la maison lorsqu'ils s'arrêtèrent en haut de la colline.

Ils s'étaient retournés pour admirer la pente en direction du continent, leur haleine créant de petits nuages dans l'air.

« Apparemment, il y a une procédure en cours, répondit Grace, une histoire de litige familial. Du moins, c'est ce que m'a raconté l'infirmière du cabinet médical. L'ancien propriétaire est mort il y a deux ans mais il n'avait pas fait de testament, alors depuis, ses enfants n'arrivent pas à se mettre d'accord. Et en attendant, la ferme tombe en ruine.

– Je me demande pour combien ils la céderaient…, commenta le jeune homme en enfouissant les mains dans ses poches. Ce serait un bon endroit pour se faire oublier quelque temps, tu ne crois pas ?

– C'est ce que tu voudrais ? s'étonna Grace, et Nick haussa les épaules.

– Je crois… Me reprendre en main, vivre une vie tranquille. Dans un endroit pareil, pourquoi pas ? »

Il sourit et Grace sentit son cœur s'envoler.

Au sommet, ils dévorèrent leurs sandwichs assis au bord du précipice, les jambes dans le vide, en regardant les mouettes lutter contre le vent et la mer se fracasser contre la falaise. Quand ils eurent fini de manger, Nick se remit précautionneusement debout et aida Grace à se lever. Sans lui lâcher la main, il déclara :

« C'était une bonne idée, cette sortie. Merci. »

C'était une bonne idée, mais ils avaient un peu trop traîné et, le temps qu'ils entament leur descente, le ciel avait déjà commencé à se teinter de bleu nuit. Ils décidèrent donc d'emprunter le chemin le plus rapide, à travers bois, en pressant le pas. Inquiète, Grace jetait régulièrement des coups d'œil à sa montre en se maudissant de son inattention. Quelle idiote !

« Tu pourrais me déposer à la gare, demain ? » demanda Nick alors qu'ils contournaient un énorme trou, là où un grand arbre avait été déraciné.

Grace s'arrêta net.

« La gare ?

– Oui, enfin, s'il y a des trains. Il faut que je retourne à Manchester. Je me... »

Il s'interrompit. Dans la forêt, il n'y avait plus beaucoup de lumière mais, malgré la pénombre, Grace vit qu'il ne soutenait pas son regard et observait un point derrière elle.

« Je me disais que je pouvais peut-être retrouver Audrey... J'aimerais bien essayer une dernière fois de recoller les morceaux. Et puis, j'ai besoin d'argent, il faut que je cherche du travail.

– Mais... », balbutia Grace. Sa respiration était de plus en plus saccadée, et elle enfonça les ongles dans ses paumes pour se calmer. « Ce n'est pas ce que... Tu disais que si tu étais avec elle, tu ne pourrais pas arrêter la drogue ! Et que...

– Oui mais ça y est, je suis clean, la coupa Nick. Je n'ai plus besoin de choisir entre les deux.

– Et pour tout à l'heure ? Tu disais que tu voulais faire profil bas, tu parlais du bon vieux temps...

– C'est toi qui as parlé du bon vieux temps, Grace, soupira Nick, exaspéré. Et puis tout ça, c'était des conneries, des paroles en l'air. Tu me vois, acheter une baraque en ruine sur une île ? J'ai à peine de quoi payer mes courses. »

Il tendit le cou pour regarder au loin derrière l'épaule de Grace.

« On devrait y aller, il ne faudrait pas qu'on se retrouve coincés...

– Tu peux trouver du travail ici, insista Grace sans bouger.

– Ici ? répéta-t-il avec un rire sans joie. Qu'est-ce que tu veux que je foute ici ?

– Il y a peut-être du travail à l'hôtel, suggéra-t-elle faiblement. Ou au pub.

– Je sais que je n'ai pas de diplôme, grommela-t-il, mais je te rappelle que je faisais des études de médecine. Je suis probablement capable de dégoter un peu mieux qu'un job de barman.

– Bien sûr, mais je voulais dire..., commença Grace avant de faire machine arrière. De toute façon, tu n'as pas besoin de travailler, pas pour l'instant, en tout cas. Je peux m'occuper de nous. On passera du temps ensemble, on se tiendra compagnie, ce sera comme au bon vieux temps.

– Mais putain, arrête avec ça, Grace ! éclata Nick. On n'est plus des mômes, ce ne sera pas le "bon vieux temps" ! »

Il fit un pas vers la gauche pour la dépasser mais elle se mit en travers de son chemin, alors il se décala vers la droite en la repoussant. Comme il s'avançait, il posa le pied juste au bord du trou de l'arbre arraché et sa cheville céda. Déséquilibré, il tomba dans la fosse avec un cri de douleur.

Si elle n'avait pas été aussi bouleversée, Grace aurait sûrement trouvé ça drôle de le voir s'agiter ainsi en glapissant dans la semi-obscurité.

« Ça va ? demanda-t-elle quand il se tut enfin – il avait dû se faire une entorse. Tu as mal ?

– Évidemment que j'ai mal, aboya-t-il. Ne reste pas plantée là, bon sang. Aide-moi ! »

Il leva la main, Grace la regarda. Elle recula d'un pas.

« Ah, c'est le moment que tu choisis pour me foutre la paix ? »

Il se mit à escalader la paroi du trou à tâtons, mais il portait de vieilles baskets aux semelles trop lisses, et il ne cessait de glisser et de retomber en arrière.

« Après des semaines à jouer les pots de colle ou les mères poules, à me traiter comme un gosse... Non, comme un animal domestique, un truc à foutre en cage ! Et maintenant que je refuse de rester ici à jouer à… je ne sais même pas à quoi, à la famille parfaite ? Je n'ai jamais compris ce que tu me voulais, d'ailleurs. Tu veux quoi, Grace ? Un ami ? Un frère ? Tu veux que je te baise, c'est ça ? »

Grace se boucha les oreilles : ça lui était insupportable d'entendre Nick lui parler sur ce ton, mais il ne s'arrêta pas pour autant, il continua et continua de l'insulter tandis qu'il s'extirpait de la fosse, de critiquer son « horrible » petite maison, ce « trou paumé » dans lequel elle habitait, sa vie « pathétique », sa solitude. Ça lui était insupportable, il fallait qu'il se taise, elle aurait fait n'importe quoi pour qu'il se taise, alors quand il se retrouva à quatre pattes à côté d'elle à cracher son venin, elle leva le genou et lui écrasa brutalement la main avec sa chaussure de marche. L'entendre crier de douleur lui procura un immense soulagement.

Nick se releva péniblement, tremblant de rage.

« Tu viens de m'agresser, là ! s'exclama-t-il. Tu crois qu'un docteur a le droit d'agresser les gens ? Moi, je pense que c'est le genre de choses qui peut lui attirer de sérieux ennuis ! »

Il se massait les phalanges, son visage grimaçant taché de boue et de larmes.

« Tu vas me le payer, espèce de truie, siffla-t-il encore, tu vas…

– Non, non, arrête, s'il te plaît… je suis désolée ! »

Elle était horrifiée par ce qui venait de se produire, par ce qu'il avait dit et ce qu'elle avait fait. Mortifiée, elle tendit un bras vers lui, la bouche entrouverte, les yeux implorants.

Nick recula, l'air dégoûté.

Sans que Grace comprenne vraiment ce qui était en train de se passer, sans qu'elle le décide réellement, son geste de supplication devint autre chose. Son bras gauche se leva pour rejoindre le droit et ses doigts se refermèrent sur le cou de Nick, les pouces comprimant sa trachée.

Elle était plus petite que lui, mais Nick était maigre, il était blessé, et Grace avait des mains de boucher.

47

Grace aide Becker à s'asseoir sur le canapé du salon. Il est confus et très gêné – il s'est vomi dessus. Doucement, elle lui lève les bras au-dessus de la tête pour lui enlever son pull et son tee-shirt et les mettre à la machine.

« Et voilà », dit-elle en l'allongeant, un coussin derrière la tête.

Puis elle le positionne sur le flanc et ajoute un coussin dans son dos, au cas où la nausée le reprenne, et lui installe une couverture.

« Qu'est-ce… que… que… », balbutie-t-il.

Pris de frissons, il ouvre grand ses yeux dont le blanc semble briller, dans cette pièce sans fenêtre.

« Je vais vous chercher à boire », dit Grace.

Alors qu'elle fait couler l'eau du robinet en attendant qu'elle soit bien froide, Grace aperçoit son reflet dans la fenêtre au-dessus de l'évier, bizarrement dédoublé par la vitre, et elle tressaille.

Un peu comme tout le monde, Grace se voit de plusieurs manières, et a de nombreuses idées d'adjectifs qui pourraient la décrire : consciencieuse, attentive, loyale, bizarre, solitaire, malheureuse, honnête. Grace est une soignante, une amie et une travailleuse dévouée. Une meurtrière. Elle murmure ce mot pour écouter l'effet qu'il produit – un effet plutôt absurde. Mélodramatique, même. Elle, elle choisirait « protectrice » ; elle a tué par compassion. Mais elle a aussi entendu dire que quelqu'un qui a tué trois personnes est considéré comme un tueur en série. Ça lui donne presque envie de rire : c'est idiot et arbitraire. Elle, une tueuse en série ! Pourquoi pas une licorne, tant qu'on y est ? Une fois arrivé à trois, *pouf*, on se transforme.

Elle attrape un saladier en plus du verre d'eau et retourne au salon. Au moment où elle entre, Becker est saisi d'un nouveau haut-le-cœur. Vite, elle s'agenouille à côté du canapé et pose le saladier par terre.

« Ne vous en faites pas, le rassure-t-elle, c'est normal. La nausée est un effet secondaire fréquent de la morphine. »

Des larmes roulent sur les joues du conservateur. Grace lui effleure la pommette.

« Je suis désolée... Je ne pensais vraiment pas que ce serait Nick. Je savais qu'il était dans le bois mais j'étais persuadée qu'il ne referait jamais surface. »

Il faut dire qu'il était bien enterré au fond du trou de l'arbre déraciné. Grace l'avait recouvert de terre, de branchages, de tout ce qu'elle avait pu trouver. Elle n'avait pas de plan, elle était certaine qu'il suffirait d'une poignée de jours pour qu'un promeneur ou son chien tombe sur le cadavre. Cependant, elle avait eu de la chance : l'hiver était rigoureux et, la semaine suivante, une nouvelle tempête avait frappé, plus violente encore que la précédente. Elle avait emporté une partie de la chaussée et, l'espace de quelques mois, Eris était devenue une île à part entière, sans attache au continent. Quand Grace avait enfin pu y remettre les pieds, au printemps, elle avait découvert que d'autres arbres avaient été arrachés, recouvrant tout à fait l'endroit où reposait le corps de Nick, si bien qu'elle avait conclu qu'on ne le retrouverait jamais.

Becker s'assoit péniblement, la respiration courte, la tête inclinée – il a quasiment le menton sur la poitrine. Il se passe une main sur le visage, essuie ses larmes et une bulle de bile sur sa lèvre inférieure. Enfin, il relève les yeux et dévisage Grace, déboussolé. Il ressemble à un enfant malade, fiévreux et sans défense, et elle lui pose une main sur la cuisse.

« La première fois que vous êtes venu ici, quand vous m'avez parlé de cette histoire d'os, j'étais convaincue que ce serait quelque chose de beaucoup plus vieux. J'étais tellement sûre que je n'avais rien à craindre ! Le plus idiot, c'est que vous êtes le seul à pouvoir faire un lien entre Nick et moi. Et tout ça à cause de cette photo ! Je me disais que vous n'aviez peut-être pas retenu son nom, mais apparemment si, n'est-ce pas ? »

Elle examine attentivement Becker et devine qu'elle a vu juste. Elle a donc bien fait.

« Ce n'est vraiment pas de chance. Ses parents ne m'ont jamais connue, et une quarantaine d'années et plusieurs centaines de kilomètres nous séparent de la fac. »

Avec un soupir, elle pose le dos de la main sur le front moite et froid de Becker.

« Marguerite sait. Elle a toujours su. Elle était à sa fenêtre, comme d'habitude, à attendre le retour de son bourreau, quand elle m'a vue retraverser la chaussée à pied. Elle m'en a parlé la première fois qu'on s'est rencontrées, elle et moi, au cabinet : "Où est-il passé, ton ami ?" J'ai eu tellement peur ! Elle a continué : "Tu es allée sur l'île avec ton ami et tu es revenue toute seule. Toute seule, avant le lever du jour." »

Grace soupire.

« J'étais jeune, j'ai paniqué, mais au final, ça n'a pas été très difficile de la persuader qu'elle se trompait. Elle était parfaitement isolée, loin de son pays, et très effrayée, elle aussi. Je n'ai eu qu'à laisser entendre que je pouvais inciter la police à mettre le nez dans ses problèmes conjugaux et elle a vite accepté de garder le silence. »

Becker secoue la tête, ouvre la bouche et, quand aucun son n'en sort, la referme. Paupières baissées, il se penche en avant. Avec un immense effort et toute sa concentration, il tente de se lever. À mi-chemin, ses jambes se dérobent et il retombe en arrière.

« Arrêtez, le réprimande doucement Grace en appuyant sur ses épaules pour le forcer à se rallonger. Vous ne voudriez pas vous sentir encore plus mal, tout de même ! Allez. »

Elle le repositionne correctement et remonte ses genoux sur le canapé. Il tâche de résister un instant, abandonne.

« Je ne veux pas que vous ayez une mauvaise opinion de moi, ajoute-t-elle. Ça m'embêterait. Ce n'est pas comme si j'étais responsable de tout ça.

– C'était un accident ? demande-t-il alors, un soupçon d'espoir émouvant dans la voix.

– Eh bien... Non, on ne peut pas dire ça non plus. »

C'est compliqué à expliquer, pour elle. Le moment du meurtre a longtemps existé au-delà des mots, son souvenir irrécupérable, aussi fugace qu'un panache de fumée. Si elle essayait de se le rappeler – et elle ne s'y risquait que rarement –, l'absurdité de l'instant lui donnait l'apparence d'un rêve. Cela n'avait aucun sens : ils se promènent sous un ciel magnifique, ils montent sur la colline, regardent une maison, pique-niquent, se tiennent la main et parlent de faire profil bas et de redémarrer de zéro. Puis soudain il fait nuit, le vent hurle dans les arbres, la mer est déchaînée, et Grace est frigorifiée, couverte de boue, effrayée. Et seule. Et rien ne semble relier ces deux scènes, ni pont, ni chaussée entre l'île et le continent.

À marée basse, ils étaient ensemble ; à marée haute, il était mort.

Les connexions entre ces deux situations ne lui venaient que rarement, par bribes : le ton moqueur et impitoyable de Nick, la sensation des doigts fragiles sous sa chaussure de marche – un si petit geste, d'ailleurs, dans un accès de colère puéril, insensé... mérité. Petit et à la fois capital : après cela, impossible de faire machine arrière ; après cela, une seule fin s'imposait. Nick ne pouvait plus quitter cette île.

Grace ne l'avait d'ailleurs compris que bien plus tard, quand elle s'était rendu compte qu'elle avait agi en état de légitime défense. Il l'avait menacée, non ? Il avait dit qu'elle « allait le lui payer » ! Et il s'était montré agressif, aussi. Il était dans le trou et elle, au-dessus, mais il n'empêche, comment ne pas percevoir un danger dans son « Tu veux que je te baise, c'est ça ? » ?

Avait-elle vraiment eu le choix ?

Et une fois que ç'avait été terminé, que pouvait-elle faire d'autre que le dissimuler, le laisser là et ne plus jamais mentionner cet épisode ? Qu'est-ce que cela aurait changé de se dénoncer à la police ? Personne n'aurait compris. Cela n'aurait pas consolé les parents de Nick d'apprendre comment s'étaient déroulés ses derniers instants – mais il est vrai que cela leur aurait peut-être permis de faire leur deuil, et Grace s'en voulait de ne pas leur avoir au moins accordé cela.

Mais à quoi servent les remords ? Ils n'aident en rien.

« Vous devez vous rappeler tout ce que j'ai fait de bien, dit-elle à voix basse à Becker. Il y a beaucoup plus d'éléments de ce côté-là de la balance. »

Becker toussote, secoue la tête.

« Ce n'est pas comme ça que ça marche. On ne peut pas mettre des vies humaines dans la balance.

– Mais si, insiste Grace. J'ai aidé des centaines de gens. J'ai sauvé des vies. Celle de Vanessa, celle de Marguerite, entre autres. »

Elle se lève pour retirer sa ceinture de pantalon avant de la passer autour du bras de Becker. Puis elle glisse l'extrémité dans la boucle et serre fort avant de se rasseoir.

« C'est pour Vanessa que j'ai tué Julian. Pour la protéger. »

Elle aimerait aussi lui parler de la destruction des œuvres – pas parce qu'elle en est fière, mais parce qu'elle aimerait pouvoir enfin avouer son méfait à quelqu'un. Vanessa a pardonné à Grace, mais elle ignorait l'ampleur de son rôle lors de cette journée fatidique – alors, au fond, si elle doit être honnête, Grace sait que ce pardon ne compte pas.

Becker tente à nouveau de se débattre et Grace place son avant-bras sur sa gorge pour le maintenir en place.

« Je suis désolée, répète-t-elle, mais arrêtez. Ne me compliquez pas la tâche, c'est suffisamment difficile comme ça. »

Elle voit bien qu'il ne lui pardonne pas, qu'il la hait. Alors elle appuie de plus belle sur son cou.

« Ça va aller, ajoute-t-elle. Ça va aller. »

Il a l'air terrorisé. Elle ne voulait pas lui faire peur. Elle retire son bras, l'embrasse sur le front et enfonce l'aiguille dans sa chair.

« Reposez-vous, maintenant. Vous pouvez rester avec moi. »

48

La vieille logeuse a versé de l'arsenic dans son thé. Va-t-elle l'empailler, à présent ?

Becker ne pleure plus. Il se sent beaucoup mieux. Tout va s'arranger. Il va dormir quelques heures juste là, sur le canapé.

Non, pas sur le canapé. Ce n'est pas là qu'il est, si ? Il est assis. La voiture. Il est dans la voiture. Sa voiture. Quand a-t-il regagné sa voiture ? Il ne s'en souvient pas. Il n'est pas sûr d'être en état de conduire. Ah, mais tout va bien, ce n'est pas lui qui est au volant. C'est elle. Grace. Ils descendent de la colline, *vroum vroum vroum.*

On a raté la marée basse.

La mer est trop haute. Grace, la mer est trop haute.

Il fait nuit, à présent. À moins qu'il ait les yeux fermés ? Non, il fait nuit.

Où est passée Grace ?

Il ne peut pas conduire, il n'est pas en état. Où est Grace ?

Grace a disparu.

Grace. Grâce à Dieu. Grâce divine. De bonne grâce, de mauvaise grâce. Grace a tué Julian, Grace a détruit les œuvres de Vanessa. Pourquoi lui a-t-il fallu si longtemps pour voir la lumière ?

Il voit une lumière.

La lumière au bout du tunnel ?

Non, elle aussi a disparu.

Ah, tiens, la revoilà.

Le phare. C'est la lumière du phare.

Il a froid. Froid aux pieds.

Ses pieds sont mouillés.

Il y a de l'eau qui rentre dans la voiture.

Il y a de l'eau qui rentre dans la voiture !

Ce n'est rien, tout va bien. C'est seulement un cauchemar, il se rappelle, à présent. C'est seulement un cauchemar.

Ce n'est pas un cauchemar.

Il a encore vomi.

Il faudrait qu'il sorte de la voiture. Il faut absolument qu'il sorte de la voiture, et vite. La marée n'est pas encore trop haute. Il n'est pas trop tard pour traverser à pied. Le continent n'est pas si loin. La marée n'est pas trop haute. Ce n'est pas si loin.

L'eau est glacée, il en a déjà jusqu'aux cuisses. Le courant le pousse d'un côté, le tire de l'autre. Il perd pied presque immédiatement, lâche un cri de terreur et parvient à se relever. Il hurle. À l'aide, à l'aide. Il n'arrivera jamais à atteindre le continent, il faut qu'il fasse demi-tour.

Oh, il est si fatigué.

Ce froid est une torture, c'est comme de la glace, insupportable, il ne tiendra pas longtemps, ça fait mal.

Finalement, ça ne fait pas si mal. Et il ne fait plus si froid.

Il pense aux peintures noires.

Non, pas celles-là ! Pas les peintures noires de Vanessa, les premières, celles de Goya, exposées au musée du Prado, à Madrid. Il y est allé une fois, quand il était plus jeune. Il était avec une fille, il ne se souvient plus de son nom. Pas Helena.

Il est le chien, *Le Chien* qui se noie et qui essaie de maintenir la tête hors de l'eau.

Helena. Oh, Helena.

Le bébé.

Il revoit la lumière, l'eau lui éclabousse le visage. S'il pouvait regagner la voiture, s'il pouvait seulement regagner la voiture, peut-être qu'il n'est pas trop tard ? Son téléphone ! Où est son téléphone ? S'il pouvait entendre la voix d'Helena une dernière fois. Juste une dernière fois.

Il entend sa voix.

Elle l'appelle, une voix qui appelle son nom.

Les goélands. Ce sont les goélands qui crient son nom.

Il voit à nouveau la lumière, la lumière du phare, elle clignote, de plus en plus vite, de plus en plus vite, et elle n'est plus blanche, à présent, mais bleue.

Elle est bleue.

Elle est bleue.

Journal de Vanessa Chapman

Je ne pensais pas rester si longtemps.

Je pensais que ce serait l'affaire de quelques années, dix, maximum. À l'époque, j'étais sûre que j'avais tout le temps du monde, la vie devant moi. Je n'avais pas tort, quelque part. La vie s'est simplement avérée plus courte que prévu.

Le docteur de Glasgow n'avait rien de positif à m'annoncer.

Sur le chemin du retour, dans la voiture, je me suis rappelé la première fois que j'ai traversé la chaussée, la première fois que j'ai aperçu la maison – celle que j'avais achetée sans même la voir. J'étais si courageuse ! Et si jeune. Et soudain, je me suis souvenue de la petite annonce arrivée par la poste – cela faisait une éternité que je n'y avais pas pensé. Pendant des années, j'ai cru que c'était un de mes amis qui me l'avait envoyée, même si aucun d'eux ne l'avait jamais admis. Et aujourd'hui, j'ai compris : c'était Julian, évidemment ! Il essayait de se débarrasser de moi et il avait trouvé un moyen de me pousser gentiment vers la sortie. Il était le mieux placé pour deviner que je ne saurais résister aux promesses de ces quelques lignes.

Pauvre Julian, s'il avait su…

Quand je suis arrivée sur l'île, Grace était de sortie, alors je suis montée à l'atelier et j'ai pleuré de rage. J'ai l'impression d'avoir été escroquée – j'ai eu envie de mettre le feu.

Je ne ferais jamais une chose pareille, bien sûr.

Bien, une vie courte, alors. Pas toujours heureuse, mais libre. Ici, sur mon île, j'ai été libre. J'ai échappé à l'aliénation domestique, à la violence des hommes. J'ai créé avec mes mains, j'ai aimé passionnément avec mon corps.

Quelle chance ! Quelle chance d'avoir réalisé de justesse que je ne voulais pas vivre la vie qu'on attendait de moi ! J'ai bien fait de prendre mes jambes à mon cou !

Et quelle chance d'avoir trouvé mon île, mon Eris.

Mon espoir, autrefois violence, est devenu broutille. Je dois désormais me poser des questions pratiques et réfléchir à ce qui se passera une fois que je ne serai plus là. Je crois que je n'aime pas cette idée – après tout, est-ce vraiment important ? Une vie ne se résume pas à une liste d'objets, alors pourquoi se préoccuper de ce qu'on laisse derrière soi, quand on sait que les vagues continueront de déferler sans relâche ? Est-ce vraiment important, quand on sait qu'un jour – probablement pas si lointain –, cette île sera sous les eaux, avec sa maison, son rocher et tous les ossements qui y sont enfouis ?

Je crois que oui. Ce n'est pas rien, ce qu'on laisse derrière soi. Les œuvres qu'on a créées. Les gens. Les amis qu'on a aimés. Le bien qu'on a fait, et le mal.

Ce n'est pas rien.

REMERCIEMENTS

Merci au Dr Tim Clayton, ainsi qu'aux professeurs Sue Black, Derek Hamilton et Turi King pour leurs conseils avisés en matière de médecine médico-légale, notamment concernant l'identification et la datation des ossements. S'il reste des erreurs à ce sujet, elles sont de mon fait.

Je voudrais également remercier Heather Wilson et Nick Stendhouse de Redbraes Pottery, et Annabel Wightman de Marchmont Creative Spaces, qui ont accepté de m'ouvrir les portes de leur atelier.

Merci à Stuart Cummins, qui a remporté en 2023 la vente aux enchères *Young Lives vs Cancer* organisée par Good Books, pour m'avoir autorisée à utiliser son nom.

Merci à mes éditrices Sarah Adams et Kate Nintzel, pour m'avoir aidée à voir la forêt derrière l'arbre et à faire le tri entre fragments d'os et morceaux de bois flotté ; et merci à mes agents Lizzy Kremer et Simon Lipskar, qui à eux deux ont trouvé le juste équilibre entre soutien et stratégie.

Merci, Ben Jefferies (je ne peux pas dire pourquoi, mais tu sais de quoi je veux parler).

Enfin, merci, Simon, pour ta patience, ton sens de l'humour et tes talents culinaires. Et pour accepter de bon cœur d'enfiler tes écouteurs quand j'écris.

Imprimé en France par
CPI BRODARD & TAUPIN
en août 2024
N° d'impression : 3057545